古道尽头是家乡

——重走成渝古驿道

张永才　姜春勇 ◎ 主编

重庆出版集团　重庆出版社

图书在版编目(CIP)数据

古道尽头是吾乡:重走成渝古驿道 / 张永才,姜春勇主编. —重庆:重庆出版社,2022.7

ISBN 978-7-229-16716-5

Ⅰ. ①古… Ⅱ. ①张… ②姜… Ⅲ. ①新闻—作品集—中国—当代 Ⅳ. ①I253

中国版本图书馆CIP数据核字(2022)第056413号

古道尽头是吾乡——重走成渝古驿道

GUDAO JINTOU SHI WU XIANG—CHONGZOU CHENGYU GU YIDAO

张永才 姜春勇 主编

责任编辑:吴 昊

责任校对:李小君

装帧设计:胡耀尹

重庆出版集团
重庆出版社 出版

重庆市南岸区南滨路162号1幢 邮政编码:400061 http://www.cqph.com

重庆出版社艺术设计有限公司制版

重庆友源印务有限公司印刷

重庆出版集团图书发行有限公司发行

邮购电话:023-61520646

全国新华书店经销

开本:787mm×1092mm 1/16 印张:11.5 字数:170千

2022年7月第1版 2022年7月第1次印刷

ISBN 978-7-229-16716-5

定价:60.00元

如有印装质量问题,请向本集团图书发行有限公司调换:023-61520678

纪念《重庆日报》创刊70周年

《重庆日报“重走”系列报道丛书》
编辑室

主　编　姜春勇
副主编　吴国红　兰世秋

《古道尽头是吾乡——重走成渝古驿道》
编辑室

主　　编　张永才　姜春勇
责任编辑　吴国红　兰世秋
图片编辑　牛　强
主创人员　姜春勇　韩　毅　黄琪奥　龙丹梅　罗　芸
　　　　　谢智强　齐岚森

行走的力量

心中有信仰，脚下就有力量。

党的十八大以来，重庆日报坚持围绕中心，服务大局，始终把统一思想、凝聚力量作为新闻宣传的中心环节，自觉承担好“举旗帜、聚民心、育新人、兴文化、展形象”的使命任务，接连策划推出了以“重走”命名的大型全媒体系列报道，以当下的视野、受众的视角、融媒体的方式去烛照历史、溯源文化、弘扬时代主题，在“重走”中实地寻访、连接古今、感悟变革、见证辉煌。通过寻访，在文化引领中凸显价值，在创新表达上激活受众，以润物无声的方式浸润心灵，成风化人，凝心聚力，取得了良好的社会效果。

“重走”系列报道具有鲜明的特点：

一是主题宏大，立意高远，主动设置议题，形成关注热点，积极引导舆论。

报道主题可分为三类。一类是围绕弘扬中华优秀传统文化，坚定文化自信主题进行的，追溯历史，映照当代。比如，2014年的“君从何处来——重走湖广填四川迁徙之路”，2015年的“重走古盐道　感受新变化”，2017年的“重走古诗路　思君下渝州——探寻重庆古诗地图”系列报道。

文化是民族的血脉，是人民的精神家园。积极推进中华文脉传播，坚定文化自信，用中华优秀传统文化的精髓、精华滋养当代中国人的精神世界，是党报的历史使命和责任担当。

“重走湖广填四川迁徙之路”系列报道通过湖广填四川这一历史事件，以珍贵的史料、传奇的故事、浓郁的乡愁，拨动了众多受众的心弦，引起强烈共鸣。中宣部阅评组对此予以肯定，重庆市记协组织专题研讨会，专家称赞这是一次“以乡愁为基调，阐释百姓家国情怀的精彩主题宣传”。

巴盐古道被誉为“中国内陆最重要的文化沉积带”之一，“重走古盐道　感受新变化”系列报道揭秘古盐道背后的文化密码，讲述盐道兴衰沉浮的故事，反映近年来盐道沿途各区县在脱贫攻坚中发生的巨变。读者和网友热情点赞：“这是一次有价值的历史重温，让我们了解了巴渝古盐道的历史文化价值。”

在源远流长的巴渝文化中，巴渝古诗一直都闪耀着绚丽夺目的光芒。这些古诗中蕴含着哪些中华优秀传统文化的人文精神？古诗背后有着怎样的故事？那些历代文人诗吟过的地方，今天发生了怎样的变化？“重走古诗路”系列报道通过寻访历代文人吟诵重庆的经典诗作，在挖掘古诗中传播文脉，在实地感悟中记录变迁。

一类是围绕传承红色基因，讲述党史故事这一主题进行的。比如，2018年的“重走信仰之路　传承红色基因——追寻重庆红色记忆”，2019年的“丰碑　重走成渝铁路”。

中国革命历史是最好的营养剂。“重走信仰之路　传承红色基因——追寻重庆红色记忆”以重庆革命历史为轴，沿着先烈的足迹，重走信仰之路，挖掘珍贵史料，探访红色遗址，浓墨重彩地讲述英雄故事，传播革命文化，用英雄的丰功伟绩激励人们前行，让信仰的光芒照亮新的征程，系列报道引发社会强烈反响。

“丰碑　重走成渝铁路”是重庆日报庆祝新中国成立70周年推出的大型全媒体报道。成渝铁路是新中国成立后，在中国共产党领导下，中国铁路史上第一条完全由中国人自己设计施工、完全用国产材料建成的铁路，仅用两年时间就实现了四川人民半个世纪的梦想。报道彰显了中国共产党全心全意为人民服务的宗旨，着力解决人民群众最关心最现实的问题的初心和使命，体现了社会主义制度集中力量办大事的优势。

中宣部新闻阅评以《重走成渝铁路　提升国庆报道质量》为题予以充分肯定，认为报道“具有巨大的实证性和说服力，史料丰富历史纵深感强，老题材写出新意来。怎样才能把庆祝新中国成立70周年报道做出高质量，《丰碑　重走成渝铁路》作出了回答。”

还有一类是围绕当下重大主题进行的。2020年的“重走成渝古驿道　感受双城新变化”，就是在推动成渝地区双城经济圈建设的国家战略大背景下进行的。通过探寻古驿道蕴含的巴蜀人文密码，讲述川渝交往的历史渊源，展现古驿道沿途城市在成渝地区双城经济圈建设中的新气象新作为新故事。

上述报道通过深挖历史史实，讲述历史故事，发掘历史文化，让收藏在博物馆里的文物、陈列在广阔大地上的遗产、书写在古籍里的文字都活起来，丰富全社会历史文化滋养，赋予优秀传统文化以新的时代内涵，用传统文化精髓、革命文化滋润当代人的精神世界。

二是“重走”系列报道具有全景式、首创性、史料性，采访范围宽、持续时间长、报道规模大的特点。

“君从何处来——重走湖广填四川迁徙之路”报道，共发稿50多篇，10多个版。这是国内媒体第一次全面系统地报道这一历史事件。“重走古盐道　感受新变化”以20个版、10多万字的报道，引发广泛的社会关注，这是重庆新闻媒体首次对巴渝古盐道进行的全方位采访报道，巴渝古盐道成为一时的文化热词。“重走古诗路　思君下渝州——探寻重庆古诗地图”报道量达到36个版、近20万字，这是重庆第一次以区域为视角对巴渝古诗进行全面梳理，是一项规模宏大的中华优秀传统文化传播普及工程。“重走信仰之路　传承红色基因——追寻重庆红色记忆”推出28期共计10余万字的报道，用新视角、新发现、新表达，浓墨重彩地讲述英雄故事，传播革命文化，取得了很好的宣传效果。

在信息泛滥、注意力稀缺的传播环境下，成系列、大规模、持续性的传播更容易引发关注，形成了强大的传播力、影响力，体现了主流媒体善于设置重大议题，掌握主流话语权的能力。

三是注重全媒体传播，不断丰富活动外延，使得传播效果更佳。

“重走”系列报道都是以全媒体的方式进行报道，充分利用新媒体特点，将报道制作成H5、短视频、海报、动图等产品在移动端上呈现。比如“思君下渝州”系列报道制作了“巴渝古诗热度地图”“古诗热度排行榜”等全媒体产品在网上发布，吸引了众多年轻受众关注。

我们还通过系列衍生活动，不断增强传播厚度。《君从何处来——重走湖广填四川移民之路采访纪实》《思君下渝州——探寻重庆古诗地图》分别出版图书。

举办“重庆最美十大古诗”评选活动、“重走古诗路　思君下渝州——巴渝古诗词传承盛典”大型文艺晚会，参与创作《思君不见下渝州》大型情景国乐音乐会等等，线上线下活动交织，形成多次传播，壮大了影响力。

四是“重走”系列报道已经成为重庆日报践行“走转改”，不断提升队伍“脚力、眼力、脑力、笔力”的重要抓手。

“重走”报道的要义在于走，只有走出去、走下去，才会有报道的新天地；只有走出去、走下去，记者编辑的作风转变和文风改造才能迈出实实在在的步伐，才能真正创作出有思想、有温度、有品质的新闻作品。

“君从何处来”采访团队在半个月时间里，横跨鄂渝两地10多个县市，辗转3000多公里，虽然很累，但记者们却很兴奋——因为他们正在创造历史：这是国内媒体第一次全面系统地报道这一历史事件，用脚步丈量先辈走过的土地，真实还原历尽艰辛的迁徙之路，追寻那份抹不去的乡愁。“重走古盐道”采访条件更为艰苦，四路记者历时一个多月，行程数千公里，穿行在渝湘鄂黔陕间的大山深处，险峻丛林，还有记者在登山途中不幸摔伤。“重走古诗路　思君下渝州——探寻重庆古诗地图”采访团队历时4个多月，走遍重庆各区县，行程上万公里。“重走信仰之路 传承红色基因——追寻重庆红色记忆”的采访团队历时6个月，沿着先烈的红色足迹，重走信仰之路，挖掘珍贵史料，探访红色遗址，走进渝黔交界的大山里，寻找“红军手迹”背后的故事；走进巫溪的深山里，寻访彭咏梧牺牲之地，甚至远到上海、浙江等地，成为践行“四力”的生动之作。“丰碑 重走成渝铁路”采访团队历时一个月，实地走访500多公里成渝铁路沿线，真实还原激情燃烧的岁月，记录展示难忘的历史场景。

这种实地寻访的大型主题报道既是对采编队伍的一次精神洗礼、一次信念的升华，也是对记者采访作风的最好锤炼，是对坚持正确新闻志向的强化。参加采访的记者都感慨，一次实地重走的收获，是在办公室读多少书都无法获得的，只有到现场去、到生活中捕获最鲜活的素材，才能写出打动人心的佳作精品，在这方面来不得半点虚假和马虎。

采访团队走在大山里古道上，走在红色遗迹中，走在新时代的变革中，用脚步和真情，把一个个宏大叙事的题材做成了一篇篇可读性与影响力皆备的佳作。

可以这样说，“重走”系列报道已经成为重庆日报践行“走转改”、锤炼队伍、提升“四力”的重要抓手。

“重走”系列报道两次获得中国新闻奖，多次获得重庆市好新闻奖，中宣部阅评、重庆市委宣传部阅评也多次予以肯定，“重走”系列报道已经成为重庆日报一个响亮的文化品牌。

江流自古书巴字，山色今朝画巨然。此次我们选择6组“重走”系列报道编辑成丛书，既是庆祝重庆日报创刊70周年的一项内容，也更希望唤起社会各界对重庆这座人文荟萃、底蕴深厚的历史文化名城的进一步关注，增强文化自觉，坚定文化自信，弘扬“行千里·致广大”的人文精神，为重庆高质量发展担当起党报的责任和使命。

《重庆日报“重走”系列报道丛书》编辑委员会

2022年6月

双城交往千秋事　悠悠古道景更新

姜春勇

花重锦官城，巴山夜雨时，双城往来沧桑事，千年古道景更新。

重庆与成都在四川盆地一东一西，山水相依，各具特色。天府之国沃野千里，江州古城山水环绕。千百年来，成渝两地在社会、经济、文化、生活等方方面面互相交融、互相渗透，文化血脉生生不息，共同孕育出瑰丽的巴蜀文化，推动了西南地区经济社会发展。

▲ 重庆市高新区走马镇成渝古驿道遗址（齐岚森　摄）

中国工商银行

▲ 重庆两江四岸（龙帆　摄）

2020年1月，中央财经委员会第六次会议研究推动成渝地区双城经济圈建设问题。会议指出，推动成渝地区双城经济圈建设，有利于在西部形成高质量发展的重要增长极，打造内陆开放战略高地，对于推动高质量发展具有重要意义。强化重庆和成都的中心城市带动作用，使成渝地区成为具有全国影响力的重要经济中心、科技创新中心、改革开放新高地、高品质生活宜居地。

成渝地区双城经济圈建设上升为国家战略，双城交往翻开新的篇章，迎来重大发展机遇。唱好“双城记”，建好“经济圈”，人文交流要先行。为此，重庆日报推出“重走成渝古驿道　感受双城新变化”大型全媒体系列报道，旨在挖掘历史文脉，传承巴蜀文化，展示古道沿线当今变化，实现资源共享，强化人文认同，激发共同发展的内生动力。

成渝古驿道肇始于汉，成型于唐宋，兴盛于明清。该路东起重庆朝天门，沿途经过如今重庆的渝中、沙坪坝、九龙坡、璧山、永川、大足、荣昌，通往四川的隆昌、内江、资中、资阳、简阳、龙泉驿，最后到达成都，全长约500公里，是古时重庆到成都的陆路必由之路，史称“东大路”。沿途须经过两门（通远门、迎晖门），两关（佛图关、老关），一岗（走马岗），一坳（丁家坳），五驿（白市驿、来凤驿、双凤驿、南津驿、龙泉驿），三街子（杨家街、史家街、迎祥街），四镇（银山镇、椑木镇、李市镇、安福镇），九铺（石桥铺、邮亭铺、莲池铺、石盘铺、赤水铺、南山铺、山泉铺、大面铺、沙河铺），民间有谚语称：“五驿四镇三街子，八十四塘拢成都。”在不同时期，这些驿、镇、塘的数量也在不断变化。

成渝古驿道是一条串联成渝两地的文化大通道。千百年来，作为川渝两地的“母亲路”，成渝古驿道哺育了两地人民，是两地人民的共同记忆和乡愁所在，是巴蜀文化形成发展的重要载体，促进了巴文化与蜀文化的大融合，留下了诸多珍贵的历史遗迹、史实和动人故事，有着巴蜀文化、移民文化、革命文化、抗战文化、红色文化等深厚的历史积淀。

成渝古驿道是一条促进巴蜀地区繁荣的经济大通道。自古成渝山川阻隔，交通不便。作为巴蜀两大重镇，成渝交通一是靠水运，一是走陆路——陆路便主要靠古驿道。据《成都市交通志》载，“汉代，成都东出翻越龙泉山，经蜀郡辖县牛鞞（今简阳）、资中通巴郡（指古时重庆）的道路已立为驿道。”成都平原丰富的物产通过古驿道输往重庆，再沿江而下，扩散到全国各地。明清时，古驿道发展达到鼎盛，大都用青石板铺成，路面宽约六尺。车马川流不息，每天行程以约40公里计，全程须走十多天。古代官邮铺递，六百里加急快递文牍，逢驿站、塘口换马再行，最快一天即可抵达。商贾、挑夫、贩夫奔走其间，逐渐聚集起了酒肆、茶馆、栈房、商铺等百业百态，催生了沿途不少场镇的繁荣发展，是古代巴蜀最发达的地区。如今，这条路上的不少地方，或成为历史文化名镇、名城，或成为成渝地区双城经济圈建设的主要连接点、桥头堡、先行区。

成渝古驿道是一条蕴含巴蜀人文交融密码的大动脉。百里不同风，千里不同俗。重庆和成都，人文特色既有同，也存异。巴地尚武勇锐，多出将领，如巴蔓子、甘宁、秦良玉、刘伯承、聂荣臻等；

蜀地文风兴盛，多出相才雅士，如司马相如、扬雄、陈子昂、李白、薛涛、苏东坡、郭沫若、巴金等。当大江大河的山城遇上沃野千里的平原，成渝古驿道担负起人文大交流桥梁的作用，碰撞出粗犷与精致的火花，文人墨客往来其间，留下诸多诗文。明末清初“湖广填四川”，很多移民就是溯江而上到达重庆，然后沿着成渝古驿道扩散到四川西部去的，移民总人数占当时四川重庆总人口的八成左右，带来了深刻的文化大融合，重庆荣昌区的盘龙镇和成都龙泉驿区的洛带镇至今仍保存有移民带来的客家文化遗迹。

成渝古驿道是一条彰显巴蜀儿女不屈斗争精神的奋斗之路。近代以来，成渝古驿道见证了辛亥革命、马克思主义在四川的传播、中共川渝组织的成立和中国共产党领导的地下斗争，留下众多革命遗迹。

许多来自四川各地追求进步的青年通过东大路汇集重庆，乘船东去，踏上了赴法国勤工俭学、探寻救国救民真理的梦想之路。革命党人夏之时在龙泉驿领兵起义，打响四川辛亥革命第一枪，他带领队伍经东大路，与重庆同盟会里应外合，过通远门进入重庆城，重庆就此光复。1912年在荣昌安富镇，当时的重庆蜀军政府和四川军政府举行了南北会谈，成渝军政府正式合并为中华民国四川都督府，避免了内乱。1928年，中共四川省临时省委在古驿道上的铜罐驿召开代表会议，正式成立中共四川省委。通远门见证了“三三一”惨案，杨闇公、冉钧在此英勇就义，通远门上高举拳头的雕塑、佛图关上烈士的塑像铭记了这段历史。

20世纪30年代，成渝公路建成，自此，成渝古道渐渐荒废。如今，多条高速路、高铁线不断刷新着成渝两地的通达时速，成渝一小时交通圈正在形成，因古驿道而兴的众多街镇城市已经是面貌巨变，乡村美丽，道路宽阔，高楼林立。

在建设高品质生活宜居地，助推高质量发展中，古驿道沿线的不少城市充分利用区位条件优越、生态环境良好、文化旅游资源丰富的特点，切实把生态人文优势转化为发展优势，挖掘古驿道的人

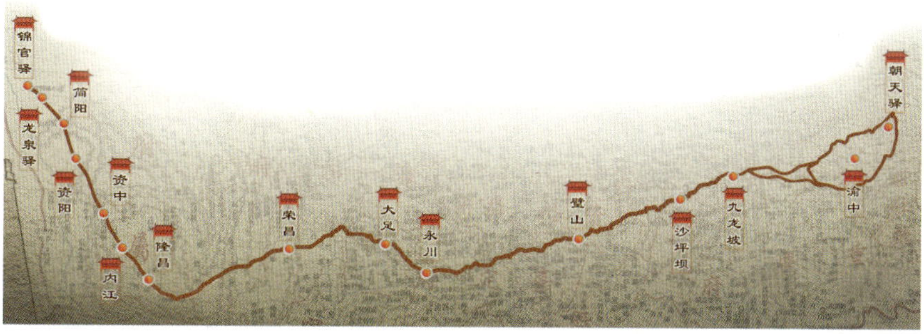
锦官驿
简阳
龙泉驿
资阳
资中
隆昌
内江
荣昌
大足
永川
璧山
沙坪坝
九龙坡
渝中
朝天驿

▲ 成渝古驿道线路图

文价值，保护利用文物遗址，串连成珠，成为一道别样风景，助推文旅融合发展。渝中区推动鹅岭公园—佛图关公园—半山公园—虎头岩公园及山城步道、半山崖线步道支线建设；璧山区深度挖掘古道文化资源，建设古道湾公园，有古驿站、古村落、古茶铺、古酒肆、古战场、古栈道、古镇古街等23处再现古道文化场景；走马古镇利用区位优势举办桃花节，成为“全国故事之乡”，白市驿打造驿都花海，荣昌利用古驿道打造陶宝古街、夏布小镇，资阳围绕南津驿文化资源，打造“十里沱江”特色小镇……

在推动成渝地区双城经济圈建设中，川渝两地携手推动巴蜀文化旅游走廊建设，以巴蜀文化为纽带，联合打造推介一批具有浓郁巴蜀特色的国家文化地标和精神标志，其中就包括共同推广巴蜀文化旅游线路，重点包装巴蜀古遗址文化探秘线路等。成渝古驿道沿线城市已经开始携手合作，重庆渝中区与成都青羊区已开始“双城联动”，洪崖洞与宽窄巷子签订战略合作协议，展开深度合作。荣昌和内江携手打造成渝文化旅游融合发展试验区，共同做强做大夏布、土陶产业，打造具有影响力的地域文化产业品牌。

此次重庆日报社联手四川日报社组成强大的采访团队，开展“重走成渝古驿道　感受双城新变化”大型全媒体采访活动，通过实地调查、挖掘史料、走访专家和当地群众，探寻古驿道蕴含的巴蜀人文密码，讲述川渝交往的精彩故事，展现古驿道沿途城市如今在大力推动成渝地区双城经济圈建设中的新气象、新作为、新故事。

我们在追寻古人留下的足迹中穿越历史、连接时空、见证辉煌，让受众在古道风韵中体味乡愁，在古今对比中触摸沧桑、感悟变革。通过报道，让更多人加深对巴蜀文化的了解和热爱，使人们更加敬重和珍惜先人创造的优秀文化财富，力争达到“让收藏在博物馆里的文物、陈列在广阔大地上的遗产、书写在古籍里的文字都活起来”的目的。

成都海棠十万株，思君不见下渝州，这是诗人对双城的铭心吟唱。今天，让我们在重走千年古道中，收获文化自信，书写双城发展的精彩华章。

目录

古渝雄关　山色今朝画巨然

成渝古驿道重庆的起点在朝天驿，朝天驿位于现在的渝中区。古驿道从这里出发，从下半城出南纪门，上半城出通远门，两条路在两路口会合，过佛图关、石桥铺，前往白市驿……在重庆境内长200公里左右，渝中区段不到十公里，但却处于重要位置，沉淀了巴渝母城根脉，留下诸多文化遗迹。

据明正德年间编纂的《四川志》卷十三记载，明代从巴县总铺向西有佛图铺、石桥铺、高歇铺、龙洞铺……清乾隆《巴县志》卷二又载，

▲　重庆夜色撩人（苏思　摄）

底铺十里到佛图铺，十五里到石桥铺，二十里到二郎铺……虽只有寥寥数语，却勾画出东大路这条西南地区社会经济文化交流的大动脉，从重庆府出发，一路往西的大致状况。

2020年6月，记者沿着古驿道渝中段，探访沿途厚重的人文历史，记录下沿途的沧桑巨变。

始点之谜
——寻找消失的朝天古驿站

朝天门车水马龙，人头攒动，不少游客在此凭栏观赏山水之城的美景。

朝天门是重庆古城十七座城门中规模最大的一座，南宋时钦差常自长江经该城门传来圣旨，遂名朝天门。据明正德《四川志》载，本府（重庆）石城，因山为城，低者垒高，曲者补直，洪武初指挥戴鼎重修……门一十七，曰朝天、翠微、东水……

据清代有关图经记载，朝天门城门为双层结构，正门之外还有瓮城，瓮城门额上刻有“朝天门”三个大字，正门额上则刻“古渝雄关”四个大字。

清代诗人王士祯曾感叹：“江中遥望，（朝天）城门邈在天际，女墙

▲ 20世纪50年代的渝中半岛（重庆日报资料图片）

缭绕山巅。”（《蜀道驿程记》）可见朝天门当时的巍峨雄伟。

据说，早先朝天门码头只用于接待官船，不准一般民船停靠。而水陆两用的朝天驿则是四川出川的重要节点，成都方向的各色人等沿成渝古驿道到达朝天驿，然后乘船沿江而下出川。

驿站就是官办的交通站，类似于如今的高速路服务区。明朝的成渝古驿道最兴盛时有锦官、龙泉、阳安、南津、珠江、安仁、隆桥、峰高、东皋、来凤、白市、朝天等共12个驿站，重庆境内有5个，朝天驿则是重庆第一驿站。

据清乾隆《巴县志》记载，“朝天驿，设驿丞一员，站马二十三匹，每匹日支草料银一钱，马夫十一名……归并重庆府管理。”可见朝天驿当时规模不小。而据明天启年间冯任所修《成都府志》记载，明代的成都龙泉驿则有“旱夫六十名，该银四百三十二两；号衣三两六钱；厨子六名，该银四十两二钱；马四十五匹，每匹三十两，共银一千三百五十两，供应银二百四十两，每年共二千六十八两八钱”，可见驿站耗资巨大。

那么，朝天驿究竟在哪里？

“朝天驿的具体位置至今尚是待解之谜。”渝中区文管所所长徐晓渝介绍，朝天驿最早可追溯至元代，早期为水站，后变为陆站。从清乾隆《巴县志》舆图上看，朝天驿在朝天门内三门洞附近（今陕西街一带）；在清末刘子如《增广重庆地舆全图》可以看到，朝天驿已被迁至巴县衙门（今老鼓楼衙署遗址附近）旁。

“朝天驿是西向‘零公里’起始点。1927年因修建朝天门码头和拓宽道路，朝天门被拆毁，至此拥有550多年历史的古重庆城象征——朝天门城楼消失。近现代来，城市发展日新月异，该驿站的痕迹已完全消失，具体位置不好确定。”对朝天驿曾作过详细考证的重庆自然博物馆学者张颖称。

记者了解到，目前老鼓楼衙署遗址公园修建已经启动。至于朝天驿具体位置究竟在哪里，期待在进一步的考古研究中能够揭秘。

从哪里出城
——古人偏爱南纪门还是通远门

当年出城去成都，走南纪门，还是通远门？在今天的学术界，对两门的历史地位存在争议。

记者查阅了清末国璋、张云轩、刘子如绘制的三个版本重庆全图，发现重庆西向大路有南北两线，分别由南纪门和通远门伸出，在两路口会合，后通往佛图关。

渝中半岛三面临水，古有“九开八闭”共17座城门，通远门是唯一的陆门。西出此门，便是远方，故名“通远”。该门于明洪武年间，取“七星揽月”之势，临崖而建，作为扼守重庆府的最后一道防线。

通远门的前身又名“镇西门”，是三国名将李严修筑江州城遗址的一段。2005年，通远门城墙遗址公园建成，成为市民休闲的好去处。

▲ 通远门作为古重庆唯一陆门，是西出东大路的重要城门（谢智强　摄）

▲ 重庆市渝中区通远门如今是重庆的地标建筑之一（谢智强　摄）

郑国翰《蜀程日记》（1915年）载：出南纪门西去，乃入成都大道，可骑行。光绪间黎庶昌《丁亥入都纪程》中也有佐证：出南纪门，十五里上佛图关，有小城。

西南大学历史地理研究所所长蓝勇教授多年对成渝古驿道进行考察。据他研究，南纪门和通远门在历史上的重要性并不一样。明清时期，重庆城的核心区在下半城，南纪门可登舟

▲ 重庆市渝中区通远门，市民从大门通过(谢智强 摄)

▲ 俯瞰重庆市渝中区通远门(谢智强 摄)

行船，水陆两便，故东大路更多经南纪门西行。清末，上半城发展起来后，人们去成都多从通远门出。通远门的军事战略地位远高于南纪门，明清时期大多数战争都集中在通远门。

记者把从通远门和南纪门往西的两条道都走了一遍，除残存不足100米的雷家坡古道遗址外，沿路皆是鳞次栉比的高楼和川流不息的车流，找不到一丝古道痕迹。

▲ 重庆市渝中区雷家坡古道遗址的石梯如今依然保存完好(谢智强　摄)

雷家坡古道遗址

▲ 重庆市渝中区雷家坡古道遗址(谢智强　摄)

历来战守要地
——佛图关曾为重庆城制高点

重庆老城内曾有一段“东大路”，位于通远门城外，就是现在的兴隆街。这段路就是成渝古驿道东大道的一段，因而得名东大路，后改名为通远门顺城街，1931年修建中区干道后改名为兴隆街。

从城里出了通远门，在古代实际上就是一直沿着山脊走，也就是沿着现在的兴隆街到纯阳洞。据传纯阳洞当年供着吕洞宾的神像，如今还有20世纪30年代建的菩提金刚塔。抗战时，这里的抗建堂是中国话剧的大本营，聚集了郭沫若、曹禺、张瑞芳等一批名家。现在抗建堂内建起了抗战戏剧博物馆。

继续上坡，就是枇杷山正街，古时叫神仙洞街，建有道观，上书“蓬莱洞天”，抗战时道观被毁。这里还有国民政府立法院旧址、李宗仁官邸旧址、军统办公室旧址。到了山顶，就是茶亭，这里是枇杷山的最高处，往来古道的人们在此歇脚喝茶。“茶亭”曾设有栅门，上书“两腋生风”，如今是枇杷山公园红星亭所在地。这里还有中共重庆市委枇杷山办公楼旧址（原四川军阀王陵基公馆改建而成），2019年入选“第四批中国二十世纪建筑遗产名录”。从山顶下坡，过去有三层很陡的石梯坎路，叫“三架坡”，到了山脚就是飞来寺。据传说，寺建在石壁之上，似悬空天上，故得名。过了飞来寺，就开始爬“鹅项颈”。据传，古人看渝中半岛，状似大鹅，而鹅岭公园所在的位置就是鹅的项颈。清朝末年重庆商会首届会长李耀庭在此建有私人花园，内有石绳桥、桐轩石室，设计巧妙，纹饰精美，令人叫绝。

▲ 重庆市渝中区佛图关，石刻、佛像依稀可见（谢智强 摄）

经鹅岭，便到了重庆渝西三关之首的佛图关。佛图关又为重庆城制高点，历来战守要地，驻有兵马防守。“举首恰见佛图关，控扼山梁之上……三面陡绝，

▲ 重庆市渝中区佛图关，杨闇公烈士（遇难地）铜像矗立在古道旁（谢智强 摄）

▲ 七牌坊碑林(谢智强　摄)

惟西南山脊一线可通。”清嘉庆时陶澍在《蜀游日记》中描述的景象跃入眼帘。清代巴县知县王尔鉴诗云:“江势曲随山势转，禅林高傍竹林开，雄关扼要吞吴楚，绣陌梯云障草莱。”其景也可见。

登上佛图关，石刻、佛像依稀可见，抗战时所筑碉堡留存较好，杨闇公烈士铜像矗立在古道旁。

“此关是重庆史上重要关隘，也是西上成都的要冲。”徐晓渝介绍，因“浮”与“佛”字音相近，故佛图关又名浮图关，抗战时还曾改名复兴关。

佛圖關
南門
▲ 重庆市渝中区佛图关，市民在门口散步（谢智强 摄）

蓝勇曾对佛图关进行过详细考察，历史上佛图关曾有一座规模不小的子母城，有西门瑞丰门，东门仁靖门、大关门、泰安门，以及子母城内城墙上的南屏关门和水洞门，共六座城门，只是该城已消失在历史长河中，现已难觅踪影。

西出佛图关，记者到达大坪七牌坊，“大道的两侧矗立着许多雕刻精细的巨大牌楼和牌坊，路面多用大块的砂岩板铺成，又或许是直接从厚重的石头中开凿而成，夹在两排巨型石碑之间蜿蜒前伸……”英国外交官爱德华·科尔伯恩·巴伯曾在《华西旅行考察记》一书中这样描写大坪七牌坊。

如今，古道已完全消失在现代城市格局中，七牌坊碑林所在地也建起了一座摩天大楼，碑林已被搬迁至现在大坪循环道的街心花园中。出大坪再往前行便到了石桥铺。据《巴县志》记载，“明初置里，清代建场，民国设乡，开铺数百年。因此地有两孔石墩桥一座，故而得名。”当年的石桥铺老街有一公里多长，因为连接佛图关官道，系通达成都的门户，很是闹热，成为古时有名的商圈。20世纪80年代，石桥乡成为重庆首个“亿元乡”，被市政府授予“富冠渝州”的牌匾。2000年时，老街被完全拆除，如今已变为繁华的现代商圈了。

出石桥铺，经过上桥，就要上到中梁山，西出二郎关了……

古道焕新颜

在重庆“两江四岸”核心区整体提升规划方案中，朝天门—解放碑片区是“两江四岸”核心区的重要组成部分，未来，这里将成为重庆的历史人文风景眼、山水城市会客厅、商业商务中心区，成为重庆城市品牌的响亮名片。

渝中区大力传承母城文化，挖掘古驿道文化资源，昔日成渝古驿道正焕发生机。渝中区2020年开建了全长1.7公里的朝天门—解放碑步行大道，注重文旅功能打造，将串联解放碑到朝天门沿线的28个历史文化景点；巴县衙门遗址已修复完毕，其独特的三波六铺水的建筑构造在我国古建筑中是唯一的，极为珍贵；老鼓楼衙署遗址公园修建已经启动，这片南宋衙署遗址是重庆市主城区已发现的等级最高、价值最大的宋代建筑遗存，在未来的遗址公园里，其中的木质建筑将依照南宋时期的规制和风貌复建，将800年前的重庆城再现在世人面前；用地面积约88亩的十八梯传统风貌区已见雏形，红砖青瓦吊脚楼，以重庆人熟悉的善果巷、轿铺街、月台坝、守备街、花街子等路名为背景，再现古城传统风貌，集成发展现代文化旅游产业，融合商、景、旅、文四大功能于一体，全力打造国际化创新型文化旅游产业示范区。另外，还有火柴坊、谢家大院、白象街历史文化风貌区的建设，一条新的文化大道将诸多历史文化景点串联起来，再现母城历史文化风貌，彰显老重庆文化魅力。

目前，渝中区正在推动鹅岭公园—佛图关公园—半山公园—虎头岩公园半山崖线步道支线建设，步道全长28.7公里，沿线串联了虎头岩公园、佛图关公园、鹅岭公园、李子坝公园、平顶山文化公园。其间有摩崖石刻、摩崖佛龛、高公馆、李根固旧居、刘湘公馆、国民参议院旧址等人文景点以及红岩文化、抗战文化、工业遗址文化等人文资源，是探访古渝之源、览胜母城之巅的好去处。

在成渝地区双城经济圈建设的推动下，渝中区与成都青羊区已“双城联动”，整合资源品牌，推动一批巴蜀两地文旅项目建设，两地首个巴蜀文化旅游共建项目——洪崖洞与宽窄巷子也已正式签订战略合作协议，将在品牌打造、市场营销、产品互推、游客导流等方面展开深度合作，推动巴蜀文化旅游走廊的建设。

“城郭生成造化镌，如麻舟楫两崖边。江流自古书巴字，山色今朝画巨然……”清代诗人何明礼在《重庆府》一诗中描述渝中半岛的繁华盛景，至今仍在世人面前。

（韩　毅）

成渝古驿道　旧时光与新景象

量贩KTV

▲ 四川省隆昌市的南关——石牌坊群(齐岚森　摄)

▲ 旧时的佛图关(西南大学历史地理研究所 供图)

▲ “东大路”重庆段石桥(西南大学历史地理研究所 供图)

▲ 大坪七牌坊旧景(西南大学历史地理研究所 供图)

▲ 重庆市荣昌区濑溪河观音桥，夕阳西下，市民茶余饭后在古朴的桥上散步。此桥历经沧桑，仍然保留着古驿道的痕迹(谢智强 摄)

▲ 重庆市九龙坡区走马古镇(齐岚森 摄)

▲ 位于四川省内江市，沱江边的张大千博物馆（齐岚森 摄）

▲ 成都市龙泉驿区茶店子保留完好的东大路古道（谢智强 摄）

西出二郎关
山上葱龙　山下繁华

从大坪七牌坊出发，沿渝州路，经石桥铺向西，翻越青翠的歌乐山，过车歇铺、二郎关（铺），再穿过凉风垭至龙洞关，一路曲折，一路清幽，这段成渝古驿道全程约20公里。

车水马龙的现代都市中，是否还留有古驿道记忆？

翻越歌乐山的起点车歇铺，又地处何方？

重庆城四个方向，为什么惟有西面歌乐山设两道关隘？

带着诸多疑问，沿着古驿道线路，记者踏上了寻访之旅。

▲ 重庆市沙坪坝区歌乐山街道山洞村，保存完好的东大路古道历经沧桑（谢智强　摄）

▲ 20世纪六七十年代的石桥铺转盘(石桥铺街道 供图)

石桥铺:同样为“铺”,古今有别

2020年6月，记者从大坪七牌坊一路向西，整洁的公路上，汽车急驰过繁华的商业街区，卷起的风摇动着街边的行道树。

九龙坡区渝州路，现中共重庆市委党校。这里曾是成渝古驿道所过之地，名曰“大田坎”。夏日雨霁，要两三人才能合抱的黄葛树在风中舒展着枝叶，哗哗作响，仿佛在喃喃回忆百年前树下车水马龙的时光。

沿渝州路，记者再往西南行两公里左右，便到了石桥铺。石桥铺正街曾是当时的铺递所在地，也是成渝古驿道上最重要的九大铺递之一。如今，随着城市的发展，铺递早已湮没在林立的高楼与繁忙的车流中。

站在石桥铺立交桥上，环顾四周，高楼林立，这里曾是重庆最火红的电脑及配件市场，里面商铺林立。

据《巴县志》记载，“……佛图铺，十五里到石桥铺，二十里到二郎铺。”这一个个以“铺”为后缀的地名，串起了古驿道上那些曾经重要或繁华的地标。

“铺”，是古代驿道上的一种官方机构。元代时，各地设立急递铺，简称“铺”，每十里或十五里、二十五里设一铺。此铺不负责接待，只负责送公文。每铺置铺兵5人，必须是“健壮善走者”——元代时，规定铺兵昼夜走200公里，到明时则降为150公里。凡到铺的文书，不论多少必须立即递送，昼夜不停。

铺兵有着特殊的装束。他们腰系皮带，上悬铜铃，手中持枪（古代冷兵器），随身携带雨衣和文书袋，夜行时则持火炬。驿道上车马旅人听闻铜铃声、看到火炬，必须立即避开，而下一铺的铺兵听见铃声后即到门口迎候，接上传来的公文即刻再往下一铺传送。

作为旧时重庆去往成都的重要站点，随着来往人流货物的集散，石桥铺渐渐成为串联渝西的商贸重镇。

车歇铺：翻山“零公里”变成渝动脉新起点

从石桥铺往西，经油房（今巴山仪表厂）至新丰场（今上桥），记者来到成渝古驿道出佛图关后要翻越的第一座大山——歌乐山山脚。

歌乐山属中梁山脉。抗战时期，中梁山脉沙坪坝段以“歌乐山”而为人熟知。从地图上看，由歌乐山东麓的上桥，至西麓的白市驿，直线距离不过6公里，而成渝古驿道在山中蜿蜒，里程却达15公里。据《巴县志》记载，车歇铺是歌乐山东麓的起点，但对其具体位置却语焉不详。

在上桥所属的新桥街道工作人员协助下，记者找到了这里的“土著”万吉发和杜波。

“围挡外面就是。古代‘车’念‘居’，所以问车歇铺没人晓得，一喊‘居歇铺’我们都明白。”在重庆工程职业技术学院旧址靠西环立交一角，75岁的万吉发老人指着绿色围挡外车水马龙的西环立交说，20世纪80年代初凤中路扩宽后，车歇铺才消失了。

为何车歇铺会成为古驿道翻越歌乐山的起点呢？

万吉发的解释是，上桥老街狭窄，打个转身都难。早上四五点从通远门出发的行路人，约莫中午才能赶到车歇铺，稍事休息后就开始翻山。

据《重庆市沙坪坝区交通志》记载，上桥得名也与古驿道有关，“因地势较高，过桥后就要爬狐狸山、凉风垭，因此得名上桥。”

几年前建重庆西站，上桥老街被整体拆迁。狐狸山亦即当地人称的

▲ 重庆西站前身(新桥街道 供图)

“狐狸坡”被削掉一部分，上山的古驿道因此中断。

随着交通的发展，驿道的重要性降低，驿道的青石板被沿线村民撬回去垒房屋、猪圈。“原来可供两匹驮马双向通行的‘高速路’，早已变成了‘鸡肠带’。”万吉发说。

“20世纪40年代，我外公去趟成都，单面至少十四五天。”杜波说，她的外公邓炳成常从朝天门将下江一带的机织洋布挑到成渝古驿道沿线售卖，再换来沿途货物回重庆销售，补贴家用，往往要一个多月才能打个来回。

站在狐狸坡上，可以看到坡下重庆西站内铺陈着近十条铁轨。每天，这里有近40趟列车开往成都，其中最快的只需1小时18分钟。

二郎关:昔日军事要塞,如今生态屏障

狐狸坡向上走不远，便进入林区。雨后初晴，阳光穿透高大的乔木，在小路上投下斑驳的光晕。

穿过林区来到石垭口，走在残存的一两百米青石板路上，往右侧小路再走七八米，便有一横书的摩崖题刻“郎关直道”。巴蜀古代建筑博物馆馆长郭小智告诉记者，这块题刻虽无年号及落款，但根据字迹风化程度可以判断镌刻于清代，是山中古驿道上保存较好的题刻。

▲ 重庆市沙坪坝区歌乐山街道山洞村，古道上的摩崖题刻“郎关直道”（谢智强 摄）

再爬过一段陡峭的小路，记者到达一个垭口。这里两侧山崖峙立，极为险峻。“这里就是二郎关，古时兵营在旁边的庙里。这里开放时作驿道通路，叫‘二郎铺’，战时一闭关就成了要塞。”当地居民刘杰说。

循石梯而上，记者来到曾放置大炮的崖顶炮台。极目远眺，豁然开朗，绿色山岭下是拔地而起的城市。

“抵山巅，复傍崖曲折行，万仞深壑，一门洞开，斯又为佛图之锁钥云。”《巴县志》中这样描述二郎关，足见其作为军事要塞的重要性。从历史上看，二郎关失守往往意味着佛图关守关压力倍增，重庆城岌岌可危。明代天启年间，石柱女总兵秦良玉奉命平叛“奢安之乱”，扼守二郎关的奢崇明守军抵挡不住秦良玉的进攻而失利，佛图关也被秦良玉麾下总兵杜文焕攻破，重庆城被收复。

为增加二郎关的“保险系数”，西麓半坡上还设有龙洞关。至此，成渝东大路上由西向东形成龙洞、二郎、佛图三道关隘。《巴县志》记载：“三关叠嶂，守者得人，皆可一丸塞，纵西路有警，渝州未易攻也。”

“像这样在一座山上同时设两个关隘的情况并不多见。”重庆自然博物馆学者张颖说，重庆城东南西北皆有关口，但除西部歌乐山外，其余三个方向均可凭长江、嘉陵江天堑抵御入侵，仅有此山无江河之险可踞。

随着时代的变迁，二郎关、龙洞关的军事要塞功能已消失。近年来，重庆市对生态保护愈加重视，已成为主城四大绿色“肺叶”的中梁山脉，由原来的军事要塞转型为生态屏障。目前，地处中梁山脉的歌乐山国际慢城已具雏形，这里积极发展种植、垂钓、采摘等农业休闲观光旅游，成为周末市民度假的好去处。“昔曾广雅调，云顶响流泉。”清代巴县知县王尔鉴在描绘巴渝十二景之一的“歌乐灵音”时写下的诗句，如今正重现。

凉风垭:歌乐山抗战文物遗址集中处

沿二郎关继续向上，原来的道路因地质滑坡等原因无法通行，只能沿着老成渝公路经九道拐向上，来到凉风垭。

凉风垭是驿道在歌乐山上的最高点。从这里再往前，便开始下山。以前，凉风垭有至少三家幺店子供过往客商吃饭、歇息。随着成渝公路的修建，驿道上的行人不断减少，这里逐渐成为普通的居民区。

在凉风垭以北，有一处因成渝公路而享交通之便的地方——山洞街道。这里也是歌乐山抗战文物遗址最集中的地方。

▲ 山洞村凉风垭(谢智强　摄)

在歌乐山街道山洞村新山路与山峰路交会处的巨石上，刻有原国民政府主席林森手书的“小陪都”三个大字，折射着这里曾经的繁华。

“成渝公路修起来后，方便了山洞与山下的往来，歌乐山也成为当时国民政府疏散的重要区域，山洞因此兴旺起来。”81岁的歌乐山街道山洞村居民唐祖伦老人告诉记者，为躲避日军轰炸，当时的国民政府相关部门、党政要员纷纷迁到了歌乐山。其中歌乐山上占地140余亩的双河桥别墅，最初为蒋介石修建，后让给国民政府主席林森居住，被称为“林园”。

据沙坪坝区相关部门不完全统计，当时在歌乐山上建有蒋介石、宋美龄、马歇尔、林森、何应钦、陈诚等人的官邸，还有国民政府行政院海军部、陆军大学、重庆市政府驻山洞办事处等机构。

▲ 山洞村，一位市民走在通往二郎关的古道上，此道也是东大路中的一段，至今仍有不少附近市民在此徒步锻炼（谢智强　摄）

这些高官别墅、机构入驻山洞村后，带来了“人气”。唐祖伦说，当时他的父亲唐万发开的“唐罗汉”是山洞有名的饭店，卖的是熊掌和鲍鱼这样的山珍海味，每天来用餐的高官络绎不绝。在山洞村，像这样的高档酒家还有两三家。

▲ 山洞村东大路古道（谢智强　摄）

▲ 东大路中的一段，如今蜿蜒在茂密的树林中(谢智强 摄)

歌乐山上也居住了大量文化界知名人士。以歌乐山街道的桂花湾为中心，从歌乐山东麓的磁器口到西麓的金刚坡，居住着郭沫若、冰心、老舍、臧克家等文化界名人。其中，由郭沫若所著、被毛泽东高度赞誉并列为延安整风学习文件的《甲申三百年祭》；冰心所著的那篇温暖着一代代人的《小橘灯》，均写于这一时期。

1946年，已回到上海的著名诗人臧克家，回忆起歌乐山上的岁月，深情地写下了诗篇《歌乐山》——歌乐山 歌乐山/那青峰 那绿竹 那云烟/杜鹃叫得啼血的季节/那满山血红的红杜鹃……

当初被诗人吟咏的歌乐山，现已成为沙坪坝区发展生态旅游的重要区域。目前，沙坪坝区已初步完成抗战文物遗址的摸底排查。未来，该区将依托当地的传统风貌街区，开设特色茶馆、陶艺坊等，打造民俗文化休闲板块；串联起国民党电报局、范绍增公馆等多个抗战文化遗址，结合登山步道等打造区域休闲旅游环线，使歌乐山成为健身、休闲之山。

沙坪坝是成渝古驿道东大路与东小路重庆境内的交会处，历来交通发达、文风兴盛。在成渝地区双城经济圈建设中，辖区内的国际物流枢纽园与成都国际铁路港签订战略合作框架协议，聚焦通道口岸互通、产业招商互补、开放创新等的合作与交流。与此同时，该区利用自身富集的文化、旅游资源，与四川省乐山市、峨眉山市等加强文化方面的往来与交流合作；通过招商引资，吸引成都品牌餐饮企业到该区发展、投资。在人才交流合作中，该区与相关企业与科研机构达成成果转移、转化，共享科技人才等方面的合作。

东大路上的轿行

成渝古驿道重庆段多是山路，车马不便，主要交通工具就是轿子、滑竿。

重庆轿行兴盛于清代咸丰年间，到1943年，有轿子近两万乘，轿夫4万多人，形成了轿帮同业公会。江湖袍哥混迹其间，各自划定地盘，轿子需上“牌照”，轿夫身穿统一编号的背心，每天交份子钱，工作模式类似今天的出租车行业。

十八梯坡下有个轿铺巷，从前是轿行的大本营，主要负责城区内的业务，英国商人立德乐曾经在日记里写道：“重庆的出租车——轿子，无论到什么地方，只要在城墙内，都是25个铜钱。”

▲ 74岁的歌乐山街道山洞村凉风垭社村民杜世芳讲述当年往事（谢智强　摄）

位于东水门的秀壁街轿行则主要负责长途运

输，依靠西秦会馆、湖广会馆等招揽生意，主要负责成渝两地的人员往来。

随着轿行的扩张，轿夫们的业务已不再仅仅局限于抬人，也负责信件、贵重货物、汇票的传递，后还逐渐形成了以负责汇票等贵重物的“信轿行”，负责婚嫁喜事的“花轿行”，负责人员运输的“脚力行”。可见，旧时重庆的轿行相当于现在的出租车、长途车、快递的综合。后来，重庆还成立了中国首家轿业公司——大公藤舆公司。

轿夫辛劳，但收入却不高。据英国外交官爱德华·科尔伯恩·巴伯所著的《华西旅行考察记》所述，他雇佣了15个轿夫，还请了一个夫头负责管理这些轿夫。“算下来一个人一天的工资是300厘（约合10便士）……不行路的时候是100厘。”每个轿夫每天还要向轿行缴纳10厘份子钱，这个收入在当时只够一家人糊口。

歌乐山街道山洞村凉风垭社居民杜世芳说，家里两个哥哥曾在驿道上以抬轿子和滑竿谋生。

杜世芳家有11个兄弟姊妹，需要两个哥哥在农闲时当轿夫帮着养家。他们穿着稻草编的草鞋或麻编的“麻窝子”，以凉风垭为中心，最远送客人东到佛图关，西至走马岗，一次能换个几袋大米，成为养家的重要支撑。

杜世芳说，为了走得快而稳，前后两方轿夫经常一路喊着“号子”相互配合。前者“报点子”，后者回应：若遇驿道前方有拥堵时，前者呼“前挡”，后者应“后不来”；驿道两侧均有人、物时，前者喊“两靠”，后者答“对冒”；前方路某侧有牛马行来时，前者呼“左/右手力大”，后者和“让它一下”；要走凹凸不平路时，前者呼“高矮”，后者应“平踩”……

除了相互提醒注意路况的“号子”外，轿夫们还有一些调侃性的对句，为劳苦的路途平添一丝欢乐。

（罗　芸）

好耍不过白市驿　故事传承走马岗

从龙洞关出发，2.5公里到白市驿镇，12.5公里至走马镇，再行5公里到缙云山“巴县西界”石刻处，全程20公里左右。

这一段古驿道虽在重庆城以西，尚有中梁山脉相阻，却是古时巴县农业发达、商贸繁忙、文化昌盛之地。

当年白市驿古道旁的繁华地段，为何只有半条街？

地处三县交界处的偏僻小镇，缘何成为民间文化荟萃之地？

▲ 走马镇成渝古驿道遗址，青石板路上还留着当年马车经过留下的痕迹（齐岚森　摄）

▲ 走马镇成渝古驿道遗址上的“巴县西界”摩崖石刻(齐岚森 摄)

成渝古驿道遗址
成渝古驿道遗址位于走马镇慈云村7社金银坡，驿道始筑于宋代，明清时期兴盛，清末达到极盛，民国后由于区位原因驿道日渐衰落。驿道东起重庆浮图关，经走马、璧山、永川、荣昌、隆昌、内江、简州、龙泉驿到成都，是古代巴蜀两地唯一的陆路交通。现残存约1000米驿道全部位于走马境内。成渝古驿道是重庆地区为数不多的一处保存较完整的驿道遗址，具有较高文物价值。

▲ 位于重庆市高新区走马镇的成渝古驿道遗址(齐岚森 摄)

带着这些疑问，2020年6月，记者沿成渝古驿道探寻。

白市驿：从前靠“脚力”起家，今后借“智力”发展

2020年6月15日下午，烈日灼灼。

沿龙洞关残存的古驿道青石板路下山，林间清风徐来，暑气渐消。

站在视野开阔处向西望去，山下是白市驿密密麻麻的屋顶。清末民初著名藏书家邓国翰也曾这样遥望白市驿，并在《川鄂旅行记》中写道，当时的白市驿“数百户成集”，一派繁华。

白市驿距重庆城30公里，是出城后的首个驿站，也是成都方向通往重庆所要过的最后一个驿站。据《巴县志》记载，康熙年间巴县境内有陆驿六个、水驿四个，但只在朝天、白市两驿设置了驿丞，肩负传递公文、护送官物及官差的职责。

驿道进入白市驿镇，首先要穿过四道牌坊。因城市建设，现在只有位于白华西街支路的“旌表岁进士董经之妻周氏坊”（建成于1755年）留了下来。

穿过这道牌坊，经中心街，记者来到白市驿正街60号附近的马号巷子、当年的驿丞所在地。

天锡慈龄

▲ 重庆市高新区白市驿，于1755年建成的旌表岁进士董经之妻周氏坊（齐岚森　摄）

“明清时期，围绕官驿，周边逐渐开起了吃饭的幺店子、住宿的客栈及骡马店，就像现在高速路上的服务区，主要为靠‘脚力’谋生的人服务。这种状况一直延续到1949年前后。”77岁的白市

驿文史研究会会长刘万国摇着扇子，回忆自己幼年时看到的白市驿沿驿道为市的场景：天不亮，青石板上就响起马蹄声，连绵至入夜；过往客商络绎不绝，抬轿的、抬滑竿的常因拥堵而停步；担粮食、蔬菜的，背着猪崽、拎着鸡鸭的，以驿道为市摆摊交易……平时五日或十日赶一场，这里却因古驿道集聚了人气，天天都像赶场，于是成了“百日场”，白市驿由此得名。

其实，早在康熙年间，白市驿作为“湖广填四川”的移民中转站已经非常繁华。1729年，这里的驿丞改为县丞，相当于分县治所，负责中梁山与缙云山之间的槽谷坝区（上至北碚、下至铜罐驿）的行政管理。

如今，县丞早已消失在历史长河中，驿道“服务区”所在的上中下三街，合称白市驿正街。沿这条曲折而狭长的街南行，记者来到半边街。当年，靠“脚力”维生的贩夫走卒，大多在此小憩。

半边街本是上街的一部分，紧邻梁滩河，地势较为低洼。平日里只有三四米宽的梁滩河，在雨季河水暴涨，常常冲垮这里靠河一侧的夹壁房。“最后，只留下靠里的一排房子，所以这里叫了‘半边街’。”在半边街浓密的树荫下，摆露天摊的剃头匠汪世国和记者聊起了街名来历。

如今，白市驿已成为重庆农旅观光的好去处。该镇打造的“驿都花海”复原了来凤驿、龙泉驿等成渝古驿道上重要的11座驿站景观。此外，该镇培育了农业休闲旅游场所40余家，精心打造了贝迪颐园、“毛毛虫”生态农场、望岭湖山庄等农业观光休闲新载体，2019年吸引游客398万人次。

“现在白市驿被纳入高新区，成为西部（重庆）科学城的重要区域。未来这里还要上档升级，吸引更多的优秀人才。”刘万国满怀憧憬地说，“过去白市驿全靠‘脚力’起家，现在得多靠‘智力’取胜了。”

走马岗：百年“故事会”，从古讲到今

从白市驿一路向西，远处可见缙云山尾端，山势高耸如骏马奔腾，山下的缓坡被称为“走马岗”。

从四五米宽的古驿道拾级而上，悠长的青石板路顺缓坡蜿蜒，记录

着悠长的走马盛景。

早在唐宋时期，驿道即穿走马而过。那时，一大早从重庆城出发，40公里后至走马，往往天已擦黑，素有“识相不识相，难过走马岗”的民谚。若继续西去，过茶店子、爬金银坡，到“巴县西界”、三道碑——这一带鲜有人烟，无处歇脚。“这相当于从走马还要再走15公里翻缙云山，才能到璧山来凤驿。”曾任镇文化服务中心主任的钟守维说。此时人困马乏，山上又多猛兽强盗，于是不少过往客商选择在此小憩，翌日一早再搭伙翻山，因此走马颇具“地利”之便。明清东大路成为成渝主要官道后，走马发展达到鼎盛。

抬头间，在绿意婆娑的黄葛古树掩映下，一段赭黄的城墙映入眼帘。穿过约三米宽的城门洞，进走马下场口，眼前豁然开朗。

场口正中是约一百平方米的坝子，右侧是挂有“乾坤正气”牌匾的关武庙，殿内关公右手捻须，斜睨左手书卷；左侧是写有“鸣声龢圣”牌匾的戏楼，分上下两层，属典型的南方建筑风格。两座建筑均装饰有精致的撑拱、挂落、雀替等镂空装饰，虽有些褪色，但仍在岁月的磨砺中显露出当年的美轮美奂，被誉为走马古建筑的典范。

▲ 驿道穿过走马古镇下的黄葛树向远方延伸(走马镇　供图)

嚴正寬平

▲ 走马镇成渝古驿道遗址，矗立着刻有“严正宽平”的颂德碑、修葺驿道捐款功德碑和蒲氏节孝碑（齐岚森 摄）

▲ 走马镇成渝古驿道遗址（齐岚森 摄）

“走马的关武庙正对戏楼，合称‘关武戏楼’。”钟守维说。走马为东大路重镇，各色人等聚集，须树立诚信守义的风气。若有商贾被发现有欺诈行为，将在关武帝前被判“最严”处罚：掏钱请戏班演出，请大家免费观看。

一般的古镇有两三个地方会馆便算繁华，但走马却有4个：山西会馆关武庙、江西会馆万寿宫、湖广会馆禹王宫和广东会馆南华宫。走马老街600多米长，沿街分布了3座戏楼，20多家茶馆、客栈，60多家店铺。关武戏楼过街楼楹联“夏日炎炎挑夫踏月奔渝府，寒风凛凛驮马披霜赴蜀都”，描绘出明清时期驿道上的繁忙景象。

“事实上，明清鼎盛时期，这里的繁华不亚于磁器口：白天是人来人往，晚上那才叫个人声鼎沸！”走马小学教师、民间故事市级非遗传承人朱伟有滋有味地摆起了龙门阵——

掌灯时分，在堂倌的长声吆喝、掌柜噼里啪啦的算盘声中，过往客商酒足饭饱，腆着肚子开始夜生活。

茶馆里，老虎灶上的大茶壶咕噜咕噜冒着泡；袅袅茶香中，茶盖茶碗相互碰撞叮当作响；不少人吧嗒着最受欢迎的成都“麻油烟丝”，听说书人“啪啪”地拍着醒木“扯把子”（讲故事），在家长里短和神仙鬼怪故事中激浊扬清。

戏楼上，才子佳人咿咿呀呀，武将交手咚咚锵锵；戏楼下，不少人手打节拍，摇晃着脑袋应和台上。一曲演毕，掌声雷动。

“走马的故事、戏曲有了名气，许多过往客商紧赶慢赶，非要赶到走马住，感受浓厚的文化氛围，这让走马更具人气。”朱伟介绍。

在走马小学任教30多年来，朱伟潜心研究当地民间文化，认为走马的民间故事、戏曲以巴渝文化、宗教文化为底色，同时杂糅着浓厚的驿道文化及与驿道有关的移民文化，从而具有了自己的底蕴。像首批国家级非遗传承人、已过世的“故事大王”魏显德，就是出生在贫苦的说唱世家。他年幼时随祖辈在云贵川三省谋生，后回到走马听驿道上的居民给过往客商讲故事，积累了大量素材，加之走马讲故事氛围的熏陶，

▲ 航拍重庆市高新区走马古镇（齐岚森　摄）

走马小学

▲ 走马小学(齐岚森　摄)

▲ 走马书院旧址(齐岚森　摄)

成为能讲上千个故事的民间故事家。

在走马，像魏显德这样的民间故事家还有很多。据统计，如今，全镇故事家累计有316人，提供了故事目录1.3万余条，由相关文化部门收录故事1.2万余个、民间歌谣3000余首、谚语4000余条。

随着成渝公路和铁路的通车，走马的区位优势日渐衰落，但古镇上说唱文化还在延续。

在朱伟任教的走马小学，为了弘扬民间讲故事的传统，学校编辑了三册校本教材，收录了适合孩子们的民间故事、谚语、游戏等，广受欢迎。

近十几年来，走马借民间文化资源打造都市休闲旅游目的地，举办“走马古镇观花旅游节”；建设“一环十点”旅游路线，其中“梦回拾景·千秋古驿”是重点。2019年，全镇实现旅游收入8232万元。

“走马因驿道而兴，又因驿道而衰，但民间文化则可以跨越时空。”朱伟说，“不论路通向哪里、人在何方，传统文化都能为人们找到回家的‘路’。”

41
风味好吃馆

▲ 游人踏着青石板路悠闲徜徉(齐岚森　摄)

铜罐驿：红色故事回响在古驿道上

“20世纪20年代末，一位打扮得像商人的帅小伙，住进了我们走马街106号的利源客栈，准备沿着东大路上成都，开展革命工作。他就是四川省委的重要干部、巴县县委书记周文楷。他的另一个名字是——周贡植。”2019年离世的走马国家级非遗传承人刘远扬，曾在一场“红色故事会”上，讲起了周贡植与中共四川省委的故事。

随着城市的发展，古驿道的交通功能已逐渐消失，但重庆这座英雄城市的历史记忆却永远地留了下来。

“周贡植是中国共产主义运动的先驱者，是中共早期在四川的组织工作者、农民运动领导者、国共合作实践者。”重庆市地方史研究会会长周勇介绍。周贡植是巴县铜罐驿乡人。铜罐驿距成渝古驿道东大路并不远，也是旧时巴县四大水陆驿站之一。

1899年5月5日，周贡植出生于铜罐驿镇陡石塔村。1920年，巴县中学毕业的周贡植考取了重庆留法勤工俭学预备学校。两年后，23岁的周贡植加入了旅欧中国共青团，并很快便转为正式党员。

1925年秋天，在党组织的安排下，周贡植回国，在重庆的中法大

▲ 青石板路上还留着当年马车经过留下的车辙（齐岚森 摄）

老祖馆

▲ 悠远的青石板路（齐岚森 摄）

学四川分校任教。1926年2月，中共重庆地方执行委员会成立，并在中法大学四川分校成立了“农民运动研究会”，周贡植担任农业部秘书。在不到一年的时间里，他就在省内14个县建立了农会，发展了2万多名会员。同时，他在家乡发展党员，成立了中共铜罐驿党支部。

1928年2月10日至15日，中共四川省临委会扩大会议在周贡植铜罐驿的家中召开，中共四川省委正式成立。

同年3月9日下午，在中共巴县县委成立大会进行中，周贡植等9名共产党人意外被捕。

当时反动军阀王陵基亲自开展审讯。他向周贡植承诺：“只要说出你们的组织和人员，我保证今天就放你回家。”

周贡植冲着王陵基轻蔑地一笑，拒绝诱惑，虽经酷刑依然保守着组织的秘密。

在周贡植临刑头一天，周父动用各种关系准备用重金将周贡植“赎”出来。放人前，国民党要求周贡植写一份悔过书。

“我绝不苟且偷生，誓要与反动派作坚决的斗争！”周贡植坚定地说。

直到在生命的最后时刻，周贡植仍托人带话，要妻子和腹中的孩子将来继承自己未竟的事业。1928年4月3日，周贡植在重庆朝天门壮烈牺牲。

虽然现今距他英勇就义已有92个年头，但其临难不苟、舍生取义的故事，仍在他曾经走过的这条成渝古驿道上回响，绵绵不绝。2019年7月1日，历时3年修缮，中共四川省临委会扩大会议会址暨周贡植故居在铜罐驿正式对外开放。

英雄的故事激励着这座城市继续奋进。九龙坡区自古地处成渝交通要冲，通衢交会，见证了两地发展的兴盛繁荣。目前，九龙坡区明确提出抢抓成渝地区双城经济圈建设的文旅机遇，融入巴蜀文化旅游长廊建设，打造长江文化艺术湾区九龙美术半岛；用好经济圈生态优化效应，打造中梁山生态景区，立体建设中梁山花博园、重庆中温泉等生态景区，促进川渝两地文旅发展融合。

（罗　芸）

最险处在老关口　来凤驿上车马喧

从缙云山脉的老关口开始，就进入到成渝古驿道璧山段。

古时，客商们需翻过老关口，进入璧山地界，接着，依次经过拖木铺、水口、二道牌坊，再过来凤驿、兴隆铺、帽子铺、丁家坳、马坊桥等地，离开璧山，继续西行。

在这段长约33公里的古驿道上，位于璧山与走马交界的老关口凭借其险峻的地势，被古人称为“重庆第一关”。缙云山下的来凤驿也因独特的交通地位，与龙泉驿、双凤驿、白市驿、南津驿并称为成渝古驿

▲ 从缙云山脉的老关口通往璧山地界的成渝古驿道（齐岚森　摄）

道上的“五大名驿”。

从古至今，它们见证了东大路的人来人往，也见证了这段古道上的悲欢离合。

老关口：西驿最险第一关

清朝末年，缙云山脉上的老关口迎来了一位游客。在通过老关口进入璧山后，他挥笔写下“山程若付丹青手，绝好悬崖斧劈皴”的诗句，把老关口的陡峭地形展现得淋漓尽致。

“这位游客就是清末民初的四川大儒赵熙，从诗中我们可以看出，他被老关口的险峻震撼了。”2020年6月8日，重庆自然博物馆学者张颖向记者介绍。

除了赵熙外，不少书籍也对老关口的地形进行过详细描述。据1939年出版的《巴县志》记载，“西山由南北迤入县境者为老关口，界三县，旧为成渝孔道，重庆第一关……从来守是隘者，皆未尝摧陷。”另一本近年出版的《来凤街道志》同样提到，老关口为古川东大道制高点、重庆西驿最为险要之地。

那么，老关口究竟是什么模样？

记者一行冒着蒙蒙细雨，从走马古镇后山的成渝古驿道遗址入口，一路拾级而上，来到地图上标注的老关口位置时，眼前除了一块平地和一人多高的杂草外，没有看到任何建筑。在整个行进过程中，下雨导致青石板相当湿滑，但总体路途平缓，并没有出现想象中的险坡。

难道因险峻地势而被称为“重庆第一关”的老关口只是徒有其名？

带着疑问，记者一行在杂草中继续前行了约100米，穿过垭口后回望，才发现整个垭口呈“Y”字形，石壁十分陡峭，让人望而生畏。

“古时的老关口就修筑在这垭口之上，客商们穿过老关口，就出了巴县，正式进入璧山境内了。”张颖说道。

清乾隆年间的《巴县档案重庆府图》记录，作为当时巴县的门户，老关口曾修有关楼，内有官兵，有城门四座。其中向东两个城门前后相继，分别通向东北和东南，方便物资运输；向西的两座城门各通向西北和西南，西南为东大路正路。

▲ 位于缙云山脉上璧山与走马交界的老关口，曾被古人称为“重庆第一关”，现在只能依稀看出陡峭的“Y”字地形(齐岚森 摄)

险峻的地势，特殊的地理位置，让老关口成为兵家必争之地。在1911年的四川保路运动中，同盟会重庆支部聚集各路力量，率先占据老关口，不仅有效牵制了川渝两地的清军，还为夏之时的部队顺利进入重庆城贡献了力量；在1917年的护法运动中，当时在滇黔川靖国联军任职的爱国将领何海清在老关口附近与袁世凯的部队展开过激战。

“虽然这里曾爆发数场战争，但回顾历史，老关口更多见证的是成渝古驿道的繁华。”张颖介绍，在成渝公路开通之前，这里是商贾贩夫来往成渝的必经之地。

对此，曾居住在老关口附近、年逾60岁的周盛华给予了证实：“小时候，我经常听外婆说，民国初年，来往的人们从重庆出发，第二天路过老关口时，通常会停下来，在附近的茶店买碗水，摆摆龙门阵，再翻过老关口，到山下的来凤驿吃午饭。”

周盛华说，当时老关口附近专门修有民房，民房内就是一家家茶店，他的外婆曾在那里开过一家茶店。“外婆的茶店除了卖茶水外，还卖咸菜饭。茶水3分钱一碗，一天就要卖好几百碗，生意好的时候，开

▲ 记者一行从位于缙云山脉上璧山与走马交界的老关口往璧山行进(齐岚森 摄)

▲ 老关口通往璧山地界的成渝古驿道(齐岚森 摄)

水都来不及烧。”

时光荏苒，如今的老关口，四处都是一人多高的杂草，曾经的关楼、茶房早已不见踪迹。

“成也交通，败也交通，这句话用在老关口上是再合适不过了。”张颖说，1906年，川汉铁路工程师在初勘成渝铁路路线时，曾考虑让成渝铁路从老关口经过，但因建设成本过高，不得不绕道而行。之后，随着成渝公路的竣工，曾经显赫的老关口开始慢慢走向衰落。

来凤驿：缘何被称为“小重庆”

“又二十里，宿来凤驿，璧山地，驿屋清爽可居，驿前即傅总兵弃甲处也……”1883年的一天，一文人在日记中这样写道。

这文人就是清代著名文学家王闿运，这篇日记主要记录的是他夜宿来凤驿的情景。作为成渝古驿道上的重要驿站之一，来凤驿也是旧时官员、客商、马帮、挑夫往返重庆和成都时打尖歇息的首选地。

从老关口一路蜿蜒而下，经过拖木铺、水口、二道牌坊等地，记者一行来到来凤街道（旧时的来凤驿）。此时，时间已近中午，街边餐馆不时飘出璧山名菜来凤鱼的香味。

“现在来凤有些冷清，但在明清时期，这里却是热闹非凡。民国时期，来凤还被称为‘小重庆’。”同行的璧山区人大教科文卫委主任胡正好告诉记者。

据《来凤街道志》记载，来凤设驿，始于唐宋。到了明清时期，随着重庆地位的提高，来凤驿的地位也水涨船高，与龙泉驿、双凤驿、白市驿、南津驿并称为成渝古驿道上的“五大名驿”。据清乾隆年间的史料记载，彼时来凤驿设马十一匹，马夫五名，扛夫一十六名。

如今，位于来凤街道场镇西街的“新开坦途”碑，是来凤昔日繁华的实物见证。这块镶嵌在墙壁里的石碑，自上而下刻有“新开坦途”四个大字。

“这块石碑记载了清嘉庆年间，为缓解人流，璧山知县李大经在来凤开路造桥的故事。”胡正好说，根据碑文的内容推断，作为成渝东大路上的重要节点，来凤驿旧时非常繁华。当时的来凤驿只有一座梁桥横跨璧江，桥面狭窄，每逢赶场，这座桥总是拥挤不堪。

为了改变这种状况，李大经通过募资的方式，在这座梁桥附近又开辟新路，并修建了一座过河石桥来连接场镇东西路口，并取名为“接凤桥”。

除了“新开坦途”碑外，清同治年间任四川正考官的孙毓汶曾在日记里用“来凤驿去县城九十里，来往使传皆局绅代办，供应喧呼，竟夜不能成寐”等句子，来描述来凤繁荣的景象。另一位清代诗人王梦庚在感受来凤的热闹之后，也在《咏璧山县来凤驿诗》中用“古驿苍茫照落西，临邛凤羽漫称奇”的诗句，突出了来凤在成渝古驿道上的重要地位。

“彼时，成渝东大路上的过往客商不仅为来凤驿带来了繁华，也促进了当地名菜来凤鱼的诞生。”胡正好说，史料记载，来凤鱼诞生于清康熙年间，由来凤驿有名的邓家鱼馆创制，其创立之初就以麻、辣、鲜、香吸引了南来北往的食客。后来，随着成渝东大路的日渐繁华，来凤鱼又吸收了江南、淮北等菜系的特征，诞生了多种口味，让不少食客慕名而来。

“来凤驿繁华的背后，反映的是当时成渝两地密切的交往。”胡正好说，到了抗战时期，随着成渝公路的修建，这种交往更是达到鼎盛。仅1938年，来凤的织布业、染织业的营业额就达400多万元。20世纪40年代，来凤驿从官驿蜕变为民驿，民用货物的运销和批售集中在此经办。来凤成了璧山、江津一带重要的盐糖运销和批发地，其商业的繁荣，使其获得了“小重庆”的称号。

▲ 来凤街道场镇西街的“新开坦途”碑（齐岚森　摄）

发达的经济，也吸引了不少名人到此。据《来凤街道志》记载，抗战时期的璧山可谓名流际会——国学大师梁漱溟曾在来凤驿创办私立勉仁中

▲ 位于璧山区来凤街道的何氏百岁坊(齐岚森 摄)

学；哲学家熊十力曾在此避难，并增订哲学著作《十力语要》；教育家黄炎培以《来凤驿》为题，创作了散文诗。

20世纪90年代，随着成渝高速公路的建成通车，来凤失去了交通枢纽的地位，整个场镇也逐渐落寞。

“这样的状况有望得到改变。”胡正好介绍，2018年，来凤街道的来凤村被纳入重庆市“三变”（农村资源变资产、资金变股金、农民变股东）改革示范村。未来，来凤将深度挖掘旅游资源，力争把这里打造为生态环境优美、风景秀丽的新型旅游示范地。

“正在建设中的黛山大道将经过来凤，随着这条大道的通车以及成渝地区双城经济圈建设的不断推进，来凤将迎来更加美好的明天。”胡正好说。

马坊桥：一段美好爱情的传说

作为古时成渝之间的“高速公路”，璧山境内的成渝古驿道吸引了不少文人墨客，他们用游记或诗文记录下沿途所看到的风景。

当记者再度翻阅这些游记和诗文时发现，不少游记在写到马坊桥（位于今璧山区丁家街道）时，都不约而同地提到，它见证了一段美好的爱情。

一座普通的桥梁和爱情有什么关系？带着这样的疑问，记者一行在结束来凤的采访后，驱车前往马坊桥所在地——丁家街道。从来凤街道出发，沿着108省道驱车约半小时来到丁家后，一座五孔石拱大桥映入记者的眼帘。

张颖介绍，这座桥是在原马坊桥的基础上改建而成的。史料记载，最早的马坊桥修建于清雍正八年(1730年)，两边护栏刻有石狮子，因桥头有明代马氏节孝牌坊得名，是成渝古驿道上的重要交通枢纽。

那么，这座桥又怎么会和爱情产生关系呢？根据英国外交官爱德华·科尔伯恩·巴伯在1881年所著的《华西旅行考察记》记载，这主要来源于建桥之时的一个传说。相传，在马坊桥竣工的那天清晨，有一支护送新娘的迎亲队伍恰好走到桥头。造桥的匠师邀请新娘为这座桥起名，这位姓方的新娘就以自己与马姓丈夫之间的相遇、相恋为内容，吟

▲ 位于重庆市璧山区丁家街道的马坊桥，这座桥是在原马坊桥的基础上改建而成（齐岚森　摄）

诗一首。有感于他们之间纯洁的爱情，当地人决定用夫妻二人的姓氏，把这座桥命名为马坊桥。

“书中记载的爱情故事无疑体现了人们的美好愿望。事实上，作为成渝古驿道上重要的交通枢纽，自明代以来，马坊桥以及丁家坳（今丁家街道）就见证了不少悲欢离合。”张颖说，例如，明代著名文学家杨慎因得罪朝中权贵，被贬到巴蜀一带。其间，他为办理公务，沿成渝古驿道前往成都，在路过马坊桥时有感而发，挥笔写下一首《马坊桥》，用“无奈旅怀多，村酤引睡魔。醒醒不成寐，枫叶助吟哦”的诗句来表达自己去国怀乡之感。

除了杨慎外，马坊桥临近的丁家坳也吸引了不少历史上的名人在此驻足。

1915年，刘伯承曾受命到此，与当地乡贤张明安共同组织璧山“讨袁义勇军”，为“护法运动”贡献了力量。而在20世纪40年代，在重庆负责南方局工作的周恩来和邓颖超，受远在延安的吴玉章之托，专门来到丁家为其长子吴震环证婚，留下一段佳话。

▲ 马坊桥旧貌(璧山区档案馆 供图)

2018年，随着马坊桥水毁修复工程的完工，马坊桥一带已成为可满足生态防护、滨河观赏、观光休闲、科普健身等多种功能的绿色生态景观长廊。据悉，合璧津高速也将在马坊桥附近设置下道口，交通的便利将会让越来越多的人来到马坊桥。

记者在采访中了解到，作为成渝两地重要的交通枢纽，璧山区正多管齐下，积极融入双城经济圈建设。该区将利用自身的区域优势，积极对接周边区县，与永川、北碚等周边区县建立共建、共享联动机制，协调做好永璧高速、北璧高速等重大交通项目建设的难点热点工作。此外，该区将建设15平方公里环境优美、配套齐全的西部（重庆）科技创新小镇，积极联动成渝地区高校，推动成渝地区创新资源集聚扎堆，产生“化学反应”“链式反应”。

再现昔日璧山古驿道风采
古道湾公园预计今年底开园

近年来，璧山区在挖掘古道文化方面动作不断，预计将于2020年底开园的古道湾公园无疑是其中的代表作。

据介绍，作为璧山区大公园、大森林、大景区、大水系建设的重点项目，古道湾公园南北向全长约3公里，规划占地面积约1200亩，将深度挖掘古道文化的历史文脉，讲好古驿道上的璧山故事，充分尊重原始地貌，通过各节点场景的还原包装，再现昔日璧山古驿道的风采。

“按照计划，古道湾公园建成后，将以古道湾水域为依托，古道文化为底色。”胡正好介绍，该公园不仅会以明代诗人龚懋熙创作的诗歌《再经来凤驿》为蓝本，通过打造客栈、牌坊、古井、古碑等文化元素，再现来凤驿昔日的繁华景象，还会以杨慎诗歌《马坊桥》为蓝本，在公园内重现当年丁家坳的繁华景象，让更多市民了解刘伯承讨袁、周恩来证婚等历史事件背后的故事。

此外，除了重现成渝古驿道上的重要驿站，古道湾公园还将打造古村落、古茶铺、古酒肆、古战场、古栈道、古镇古街等23处再现古道文化场景及互动游乐项目。“届时，市民不仅可以感受老关口的险峻，还能了解作为兵家必争之地的璧山所经历的那些烽烟往事。”胡正好说。

（黄琪奥）

繁华落尽茶店场　川东大道展新颜

古时，商贾贩夫从璧山马坊桥出发，一路向西，经过界碑铺，进入到成渝古驿道永川段。

在永川，他们要先经过隆济场、小安、大安、茶店等地，接着翻过铁岭山，从永川城东门进入城内的东皋驿，再从西外街出城，过双石铺、耗子铺、牛尾铺等地后，进入大足邮亭铺。

永川境内的这一段成渝古驿道总长约为45公里，道路比较宽敞，周边的配套设施也较为齐全。

▲　蓝天白云下的重庆市永川区双石镇太平桥（齐岚森　摄）

茶店场:“帽儿头饭”要卖出好几百碗

2020年6月10日，天空放晴，从永川区人民政府出发，沿着新修的兴业大道前行，大约20分钟后，记者来到位于永川区大安街道的茶店老街。

清光绪年间的《永川县志》对于茶店老街所在的茶店场是这样描述的：“茶店场，县东十五里，创自前明，相传建文帝过宿，茶庵乃其遗址，场因名焉。庵在街西。铺户百余家……为川东大道。”

史料显示，永川境内的东大路道路比较宽敞，其宽度在2米左右，可供两乘轿子或滑竿并行。但记者眼前的茶店老街，却与“川东大道”相去甚远，除了街道两旁荒废已久的房屋外，很难寻觅到行人的身影。

“明清时期，这里可是另外一番景象。”大安街道社区文化服务中心工作人员刘华军介绍，古时茶店场位于永川城外，由于城内住宿较贵，不少客商、挑夫沿成渝东大路前往成都时，通常会选择在茶店场住一晚，第二天再进入永川城，并经过东皋驿、双石铺、太平桥，继续西行。这些往来的客商和挑夫一方面给茶店带来人气，另一方面也让它成为当时永川的商贸中心。

▲ 茶店老街(齐岚森　摄)

▲ 旧时永川城(西南大学历史地理研究所　供图)

英国外交官爱德华·科尔伯恩·巴伯在1881年所著的《华西旅行考察记》中对茶店及附近的永川城是这样描述的："每一寸土地都有人耕种庄稼，形式以梯田为主……在大量农民的辛勤劳动和精心耕种之下，这里可以说是全中国农业最为兴盛的地区……道路曲折迂回，一转弯就能看到崭新景色……"虽只有寥寥数语，却道出当时永川城及茶店场的繁华。

年已78岁的大安街道居民曾德怀对记者说："小时候，我经常听爷爷说，民国初年茶店场两旁都开满了店铺，有茶馆、饭店，还有杂货铺。每逢赶场，整个茶店老街到处都是人，别说过车，就算在街上穿行，也要费好大劲。"曾德怀说，彼时，道路两旁小贩的叫卖声、街边茶店内挑夫的谈话声汇聚在一起，让整个茶店充满了生机。

那时，曾德怀的爷爷在茶店老街上开有一家曾家旅馆。曾德怀的父亲曾经告诉他，曾家旅馆共有10多个房间40多个床位，算是镇上规模比较大的旅馆，但这依然无法满足往来客商的需求。

“每逢赶场天，我家的旅馆总是爆满，光‘帽儿头饭’[①]就要卖出好几百碗。挑夫们一边吃着‘帽儿头饭’，一边‘吹壳子’（摆龙门阵）。在旅馆后厨，我父亲则与爷爷奶奶一起，一边为客商们准备饭菜，一边为他们准备洗澡水……当忙完这一切后，通常已是午夜时分。”曾德怀曾多次听父亲说过这样的场景。

闹热的茶店场也吸引了文人的到来。明成化二十三年（1487年）进士、永川诗人罗勋路过此地时，就有感于茶店场的繁华，挥笔写下“景运有开先灿烂，依稀桃李自成蹊”的诗句。

永川区文管所副研究馆员王昌文表示，20世纪30年代，成渝公路通车后，茶店场的地位逐渐下降，随着1952年成渝铁路的正式通车，以及20世纪80年代茶店新街的建成，茶店场渐渐寂寥。

现在的茶店场上只剩下10多户居民，并且大部分都是老人，不时也有古道爱好者前来老街探秘，寻找旧日时光的印记。

永川区政协副秘书长张义骞建议，永川可借鉴陕西礼泉县袁家村、兴平马嵬驿民俗文化村经验，对茶店老街进行整体开发。一方面把茶店建设成一个开放式的以茶文化、赶场文化为主题的民俗街区；另一方面着力对“茶店场”品牌进行挖掘，形成茶馆一条街、茶叶茶具茶艺展示展销一条街等特色街区，打造独具创意的乡村旅游、民俗文化展示新景点。

铁岭山：骡马踩踏在青石板上留下沟槽

打探了茶店老街后，记者穿过兴业大道，来到中山路街道孙家口村，再沿着大道旁的小路前行数百米，就看到一座写有“铁岭山”的石碑。石碑旁，约1.5米宽的青石板铺就的小路蜿蜒向前，通向不远处的永川新城。

“这就是茶店老街附近的铁岭山。”王昌文介绍，根据《读史方舆纪要》记载，铁岭山因为附近山石如铁色而得名。明清时期，该山设有铁

① 旧时巴蜀各地经营饭店，都将碗中干饭盛得堆尖冒热，其尖为圆形，似草帽顶状，故称“帽儿头饭”。

▲ 重庆市永川区铁岭山古驿道遗址(齐岚森 摄)

山铺，是成渝东大路上的重要节点。

作为古时的交通要道，铁岭山可曾留下岁月的痕迹？沿着古驿道继续前行，大约走了50米后，同行的刘华军停下脚步，扒开古道两旁的野草。记者看见多数石板的两端各有一个明显的坑，顺着古道，这些坑连成了沟槽。

这些坑从何而来？原来，作为重庆的西大门，永川自古是来往成渝两地的必经之地。往来于两地运送货物的骡马众多，在这些骡马的反复踩压之下，青石板上就形成了沟槽。时过境迁，繁华不在，这些沟槽却永远地留在了石板之上。

“铁岭山上这条古驿道的附近，还是‘永川古八景’之一的‘铁岭夏莲’所在地。”王昌文介绍。

原来，铁岭山上有一处小水池，池中并无莲，但有很多石孔，与莲相似，故得名“铁岭夏莲”。

古道加上古景，自然让铁岭山受到众多文人墨客的青睐。明万历年间永川知县张时照在经过铁岭山时，就曾挥笔写下“芝草根何自，莲生石窍清”的诗句，对“铁岭夏莲”进行赞美；清代永川诗人李天英也曾用“三十六州铁，移来聚此山……何人留手迹，拂拭出榛菅”来记录铁岭山的美丽景色。

“作为成渝东大路上的重要节点，这条古道在永川还有另外一个名称，那便是‘茶马古道’。”王昌文说，根据史料推测，作为川渝地区重要的茶叶产地，古时永川所产茶叶有一部分是顺着这条驿道前往成都、雅安等地，在那里经过简单的包装后，沿着那边的茶马古道被运往云南、西藏等地。

站在铁岭山的古道上，记者听着远方永川高铁站传来的火车进站声，看着脚下逐渐被荒草淹没的成渝东大路，不由唏嘘不已。

记者在采访中了解到，当前永川正启动城区东部30平方公里科技生态城建设。王昌文建议把“铁岭夏莲”古景致、茶店场得名的传说等相关地域文化符号，融入科技生态城的规划建设中，进一步丰富科技生态城的人文内涵，提高其开发利用价值。

大安场：三道并存，时空在这里交汇

结束铁岭山的采访，记者一行驾车沿着成渝公路向璧山方向前行约20分钟后，来到了大安老街。“如果说铁岭山体现的是古道和古景的交

▲ 大安老街（齐岚森　摄）

▲ 大安街道的成渝古驿道旧址(齐岚森　摄)

融，那么这里就是历史和现实的交汇之地。”王昌文说。

记者的脚下，是曾经的东大路，一条青石板路蜿蜒而下，通往远方。左边是成渝高速公路，右边则是老成渝公路。

为何三条道路会在此处交会？“这和大安老街的地理位置有关。”同行的重庆自然博物馆学者张颖说，作为东大路上的重要交通枢纽、永川的东部门户，大安场上接隆济、下接茶店，历来都是成渝交通要站。其东侧场口外有一个长坡，古驿道顺坡直上。20世纪30年代修建成渝公路时，考虑坡度的原因，从坡脚绕行而上；20世纪90年代成渝高速公路在修建时也选择绕过斜坡，从侧面直接穿过。因而，这里形成了三道并存的景观。

“对于永川来说，这三条路并不是简单的公路。不同的历史时空在这里交汇，它们的修建既见证了成渝地区自古以来的密切交往，也造就了永川这数百年的繁华。”张义骞说。在抗战期间，这里还见证了不少永川男儿出川抗日的一段段热血历史。

抗战期间，永川总计输送兵员25338人。“据史料记载，当时永川男儿出川抗日需到重庆集合，再从重庆坐船出三峡，前往抗日前线。”

张义骞说，“当时成渝公路虽然已经修好，但毕竟运力有限，由此推测一些战士是从永川县城出发，沿着成渝东大路走到重庆，踏上抗日前线的。”

永川拥有着得天独厚的交通优势，发挥着承东接西、左传右递的重要作用，在成渝地区双城经济圈建设中，永川将如何实现进一步发展，推进文旅融合？

据悉，永川将围绕把“城区建成景区的客厅”这一目标，加快每500米一个市民公园、每1000米一个休闲广场、每2000米一处湖泊景观建设，充分彰显永川山水城市特色。

“同时，我们还提出‘让景区成为城市的花园’的理念，通过对茶山竹海、松溉古镇等景区进行提档升级，对铁岭山、茶店老街等成渝东大路的重要节点进行集中保护的方式，建成一批具有‘山、水、田、园’特色的乡村旅游示范点，吸引更多人到永川感受田园好风光、体验乡村慢生活，了解成渝东大路的那些故事。”张义骞说。

此外，记者还了解到，为唱好“双城记”，永川多方发力，2019年8月，成都天府软件园与永川大数据产业园签订战略合作协议，打造300亿级大数据产业集群，推动川渝合作走深走实。2020年6月，永川区教委与四川泸州市教委签订协议，两地将开展深度合作，加快推进成渝地区双城经济圈教育协同创新发展。

张大千邮亭斗匪记

说到著名画家张大千，相信不少读者不会陌生。但你可知道，张大千还与成渝古驿道颇有渊源。

1916年5月，年仅17岁、在重庆求精中学读书的张大千准备与同学一起结伴回家。由于他的同学都住在成渝东大路沿线，而张大千的老家又刚好在内江，于是他们决定沿东大路步行回家。

旅程的前半程还算顺利，虽然遭遇了小股土匪，但他们都顺利过关。当他们走到大足邮亭铺时，却遇到了真正的麻烦。

张大千一行本来并不准备在邮亭停留，但由于之前遭遇小股土匪，让他们身心俱疲，于是一行人来到邮亭老街上的一个教堂，计划在此留宿。

让张大千等人没想到的是，就在他们到达邮亭之前，当地的民团打死了两名土匪。教堂内的神父磐定安告诉张大千，土匪被打死后，人人自危，根本不敢收留外地人，害怕土匪到来时，被误认为包庇民团，让他们赶紧离开。

经过再三协商，张大千等人还是决定等天亮后再走。他们通过翻墙的方式进入教堂，谁知刚躺下没多久，邮亭老街上就响起了枪声。一行人赶紧起来逃命，但没跑多远，就被土匪抓住了。

根据张大千的回忆录记载，他被土匪抓了之后，开始十分害怕，后来就平静下来。面对土匪的逼问，他一口咬定自己家里是开杂货铺的，没有多少钱。

让张大千没想到的是，当他在土匪的胁迫下，给家人写信，让家里

▲ 重庆市大足区邮亭铺老街（齐岚森　摄）

▲ 重庆市大足区邮亭铺老街(三)(齐岚森 摄)

准备赎金时，土匪头子见张大千的字写得很好，竟然让他当起了“师爷”。

自张大千在邮亭被绑，到最后被解救，他足足当了100天的“师爷”。在这100天的时间里，张大千被土匪挟持着先后辗转永川新店、来苏等地。他利用这段时间不仅自学诗歌，还通过自己有限的权力，让一些无辜的民众免受折磨。

1916年9月10日，被绑架多日的张大千被成功解救，顺利回到内江老家。

“从张大千的这段经历，我们可以看出，当时的成渝东大路其实是机会与风险并存。”重庆自然博物馆学者张颖说，特别是清末民初，包括邮亭、永川等地的山上都有不少“棒老二”（土匪），他们聚山而居，伺机抢劫来往客商。

那么，张大千当年被绑的邮亭铺现在如何呢？2020年6月10日，记者一行来到邮亭老街。老街的道路大约有3米宽，周围的房子虽然破败，但仔细辨认，依然可以看出当年的辉煌。

“当时张大千路过邮亭铺时，正是它最辉煌的时候，街上不仅商铺林立，还配备了古戏台、文庙等配套设施。”张颖说，正因如此，英国外交官爱德华·科尔伯恩·巴伯在其所著的《华西旅行考察记》中写到邮亭铺时大力称赞，认为邮亭铺和资州（现四川省资中县）是成渝东大路上最为繁荣兴旺的地方。

（黄琪奥）

通衢古道在昌州　地接巴渝据上游

从大足邮亭驿沿成渝古驿道一路向西，便进入现在的荣昌区境内。

据《荣昌县志》记载，荣昌境内的成渝古驿道自东向西经过石盘铺、峰高铺、梧桐铺、板桥场、底塘铺，再沿濑溪河跨越施济桥，过高瓷铺、广顺场、瓷窑铺、安富铺进入与隆昌交界的五福乡，全长52.5公里。

与此前的山高坡陡不同，以浅丘地形为主的古驿道荣昌段豁然开朗，呈现出与四川平原相似的一马平川。《荣昌县志》又载，境内的古

▲ 重庆市荣昌区濑溪河，新老施济桥相互“陪伴”（谢智强　摄）

驿道宽1.5—2米，挑夫、骡马等相向而行，不需让路。

荣昌古称“昌州”，素有“重庆西大门”之称，共有9个镇街与四川的11个镇街相邻。清代荣昌教谕谢金元曾用“地接巴渝据上游，棠香自古属昌州”的诗句，道出了荣昌重要的地理位置。

正因为此，这里自古以来就是兵家必争的要地和客商云集的重镇，荣昌安富镇更是成为成渝古驿道上著名的“五驿四镇三街子”中的“四镇”之一。

施济桥：清代曾被誉为“东川保障”

2020年6月8日，记者从石盘铺经过峰高铺、梧桐铺一路往西，所过之处高楼林立、道路纵横，早已不见东大路的遗迹。同行的荣昌文史专家廖正礼告诉记者，过去，从峰高镇一路到安富镇，大约有15座石牌坊。清道光年间，王梦庚升任重庆知府，经过荣昌时曾写下五律《荣昌道上》，其中“试问荣昌道，长亭接短亭。鸿呼沙岸白，道逼远山青”写的便是当时荣昌境内东大路的景象。

荣昌城西，濑溪河上，一座石拱桥静静伫立。这座桥就是始建于北

▲ 老施济桥成为市民过河的步行通道（谢智强　摄）

▲ 施济桥位于交通要塞(谢智强 摄)

宋仁宗皇祐年间的施济桥，它是成渝古驿道的必经之地，在重庆市地理信息中心、重庆地理地图书店2014年发布的《重庆古桥地图》中，施济桥被誉为重庆现存年代最久远的石拱桥。

从远处看，这座桥长100多米，有7个桥拱。桥身两侧长满了杂草，其中一个桥墩上还长着一棵黄葛树。走近桥头，入眼的是一块“严重危险桥梁”的警示标志。水泥桥面上，只有散步的行人。

据史料记载，桥头曾立过一块碑，上书“东川保障”四个大字。传说太平天国运动造成依赖淮盐的湘鄂两地无盐可食，清政府遂下令川盐济楚。当时，施济桥就是川盐济楚的必经之地，它也因此被誉为“东川保障”。

施济桥不仅位于交通要塞，也曾因其宁静秀美的风姿，颇获诗人青睐。“十里晚烟迷古渡，二月分明印长桥。”这是清代荣昌教谕谢金元对“荣昌八景”之一“虹桥印月”的真实写照，“虹桥”即是老施济桥。民国时期，著名的“白屋诗人”吴芳吉路过荣昌时，也曾写下了一首题为《施济桥》的诗篇。诗人这样形容施济桥的美景：“山水光辉映，吾行御空飞。不觉两岸远，但来天香微……”

老桥一侧，有一座与它“并肩”的新桥，这座桥比施济老桥高出一大截，桥上车水马龙。当地人告诉记者，施济桥历时近千年，经过多次维修，已成危桥。1998年1月15日，荣昌新建施济桥，将成渝公路改道新桥通过，这才有了如今新老施济桥双桥辉映的场景。

▲ 老施济桥低矮陈旧，像一位历尽沧桑的老者，静静伫立。一旁的新桥高大伟岸，静静守护着近千岁的大哥（谢智强　摄）

▲ 一位市民路过遥望新老施济桥（谢智强　摄）

时光不居，岁月如流。夕阳下的施济老桥低矮陈旧，像一位历尽沧桑的老者，静静伫立；一旁的新桥高大伟岸，静静守护着近千岁的“大哥”。廖正礼说，这正是东大路留下的时代印迹。

高瓷铺：农闲时古驿道上的挑夫日以千计

从荣昌城区沿着成渝公路一路西行，约5公里后，记者便到了广顺街道高瓷村，这个村的村名就是由古驿道上的高瓷铺而来。

“老路中间是一块长石板，两边各压着一块条石。”高瓷村九组75岁的村民曾高富告诉记者，“我爷爷、我爸爸和我都曾是挑夫，在这条路上讨过生活。”

廖正礼告诉记者，荣昌境内的成渝古驿道路面宽敞平坦，从明清到民国，这条路上的官轿、马车、挑夫络绎不绝，很是热闹，是成渝间最直接的陆上交通线。对此，《荣昌县志》上亦有记载，从明清时期开始，这条路就是挑夫的谋生路，特别是每年冬季农闲至次年春耕前，路上的挑夫日以千计。挑夫们多是贫苦平民，他们沿着成渝古驿道，把荣昌的陶罐、麻布等特产挑到内江、自贡、成都等地，再换回粮食、盐、白糖等供当地坐商销售。

“出门一担货，回来一担粮。”曾高富说，高瓷村盛产陶土，当地人用它来烧制钵、坛、缸、罐等生活陶器，挑夫们便挑着窑货，沿着这条路远上川北讨生活。挑窑货的扁担是特制的，两头各有个尖尖，防止担绳滑下来，窑货被摔坏。“沿途挑夫‘哼哼嗨嗨’，扁担‘咯咯吱吱’，路上好不热闹。”曾高富吧嗒吧嗒地抽着叶子烟，眯缝着布满皱纹的眼睛，

▲ 重庆市荣昌区广顺街道高瓷村，成渝列车驶过，一位当地居民背着背篓从旁走过（谢智强　摄）

▲ 当地人用陶土来烧制钵、坛、缸、罐等生活陶器，挑夫们便挑着窑货，沿着后来的成渝公路远上川北讨生活（谢智强　摄）

陷入回忆。

“成都人最喜欢我们荣昌的陶罐，用陶罐装粮食透气，老鼠又钻不进去。”曾高富告诉记者，成都平原盛产粮食，当地人便用粮食来换陶罐，一挑陶罐八九十斤，能换上一百二三十斤谷子，返程的担子倒比去时还沉些。

▲ 檬梓桥附近的三尖角，以前是东大路上的繁华路段（谢智强　摄）

▲ 重庆市荣昌区广顺街道檬梓桥老街（谢智强翻拍）

荣昌以麻布闻名，清朝时更是达到鼎盛，英国外交官爱德华·科尔伯恩·巴伯在1881年所著的《华西旅行考察记》里，写到荣昌时就提起了麻布。他说：“这个地方的主要产业是制造麻布，我们沿途屡屡看到人们把大量的麻布漂白后摊在岸边晒干。”而一条建在古驿道上的小巷在清代专门卖麻线，麻线是麻布的主要原料，于是，这条街生意红火，人们便管它叫做“麻线市”，在当时颇有声名。

从麻线市往西走，过去古驿道必经之地——檬梓桥早已不见踪影，取代它的是一座新的檬梓桥，桥下有井，正在檬梓河边。井口用栏杆保护起来，挂有“荣昌区文物保护点”的铭牌。记者走近一看，井水距井口不到50厘米，清澈见底。当地居民告诉记者，这口井名叫篓篼井，当年是檬梓桥一带居民的主要水源，一年四季清清亮亮。令人称奇的是，离箩篼井两三米的位置就是檬梓河，相隔如此之近，但河水水源和井水水源完全不同，这样的现象被当地人戏称为“井水不犯河水”。

安富镇：小姐绣楼成为临街风景

再往西行，记者就到了川渝交界处的安富街道。

安富镇建于清康熙四十一年（1702年），距今已有318年历史。当时，清朝连接成渝出川的古驿道经过安富，并设有驿站，供来往人员食宿之用。

最初，除了朝廷驿站之外，安富只有几间草房。“湖广填四川”时大量移民迁入，这些移民为了续乡情、议商事、祭先圣，建起了南华宫、惠民宫、禹王宫、帝王宫、火神庙等庙宇，人们又依傍着庙宇修建房屋，到民国初年竟形成五里长街盛势。“安富场，五里长，瓷窑里，烧酒坊，泥精壶壶排成行，烧酒滴滴巷子香……”这段流传于明清时期的民谣至今仍在传唱。

老街入口有个巨大的“泡菜坛子”，上面写着“安陶小镇”四个大字。同行的荣昌安陶博物馆馆长刘守琪告诉记者，荣昌安陶是中国四大

▲ 20世纪七八十年代的安富老街（重庆市荣昌区安富街道办　供图）

名陶之一，其中又以烧制泡菜坛子形状的陶器最有名。因此荣昌近年来重塑陶文化，新建安陶博物馆，打造安陶小镇，便用泡菜坛子做小镇的“形象代言”。

▲ 重庆市荣昌区安富街道陶宝古街，一位居民骑车穿过街道（谢智强　摄）

穿过“泡菜坛子”往前走，就到了陶宝古街，这是一段500米左右的古道，青石板铺路，两旁的川东民居古朴典雅。“过去的成渝古驿道就在这青石板路下面。”刘守琪说，安富老街鼎盛时长2.5公里，但如今保留下来的却只有1公里左右。荣昌区以修旧如旧的原则，把老街仅存的部分保护起来，陶宝古街就是其中一段。

▲ 陶宝古街，一个孩子正在推车（谢智强　摄）

记者从陶宝古街经过时，发现临街好几处木楼栏杆雕花十分精美，栏杆后有两步宽的走廊，像极了旧时大户人家小姐的绣楼。小姐的绣楼原本该“隐藏”在大户人家庭院深处，在这里却为何成了临街的风景呢？刘守琪说，1933年，当时的四川省政府修成渝公路，穿街而过的3米左右的古驿道石板街要拓宽到9米，街道两边的住户不得不拆掉临街房屋，为成渝公路“让路”。于是，临街房屋的老式门楼、门楣和勾檐翘角大多被拆除，而原本需要进大门、绕照壁、越天井才能见到的小姐绣楼便“暴露”在了街边。

▲ 广顺街道高瓷陶器厂，工人用古老的技艺制作陶器（谢智强 摄）

有趣的是，同样是为了拓宽公路，2012年，荣昌却并未选择再次让沿街店铺拆楼扩路，而是将成渝公路改至从老街旁经过。

陶宝古街上，随处可见摆放着精美陶器的陶艺馆，街上游客熙熙攘攘。古街一侧的成渝公路上，装载着陶制酒坛、泡菜坛、酱菜缸的大货车取代了当年的挑夫。随着川渝地区联系逐年紧密，古驿道沿线的阶梯窑又重新红火起来，“我的窑场一年出产一万件陶器，一半以上都要销到四川。”做了四十多年陶器的荣昌区高瓷陶器厂负责人袁心权告诉记者。

随着成渝地区双城经济圈建设上升为国家战略，荣昌加快了川渝合作的步伐。荣昌区委相关负责人说，荣昌将立足自身资源禀赋，积极融入巴蜀文化旅游走廊和成渝地区双城经济圈建设，以填川移民文化脉络为纽带，高标准打造“一都三城”（即中国西部陶瓷之都，非遗体验之城、运动健康之城、美食休闲之城）文旅品牌，在发挥自身优势、彰显自身特色的同时，协同周边区市县共建巴蜀文化旅游走廊，力争让地接巴渝的荣昌成为“巴蜀文化之眼”。

辛亥革命时　成渝军政府在这里合并

作为成渝古驿道上“五驿四镇三街子”中的“四镇”之一，安富镇自然不平凡，辛亥革命时期的成渝军政府合并就发生在这里。

“这里现在是街道办事处，过去就是禹王宫的所在地。”2020年6月9日，曾在安富工作多年的《荣昌窑》编纂者薛小军，指着安富街道办事处的楼房告诉记者，1912年，当时的重庆蜀军政府和四川军政府就是在这所禹王宫举行了会谈。

“成渝军政府为何在安富会谈？这就要从张培爵说起，他就出生在荣昌的荣隆场……”在薛小军的讲述中，时间仿佛又回到那个硝烟弥漫的岁月。

1906年，加入了以孙中山为首的革命政党同盟会的张培爵，一面积极组织发展同盟会成员，一面谋划武装起义，但接连几次均以失败告

▲ 位于重庆市荣昌区的张培爵纪念馆(谢智强　摄)

终。不久后，张培爵回到重庆继续发展革命队伍，成为同盟会重庆支部的核心领导人物。

1911年，著名的武昌起义爆发。1911年11月22日，重庆地区的杨沧白、张培爵等率众人揭竿而起，一举推翻了清政府的统治。起义成功，重庆宣布独立并成立蜀军政府，张培爵被革命党人推举为蜀军政府大都督。

同年11月27日，大汉四川军政府在成都成立，蒲殿俊和朱庆澜任正副都督。12月8日，两人在校场阅兵时，发生士兵索饷哗变，蒲、朱二人逃跑。时任军政部长尹昌衡率领新军入城平乱，后来被公推为四川军政府都督。

"这样一来，四川就有了两个军政府。"薛小军说，事实上，当时的蜀军政府形势一片大好，蜀军政府成立后，在蜀军政府支援和影响下，川东南各地也纷纷起义，共计有57个州县宣布接受蜀军政府领导。但张培爵为了避免因内战引起纷争，为了民族大义，主动约四川军政府商谈合并事宜。

如今，在位于荣昌城区的张培爵纪念馆内，对于这场会谈只记载了短短几句："1912年1月中旬，蜀军政府派朱之洪，四川军政府派张治祥，为各自全权大使，在双方辖区边界荣昌烧酒坊举行会谈，商议成渝军政府合并。"其中的烧酒坊就是荣昌安富镇。薛小军说，据考证，双方会谈的所在地，就是当时安富镇上的禹王宫。

这场会谈结束后不久，1912年3月3日，成渝军政府正式合并，大汉四川军政府改名为中华民国四川都督府，张培爵主动将正都督的位置让给尹昌衡，自任副都督。

后来，张培爵积极发动革命讨伐袁世凯，于1915年初被逮捕。面对袁世凯的威逼利诱，他始终坚强不屈，最终遭难于狱中，年仅39岁。

张培爵领导成立的蜀军政府尽管存在不到半年，但后人考证认为，它在结束清王朝对重庆的封建专制统治、传播民主思想等方面所建立的历史功绩是不可磨灭的。

（龙丹梅）

隆昌　古驿道上的牌坊奇观

西出“渝西第一镇”荣昌安富镇，进入隆昌市李市镇，跨过翠竹掩映的杨柳桥，经“绾毂渝泸”的云峰关，出“立体史书”石牌坊，过“五驿”之一的双凤老街……成渝古驿道，在隆昌境内全长50多公里。

隆昌以道兴城，因驿置县。这座城市的兴衰和成渝交往密不可分。在这里，泛着岁月光影的石板路，遗留着商队车辙，填满了移民屐痕；因路而兴的古镇古村，呢喃着黄复生、郭士杰、林名合（电视剧《凌汤

▲ 位于四川省隆昌市的南关——石牌坊群(齐岚森　摄)

圆》的原型）等人的传奇；高大雄伟的石牌坊群，描绘出巴蜀文化的演变史；“六路之冲”的云峰关，朱德、刘伯承激战的弹孔犹存。

追古寻今，体味乡愁，见证辉煌，2020年6月下旬，记者踏上了成渝古驿道四川段的寻访之旅。

李市镇：传奇故事说千年

“稻花香里鸟声圆，山色围村水满田。风景依稀故园路，不知身到夜郎天。”

6月27日，夏日灼灼，出荣昌安富茅店子，记者踏入四川隆昌之

▲ 保存较为完好的杨柳桥现在仍在使用（齐岚森 摄）

▲ 一座桥，一段史（齐岚森 摄）

境。逶迤绵延的川东山峦、丘陵渐渐变成沃野平川。

穿过一片茂密竹林，杨柳桥出现在眼前。记者走在桥上的每一步，似乎都在跟几百年的时光重逢。

“一座桥，一段史。杨柳桥不仅是隆昌境内古驿道上的重要桥梁和路标，也是至今保存完好的文物。”同行的巴蜀古代建筑博物馆馆长郭小智称，据《蜀鉴》和《资治通鉴》记载，此处在2300多年前就有桥梁，只是不知道是木桥还是石桥，桥名亦无可考。目前保留下来的桥，系清乾隆四十七年（1782年）重建的。

该桥为六孔石质平梁桥，长19.1米、宽2.5米，桥墩雕刻有龙、象、狮，取“三兽负津梁”之意，线条流畅清晰，刀功精湛娴熟，将龙的威仪、狮的凶猛、象的力量，刻画得淋漓尽致。雕刻之精湛，堪称川南地区明清石雕艺术的代表。

桥东河畔完整保存着碑亭和土地庙。碑亭为四柱三间三重檐桥碑亭，刻有《重修杨柳桥碑》，碑文载：“隆（隆昌）东之有是桥也，当孔道，近接荣（荣昌）郊，远通川东诸郡邑，往来行人络绎不绝。四柱分书‘千年福德垂金石’‘万里风云映玉桥’‘能使山河增瑞色’‘永偕日月放光华’字样。亭侧有一座土地庙，以佑行人平安。”

穿过杨柳桥，经过成片的稻田，记者一行很快走到东大路上的四大名镇之一李市镇（现已并入石燕桥镇）。据清乾隆《隆昌县志》载，李市镇时称李市镇塘，与太平铺塘、石燕桥塘等七镇同为驻兵营地。

漫步李市老街，纵马疾驰的衙差、往来不绝的商贾、为生计所累的挑夫……已消失在漫漫历史长河中，街心石板路也换成了水泥路，但明清时期的木质建

▲ 石燕桥（齐岚森　摄）

筑、风火墙、南华宫仍在无声地诉说着昔日的繁华。

“漫漫巴蜀道，萧萧班马鸣。”在老街一间古朴茶馆里，一帮老友抵掌而谈。从唐代韦皋逐獠，到四川军阀混战，再到解放军解放隆昌；从刺杀满酋的同盟会元老黄复生，到隐蔽战线工作的共产党员郭士杰，再到开国元勋朱德、刘伯承……古道边，从不缺乏故事，有的已流传千年。

云峰关："六路之冲"弹孔存

出李市老街，记者一行继续西行。据《成都通览》记载，十五里到石燕桥铺（今石燕桥镇）。

石燕桥老街分上下两街，街道整体格局保存较好，均有一定数量的古建筑遗存。相传，清康熙年间，闽南迁来的蓝氏先祖看中了石燕桥老君坝，称作“吉壤”（好地方），后慢慢散播，聚居成镇，再后设铺。

跨过石燕古桥，再走“十七里到云峰关”。云峰关位于隆昌城郊土地坎，扼守着成渝古驿道，也是这段驿道上现存唯一完好的古关隘。

登临海拔300多米的隘口，对于见惯了重庆大山大水的记者而言，实难联想到“一夫当关，万夫莫开”之险峻，但相对于一马平川的成都平原，此地确是制高点，举目远望，田野风光，尽收眼底。

门楼坐北朝南，青砖砌垒，呈弧形，通高7.8米，门高4.9米、宽3.95米。关门还在，上书“云峰关”三个大字，右题“大清道光七年重建”，左题“署隆昌县事李德润题”。

关外约20米处石壁上有石刻，题有“绾毂渝泸”四个大字，意为扼控渝（东大路东段）泸（川滇古道）的门户锁钥。再往下行百余米，有一座石牌坊，为清光绪十三年（1887年）而建，旌表隆昌云顶寨郭氏家族后裔郭玉峦儿媳、郭人镛之妻王氏的功德，至今保存完好。

“上通省府，下达贵广，夔渝咽喉，巴蜀唇门，六路之冲，四塞要津……云峰关虽处弹丸之地，却记载着千年战争烽火云烟。”79岁的隆昌市文史专家陈举强如数家珍。

云峰关始建于唐德宗贞元年间，由剑南节度使韦皋驱逐蜀境的獠人后，为防止獠人复至而建。近现代史上，在讨袁护国、护法战争、北伐

▲ 云峰关（齐岚森 摄）

▲ "一夫当关，万夫莫开"的云峰关（齐岚森 摄）

战争及解放战争等战争中，与云峰关有关的战事也有颇多记载——

1913年，袁世凯在四川的代理人胡景伊，暗中支持川军第一师师长周骏，与熊克武的讨袁军在隆昌反复争夺云峰关，激烈大战；1917年底，滇、川两军，一攻一守，反复争夺云峰关，战况尤为激烈；1920年，朱德旅与两倍于己之敌，战于隆昌白塔山关隘云峰关，甚为激烈；1923年，刘伯承驻守

▲ 云峰关旁的"绾毂渝泸"石刻大字（齐岚森　摄）

雲峯關

▲ 云峰关虽处弹丸之地，却记载着千年战争烽火云烟（齐岚森　摄）

隆昌城中，敌军经土地坎(云峰关)直抵隆昌城下，发起进攻。刘伯承带领部队由左迎敌，迫使敌人退却，并追踪至土地坎，获得全胜；1949年12月，中国人民解放军解放隆昌，进军路线为由云峰关进驻隆昌。

如今，在云峰塔的塔身上，还可看见多次战争留下的弹孔。除了战争外，千百年来云峰关车马川流不息，也留下大量文人墨客的诗句，如明代邑人姜懋勋诗云："山势雄城堞，门栏胜甲兵。金汤千载固，驿道庆清平。"清隆昌知县朱云骏诗云："摹岩钟工法，鸣泉竿籁音。登临缅名胜，驻马一沉铃。"

▲ 云峰塔和云峰关相映成趣(齐岚森 摄)

依托云峰关厚重的历史文脉，隆昌市目前正在建设云峰关森林公园，将新建生活美学馆、抗战英雄纪念园，以及广场、湿地、廊桥等设施，为市民游客再添一个锻炼、休闲、旅游的好地方。

石牌坊群:“立体史书”荟精粹

入云峰关不足3公里，即进入隆昌城区。城区高楼林立，一派欣欣向荣。东大路上的重要驿站隆桥驿，已完全消失在现代城市格局中。

史料记载，明太祖洪武元年(1368年)，置隆桥驿，属荣昌县（今荣昌区）。清康熙初年，隆昌县奉令再设隆桥驿站，配备马十二匹、马夫六名。清康熙四十一年（1702年），抽调马六匹、马夫三名，安设隆桥驿南路驿站，马六匹，每年支出草粮银一百二十七两四钱四分……隆桥驿原设扛夫十六名，清康熙五十五年（1716年）抽调四名补入南路驿站，清雍正十年（1732年）全部裁汰。可见，隆桥驿当年规模不小。

清末，随着各地邮局的诞生，驿站和铺递完成了历史使命，逐渐被废除，隆桥驿也不例外。

隆桥驿虽已找不到踪影，但因其“交汇六路”，地理位置重要，商贾士民、官绅军卒聚集于此；又因这里盛产青石，石质坚实细腻，是用

▲ 石牌坊群(齐岚森　摄)

▲ 石牌坊群堪称一部“立体史书”(齐岚森　摄)

▲ 石牌坊群(齐岚森 摄)

于建筑和雕刻的上好材料，历代官吏绅商为整饬吏治，淳化民风，便在此勒石竖碑、存坊作碣，造就了今日隆昌“青石之城”“中国石牌坊之乡”的独特风景。

徜徉在隆昌南关成渝古驿道上，远远望去，石牌坊群鳞次栉比，蔚为壮观。这些牌坊多为清代道光、咸丰、同治、光绪年间所建，现存有13座，平均面宽9米、通高11米，气势恢宏，分为节孝坊、贞节坊、功德坊、德政坊、百寿坊等，其数量、规模、工艺、门类堪称“中国石牌坊之冠”。

功德坊，铭千年清官情结；节孝坊，藏华夏孝道美德；贞节坊，压抑多少人性；朝廷旌表，又扭曲多少灵魂……一座牌坊，一段故事，化作坚固的石头碑记，供后人述评。

“它们内容广泛、记载详实，堪称为一部‘立体史书’，且保存完整、造型精美、雕刻细致，是集哲学、历史、宗教、文学、美学、力学为一体的明清建筑精粹，具有很高的历史文化和艺术审美价值。”陈举强称。2001年，隆昌石牌坊群被列为全国重点文物保护单位。依托这一人文宝贝，隆昌已成功打造南关石牌坊古镇、北关景区，正在努力把这里建设成为“世界石牌坊之乡”。

双凤驿：繁华已逝居民移

据《成都通览》载，隆昌县往北十三里到土桥铺，再十里到下马铺，下马铺往北十里到迎祥街，再十里到观音店，再十里到太平铺，再十里到双凤驿。

一路走过，土桥铺、下马铺等铺面已毁，古时石板路也难觅踪影。作为东大路“三街”之一迎祥街，清人朱云骏曾作诗《迎祥街怀古》云：“迎祥街谒武侯祠，慨想高风佐命时。出处不侔三代后，驰驱矢报一人知。”如今，古道遗迹已不存在。

太平铺是位于双凤驿与迎祥街之间的一处小型休息地。据清乾隆《隆昌县志》记载，清代时于太平铺驻铺司一名，铺兵两名，以安定地方。太平铺即今太平村，村因铺得名，不过仅残存约5米的凉亭街，以作行人避雨休息之用。

▲ 双凤老街旧景（叶履宁　摄）

▲ 蓝天白云下的四川省隆昌市双凤镇老街（齐岚森 摄）

出太平铺，抵达双凤驿（今双凤镇）。作为东大路“五驿”之一，它目前仅在上街部分保留着东大路驿路及建筑遗迹，且街面冷清破败，一些房屋已垮塌，绝大部分居民因危房改造工程已搬至他处。

据清道光《富顺县志》记载，“唐武德四年置来凤县，武德九年并入富世县，今基址无考，当今隆昌之双凤驿。”由此可见，其历史之悠久厚重。

不过，清乾隆《隆昌县志》将该处记为“双凤驿场”，清嘉庆、道光时期的《隆昌县志》则又更名为“双凤驿铺”。由此推测，该地在东大路上的历史地位已慢慢弱化。

早年的双凤，上百年的木制房屋立于古道两侧，绵延起伏，蔚为壮观。街上的石板路，被往来行人的脚板踩得凹凸不平，古镇韵味十足。1982年，八一电影制片厂拍摄电影《许茂和他的女儿们》，其中30%以上的镜头取自该处。此外，重庆人熟知的电视剧《凌汤圆》的原型人物林名合的老家也就在这条老街上。

随着成渝公路、成渝铁路、成渝高铁的贯通，因路而兴的双凤交通格局发生改变，枢纽地位日渐下降，在漫长的历史长河中其也在因路而衰。

据双凤镇政府相关人士称，目前正在进行老街的拆危、棚改，之后将对该地块进行重新开发。

斜阳西下，沿老街向成都方向，行走约500米即见“隆昌县北界”界碑，再往前便是内江市椑木镇。

挖掘驿道文化　建设两大公园

2020年6月28日，记者在云峰关看到，大量古建筑、古关隘、古塔、牌坊等珍贵遗存，已被栏板圈围，正在进行紧张施工。

“依托这些人文宝贝，我们在加紧建设云峰关森林公园。”隆昌市文化广播电视和旅游局相关负责人介绍，当前，隆昌正围绕加快建设成渝地区双城经济圈中轴“桥头堡”的发展定位，全力推进云峰关森林公园、隆桥驿森林公园建设，“活化”牌坊文化、驿道文化，打造“山灵水韵·石头故事城市”。

其中，云峰关森林公园项目总投资2.4亿元，占地330亩，以“千年驿道·云峰关隘”为定位，将新建生活美学馆、抗战英雄纪念园，以及广场、湿地、廊桥等，打造一个集文化旅游、休闲养生、生态保护于一体的综合性森林公园，目前各项工作正在有序推进。

隆桥驿森林公园项目位于隆昌古宇湖北侧，占地约2400亩，计划总投资15亿元，融入隆昌青石、牌坊、驿道等特色文化元素，打造一个集文化、生态、旅游、休闲于一体的城市森林公园。目前，该项目的样板段工程一期已完工，后续工程正在加紧建设中。

隆昌，“因道置驿、因驿置县、以道兴城”，其历史发展进程就是成渝城市群历史发展演变的一例生动缩影。如今，历经沧桑的驿道文化、牌坊文化，正在赋能当地经济社会发展。

（韩　毅）

“成渝腹心”内江
大千情系唐明渡　资州文风甲川南

从隆昌的双凤驿出发，沿着成渝东大路一路西行，就进入内江境内。

史料记载，在内江，古人先经过石梯铺、椑木镇，接着从椑木渡渡过沱江，进入内江城里休息。翌日，他们经丛林铺、史家街等地后，到达资中，接着在唐明渡二渡沱江，再经过两路口、五里店、跳蹬铺等地，进入资阳地界。

内江、资中的这段成渝古驿道长度约为110公里。作为东大路上的重要交通枢纽，自古以来，这段古驿道不仅非常繁华，还涌现出了骆成骧、张大千等多位文化名人。

▲ 今日唐明渡(齐岚森　摄)

椑木镇：因糖而兴最富有

2020年6月29日，记者一行从隆昌双凤镇出发，驱车沿321国道继续前行，大约10分钟后，来到素有“蓉城第一关”之称的内江市椑木镇。

在巴蜀古代建筑博物馆馆长郭小智的带领下，记者一行步行约500米，到达椑木镇上的玉屏老街。此时，已临近中午，路边的饭馆飘来饭菜的香味，让整条老街充满了烟火气。

“作为成渝之间重要的交通枢纽，椑木镇自古就非常繁华，镇内的椑木渡也是成渝东大路的三大渡口之一。”郭小智告诉记者，尤其是在清末民初，这里的繁华达到了顶峰。1916年毕业于北京高等师范学校史地部的成都华阳人张大鉥在其所著的《巴蜀旅程谈》中就写道：“隆昌至内江途中，以椑木镇为最富。”

椑木镇为何会如此富庶？“主要是因为蔗糖。”郭小智表示。

记者在采访中了解到，内江自唐代以来就有制作蔗糖的传统。1709年，来自福建的商人曾达一把福建的甘蔗引入到内江，更是把内江糖业

内江市椑木

▲ 椑木镇玉屏老街（齐岚森　摄）

▲ 20世纪80年代初的椑木渡（内江市市中区党史研究室 供图）

的发展推向了一个高峰。史料记载，清末民初，内江就拥有糖房1400余家、漏棚1000余家，甘蔗种植面积达22.2万余亩，年产糖总量占四川省总产量的比例达70%，占全国产量的比例也达46.7%，内江因此被称为“甜城”。

作为内江的东南门户，椑木的制糖业同样也非常发达，是内江重要的甘蔗产地。当代著名蔗糖研究学者陈祥云在他的专著《蔗糖经济与城市发展：以四川内江为中心的研究》中写道：“椑木镇，因糖而兴，成为工商繁荣之区。”

新中国成立后，椑木镇的糖业发展更是走上了快车道。1956年，我国第一座自主设计、制作、安装的现代化糖厂——内江糖厂落户椑木，把椑木的糖业发展推向了顶峰。

穿过玉屏老街，记者来到沱江边，当年闹热的渡口早已消失。20世纪50年代通车的成渝铁路就在渡口不远处，不时传来火车的轰鸣声，似乎在提醒人们椑木曾经的繁华。

“和其他成渝东大路上的古镇一样，椑木镇同样期待着涅槃。”同行的内江市市中区政协文史委工作人员刘玉江表示，内江未来不仅会进一步加大“大千故里·甜城之心”城市品牌宣传营销力度，还会因地制宜，把椑木、龙门等传统蔗糖生产区打造为糖业文化小镇，通过举办展

▲ 椑木镇渡口旧址，如今已看不出渡口曾经的繁华（齐岚森 摄）

览、打造特色街区等方式，让更多游客了解该地的历史文化。

史家街：东大路上的烽火传奇

离开椑木镇，约半小时后，记者来到了内江市市中区史家镇（旧时的史家街）。

据《四川省内江县地名录》记载，“史家街原名史家铺，属安仁驿管辖。后废铺改场，更名史家街。”

刘玉江介绍，作为成渝东大路上的重要铺塘，旧时，古人在离开内江城后，通常会在史家街短暂歇息，喝口茶水后，再继续前往资中。

由于缺乏史料，史家街过去的模样已不可考。但在1911年，这里却发生了一件大事。

1911年11月25日，史家街的一间民房内，一场秘密会议正在召开。一群身着戎装的年轻人聚在一起，讨论着下一步行动计划。

“我认为，不杀端方就不能取信于川人。”一位年轻人站起来大声说道。他的观点很快得到大家的认同，经过一个通宵的讨论，这群年轻的军人决定，刺杀端方于四川，并当场剪辫为誓。

“这名发言的年轻人，就是当时蜀军政府的代表田智亮。其余参会的军人则是跟随时任川汉粤汉铁路督办大臣端方入川的湖北新军。”刘玉江说。原来，当年6月，四川保路运动爆发，清政府任命端方为川汉粤汉铁路督办大臣，带领湖北新军进川镇压。但端方的部队离开湖北没多久，武昌起义爆发，湖北新军进退维谷。

11月22日，蜀军政府在重庆成立。时任蜀军政府都督张培爵派田智亮率领士兵前往资州（今内江市资中县），以促成湖北新军就地起义。25日，田智亮来到内江后，就在史家街与湖北新军中的革命党人展开密谈，决定尽快刺杀端方。

这场密谈之后的第三天，端方和弟弟端锦被刺杀于资州。“端方兄弟的死亡，无疑是辛亥革命的重要转折点。”刘玉江说。端方死后的第二天，吴玉章就发动内江起义，宣布内江独立。史家街的这场会议所作出的决定，不仅有力助推了成都独立，还巩固了重庆的新生政权，进而加速了清王朝的灭亡。

这场会议只是内江有识之士积极参与辛亥革命的一个缩影。内江先后涌现出以阮甸韩、黄复生、喻培伦为代表的一大批爱国青年，为推翻满清政府贡献了力量。

唐明渡：张大千心中的乡愁

结束史家街的采访后，记者一行驱车沿321国道继续前往资中县。大约40分钟后，一座白色的高塔映入记者眼帘。“这就是大名鼎鼎的三元塔，唐明渡就在它的下方。”同行的内江市资中县地方文史专家宋国英介绍说。

根据光绪年间所著的《资州直隶州志》记载，“唐明渡，在州东十里，相传唐明皇幸蜀憩此，旧系官渡，嘉庆八年，州贡生钟盛前后施田一百余亩以作渡费……”

和榉木渡一样，唐明渡也是东大路上的重要渡口。旧时古人沿东大路从内江前往资州时，会在唐明渡附近的老街作短暂休息，再从唐明渡过沱江，继续前行。

“唐明渡过去也很闹热。”宋国英说。据史料记载，唐明渡附近的老街设有旅栈、饭馆、茶园、酒肆、杂货店等。

“我爷爷曾经于民国初年在唐明渡开过客栈。在他的记忆里，那时的唐明渡长期停靠着五六十艘船，老街上除了有茶馆、旅店外，还有三座牌坊。”家住唐明渡附近、今年72岁的张国文对记者说。

值得一提的是，唐明渡还是资中古八景之一“古渡春波”的所在地。

古时，每逢春天来临，唐明渡一带的江面总是波光粼粼，这样的景象搭配着两岸青山以及古寺古塔，让人如临蓬莱仙境，故得名“古渡春波”。

古道加上古景，让唐明渡颇受文人墨客的青睐。宋代担任资州太守的郑钢用“获此一段奇，欣然惬微尚。欲去兴未阑，行行重回望”的诗句，生动反映了唐明渡周围的人文景观；明代诗人夏宏在游历唐明渡后，挥笔写下了“遥望岷山玉垒东，渡头春涨日初融”的诗句，赞美这里的美景。

▲ 沱江边的唐明渡（齐岚森　摄）

▲　沱江边的张大千博物馆（齐岚森　摄）

▲　游客在张大千博物馆内参观（齐岚森　摄）

出生于内江的国画大师张大千也对故乡情有独钟。1956年张大千寓居法国巴黎时创作的《资中八胜图》就把唐明渡画入其中，他还在题跋中写道：“……俗称唐明渡，相传明皇入蜀尝过此也，在郡城东南十里，为成渝孔道……”

2012年，位于内江市沱江边的张大千美术馆落成，馆内就展出有《资中八胜图》的复制品。

如今的唐明渡是什么模样？记者沿着三元塔附近的石板路，一路拾级而下，来到唐明渡，放眼望去，整个渡口野草蓬生，乱石堆岸，早已没有当年古渡的印迹。

随着成渝公路的建成、成渝铁路和成渝高速公路的陆续通车，唐明渡彻底退出了历史舞台。

所幸的是，根据最新规划，资中县将投入2.5亿元，对唐明渡沿线进行整体开发，兴建总面积约400亩的唐明渡湿地公园，打造自然驳岸、休闲栈道、水生植物、骑游步道等设施，让唐明渡再度绽放光彩。

两路口：德政坊背后的浓郁学风

离开唐明渡，记者一行先后穿过成渝街、归沙路后，来到资中县中医医院。随后，记者步行拐下大道，沿小路前行约100米后，看到一座青石牌坊。

“这里是成渝东大路上的另一个重要节点——两路口。”据宋国英介绍，古时成渝东大路与另一条通往安岳的古驿道在此交会，这座牌坊就是修建于清光绪十三年（1887年）的高培谷德政坊。

这座牌坊修建的目的，是为了纪念当时担任资州知州的高培谷。据史料记载，高培谷曾先后担任资州知州12年，他不仅勤政爱民，为官清廉，还兴修水利，励精图治，让资州的经济得以发展。

宋国英说：“很多人不知道，其实高培谷还有另一个身份，那便是清代状元骆成骧的恩师。”

原来，高培谷自清光绪七年（1881年）担任资州知州后，就非常重视教育。彼时，资州城内原有一所道光年间修建的栖云书院。高培谷与资州学正包弼臣商议后，主动拿出俸禄，把栖云书院改建为艺风书院，并聘请宋育仁、廖平、吴之英、杨锐等知名学者来书院担任教师。

翌年，高培谷在主持童子试时，看到了时年17岁的骆成骧（资中舒家桥七里沟人）写的文章，被其才华所折服。没等考试结束，他就已决定把骆成骧列为第一名。

考试结束后，高培谷才得知骆成骧家境贫寒，大部分知识都是由父亲教授，不由大为称赞。于是，他不仅让骆成骧到艺风书院就读，还重礼特聘骆父骆文廷到资州任教。一年后，他又保送骆成骧到成都尊经学院深造，为其后来高中状元打下了基础。

“高培谷和骆成骧故事的背后，体现了彼时资中对于教育的重视。”宋国英说，史料记载，清代末年，资州的书院达11所之多，为全省之冠。仅资州古城内就有珠江书院、艺风书院、凤鸣书院、火烽书院等4所书院。

由于高培谷励精图治，大力兴办教育，大胆改革文风，致使当时资州“文风甲川南”。自清光绪十五年（1889年）到光绪二十一年（1895年）的七年间，资州就有五人连登进士第。出现了“文状元（骆成骧）、武榜眼（徐海波）、一文二武三进士”连登科甲的佳话，传颂全川。

目前资中已和西南大学达成协议，深度挖掘资中教育资源，更好融入成渝地区双城经济圈。资中还将与重庆大足、荣昌等渝西川东县

道洽政治

▲ 高培谷德政坊(齐岚森　摄)

（区）签订旅游联盟合作框架协议，把罗泉古镇、沱江新画廊等景点纳入重庆周边旅游圈总体规划，融入川渝旅游环线。

“成渝腹心，重要节点”道尽内江地利。面对国家战略机遇，内江加快建设成渝发展主轴重要节点城市和成渝特大城市功能配套服务中心。截至目前，内江市争取纳入成渝地区双城经济圈建设规划纲要的重大工程项目279个，总投资预计6753.97亿元。2020年3月以来，内江就与荣昌、大足等地互访并签署合作协议，内江至大足高速公路等项目也即将上马。

（黄琪奥）

“天府雄州”古城新韵 “资阳四杰”结缘重庆

离开内江市资中县跳蹬铺，向北前行5公里即进入相邻的资阳市雁江区金带铺。经金带铺到成渝东大路“五驿”之一的南津驿，再沿沱江而上，在雁江渡过沱江，进入资阳市中心后，继而西行经临江寺进入简阳辖区。简阳是千年古城，素有“蜀都东大门”“天府雄州”的美誉。

▲ 四川省简阳市，俯瞰石桥井老街（谢智强 摄）

过简阳阳安驿，向西北到四川四大名镇之一的石桥井——从这里东大路就要与沱江作别，翻龙泉山而去。

成渝古驿道在资阳、简阳境内长约117公里，是传统文化积淀极为丰富的一段。2020年6月27日至7月2日，记者对这一段进行了探访。

南津驿："资阳四杰"的重庆渊源

进入资阳市雁江区后，沱江江流平缓，九曲回肠，如碧绿飘带。古驿道伴其左右，向北延伸。

"策马津头数往还，频看景物自幽然。北岩翠耸云千朵，南涧青浮玉一环。"曾任清代巴县知县的王尔鉴，感怀眼前的沱江之景，在其东岸的南津驿渡口崖壁上留下了这首诗。诗中的"津头"，指的就是南津驿。

"古代以水为津，这里位于资阳城南，自然就叫'南津驿'。驿站原址就在这皂角树桥北的沱江边上。"59岁的南津镇老居民陈善金介绍，驿站建于清康熙初年，是东大路上的五大驿站之一。

从驿站向北，进入还保存着大量穿斗结构老宅的下场段——新民

▲ 南津驿上渡口码头（谢智强　摄）

▲ 资阳市南津镇，老街上还留存着以前的拴马桩（谢智强　摄）

街。新民街30号，铺面木门板在风吹日晒中已发白。

"这是革命烈士余国祯的故居。他和重庆有很深的渊源。"资阳市作协副主席杜先福告诉记者，余国祯生于1907年，1927年加入共青团。

1928年4月，时任巴县县委书记的周贡植及县委成员被捕后英勇就义，重庆地区的党组织和团组织遭到严重破坏。是年底，余国祯调任共青团江巴县（相当于现重庆主城）临委书记，用不到一年时间将团员从40余人发展到180余人。

1933年春，已任共青团省委书记的余国祯在成都被捕。与周贡植一样，他在狱中拒写"悔过书"。在给父亲的遗书中，他写道："你们虽然失去一个儿子，但是中国人民始终要获得胜利的！"1933年8月18日，余国祯牺牲，年仅26岁。

街口的南津酒家所在地，曾是新中国第二任重庆市长曹荻秋家老宅旧址。

20世纪50年代初期，曹荻秋任重庆市长，在西南军政委员会支持下平息了银元挤兑风波、物资投机倒把风潮，支持101厂（现重庆钢铁厂）研发、制造成渝铁路钢轨。在办公用房紧张的情况下，他动员市政

▲ 南津镇老街(谢智强 摄)

府干部腾出“渝舍”(解放前为重庆市市长杨森旧居),修建重庆市少年宫。

“余国祯、曹荻秋、饶国华、邵子南被称为‘资阳四杰’。其中,毛泽东点名表扬的抗日名将饶国华、歌剧《白毛女》初期执笔人邵子南都曾在重庆工作和生活过。”资阳市雁江区作协主席梁朝军说。

饶国华出生于雁江区宝台镇,原为四川军阀刘湘手下干将,长期驻军于重庆。1937年“七七”事变后,国民政府在重庆上清寺召开川康整军会议,他主动请缨参战。在南京保卫战中,饶国华率川军驻守安徽广德,浴血掩护友军西撤。1937年12月1日凌晨,他在留下“余死无恨矣”的遗书后壮烈殉国。1983年,饶国华被四川省人民政府追认为革命烈士,2014年被列入民政部首批抗日英烈名单。

邵子南是资阳市雁江区中和镇人。1946年,他被延安派往重庆《新华日报》工作,任探访部(即采访部)主任,解放后又任重庆市人民广播电台台长、重庆市文联常务副主席等职。

挖掘驿路文化,将南津驿古镇保护“活化”是当地人的期待。目前这里正在积极推进集古驿旅游、康养休闲于一体的特色小镇项目。

雁江渡:川剧“资阳河”流派发源地

从南津驿沿沱江而上，过迎仙桥5公里，就到古资阳城边的雁江渡。如今渡口旧痕无存，河堤两岸绿树成荫，花开遍地，东岸是长达14公里的亲水园林，西岸是防洪大堤，资阳沱江一桥飞架南北，桥上车水马龙。

距渡口不远的城内曾有城隍庙，是以资阳为中心、辐射四川中南部地区的川剧高腔“资阳河”流派发源地。

作为川剧四大流派之一，“资阳河”兴起、形成于明清时期的资阳城隍庙庙会戏台，受益于戏班间的相互交流、票友们的认真赏评。川剧高腔的声腔在帮、打、唱的独特艺术表现手法上，比较严肃地运用了古代词作含义，并有一定创新价值。

据传，乾隆曾手书“显忠大王”以嘉奖守护资阳城有功的城隍爷，

▲ 俯瞰雁江古渡遗址(谢智强 摄)

当地人以唱川剧的形式来庆贺，随即吸引越来越多的人前来此地赶庙会。大量人潮带来极大的成名机会，想在城隍庙戏台上一展风采的戏班也排成长龙。为增加“露脸”机会，负责演出排期的会首与戏班商议，打破声腔界限同台演出，从而奠定了川剧“资阳河”流派的基础。

在此基础上，资阳形成了“雁江金玉班”“雁江大名班”等知名戏班，开设了两个川剧专业培训班，“资阳河”流派由此享誉巴蜀。

“当时小戏班大多在各个乡镇演出，技艺完善后才到城郊大镇和城内的万寿宫、川主庙表演，待技艺精纯后再登城隍庙戏台。”雁江区文联主席孟基林介绍，这种“闯关”模式促进了各戏班不断提升演技、加强交流，资阳一度成为“川剧好莱坞”。

融合、包容是“资阳河”扬名的关键。清光绪年间，其貌不扬的“料棒蛇”一举夺魁，便是其中的经典案例。

“料棒蛇”本是下川东（今重庆三峡库区一带）的花脸，听闻在资

▲ 资阳市临江寺豆瓣厂区，工人沿用古法制作豆瓣（谢智强　摄）

阳城隍庙表演出名，就能声震全川，于是找到会首要求唱《魁星点斗》，放言要“夺魁”。“料棒蛇”身材矮小，细眉小眼。会首见他“硬件”不行，怕他演砸了影响城隍庙的声誉，没有答应。为示决心，“料棒蛇”将所带银两作抵押，终获演出机会。

▲ 雁江区伍隍镇铜钟片区五里村，村民牵着孩子从保存完好的东大路上走过(谢智强　摄)

表演当天，“料棒蛇”没有作传统的魁星装扮，而是赤膊，着烽火肩、朱红裤。只见他连翻跟斗来到舞台中间，继而独脚连跳，在肢体的腾跃中忽将身体缩成一团。三个高难度动作一气呵成，引得台下掌声雷鸣。随后，“料棒蛇”舞动左手，手中兀地弥漫出黄烟；挥动右臂，五色彩花随风飘落，惊得台下观众连连叫好。接着，他又以《疯僧扫秦》等剧目展示唱做功底，最终力拔头筹。

戏剧表演在雁江有着深厚基础。旧时共有戏台70多座，至今全区仍保留了40多座。如今，该区正在深挖文化内涵，推动文旅融合。位于东大路上的临江镇开设了旅游观光线路，让游客在技师指导下体验传承了近三百年的临江寺豆瓣制作工艺，品尝制作豆瓣的古井井水，体验完后还可在镇上观看川剧。

“我们希望能通过与重庆的合作，获得更为广阔的发展空间。”资阳市委宣传部有关负责人表示，仅旅游方面，如今资阳与重庆就互设旅游

▲ 雁江区伍隍镇石桥铺，东大路上仅剩的一座石桥，如今当地居民仍然在上面行走（谢智强　摄）

商品销售门市8个，互送客源30余万人次，并加强了“巴蜀美丽乡村示范带”建设，共建跨省毗邻地区联动发展先行区、示范区，为助推成渝相向发展和成渝中部地区一体化发展提供了有力支撑。

阳安驿：诗人荟萃唱咏川中“江南”

过临江寺，便进入简阳市境内。

走进由原简阳市政府办公楼改建的简阳市图书馆，院内有10株需两三人才能合抱的黄葛古树，枝干遒劲，已有300多年历史。

“简阳古称简州。这里原是简州署衙所在地。阳安驿就在黄葛树以东、马号街以西的区域。”《简阳志》主编徐正唯告诉记者，这里曾是东大路上的重要驿站，设有驿官3名、马夫6人、快马12匹。

由阳安驿往北，跨绛溪河，到人民公园内绛溪河汇入沱江的“鱼嘴”。

“秋风仿佛吴江冷，鸥鹭参差夕阳影。垂虹纳纳卧谯门，雉堞眈眈俯渔艇。阳安小儿拍手笑，使君幻出江南景。”唐代著名女诗人薛涛，

▲ 四川省简阳市图书馆，这里原来是简州署衙所在地（谢智强 摄）

曾在傍晚时分登上位于“鱼嘴”的江月楼，见江上升起薄薄暮霭，泛着点点渔舟，以这首《江月楼》感叹此地不是江南，胜似江南。

简州地处四川盆地中部的浅丘地区，河道纵横，农业发达。在薛涛生活的唐中后期，经剑南西川节度使张延赏、韦皋等的经营，简州成为安史之乱后唐王朝的重要粮仓和练兵之处，也被称为“天府雄州”。

出人民公园后街沿安象街北行，与渡口街交会处，东侧是老成渝公路318国道，西侧是老成渝铁路。“这里曾有一座小小的‘折柳桥’，因一首诗而声名大振。”徐正唯说。

据《简州志》载，折柳桥原名“情尽桥”，在阳安县北门，旁有送别小亭。唐宣宗时任简州刺史的雍陶送客于此，好奇地询问桥名来历。当他得知，以往送客至此便挥手作别，止步处情亦止时，便提笔写下《折柳桥》：“从来只有情难尽，何事名为情尽桥。自此改名为折柳，任他离恨一条条。”借用诗经中“昔我往矣，杨柳依依”之惜别之意，成为后世以“柳”喻“留”的佳作。

“薛涛、雍陶都是唐代著名诗人，而在这里留下佳作的还有杨慎、李调元等人。北宋黄庭坚从长安被流放到黔州（今重庆彭水），在简阳圣德寺落脚，与寺内住持也有过诗歌唱和。”徐正唯说，“因此，简阳既是‘天府雄州’，也是诗歌之州。”

石桥井：商贸发达成“小汉口”

沿折柳桥旧址旁的安象街向北3公里，便到沱江畔的简阳石桥井。

在石桥井南部，长满青草的下栅子门依然屹立，拱顶“石桥镇”依稀可辨，这也是简阳境内唯一尚存的古城门。

穿过幽静的青石小巷，跨过赭红色的回龙桥，行过排满穿斗木瓦房的老街，石桥古镇有着阅尽繁华后的恬淡。

“一带寒山起暮烟，盐家炊灶傍晴天。凿开混沌熬三峡，倒泻洪涛瀹九川。”这首清代无名氏所作的诗，生动地描绘了当时石桥盐灶房从盐井中汲取卤水、熬制井盐的火热场景，也道出了“石桥井”地名来历。

石桥井最初因盐而兴，从而由东大路上的幺店子发展成为全川四大

江西街
N 北
JIANG XI JIE
南 S

▲ 石桥街道，长满青草的下栅子门依然屹立（谢智强　摄）

名镇之一。据《重修简州志》载，“（简州）州北七里产盐，州判分驻于此，雁江绕其左，舟楫往来，系盐引批验要地……”说的就是乾隆二十八年（1763年），此地设州判（县级盐官）管理盐业事务。

20世纪二三十年代，良好的水运条件和优越的区位，让石桥井得以进一步发展。“这里是沱江距成都最近的天然良港，旧时大批货物在此，或经东大路折向西北翻龙泉山进成都，或由成都至此装船载往重庆。”当地文史专家高亚夫说，旧时，在石桥井及附近停泊的大小船只上千，船桅林立，因而石桥井又被称为“小汉口”。

当地96岁老人魏素华向记者讲述当年石桥井岸边的繁华景象：每日清晨朝阳升起时，沿江一带便以船为市，开始了一天的生意。装满货物的大小木船首尾相衔，船与船之间搭上木板方便行走。操着南腔北调的商人在载满粮食、酒、糖等大宗商品的船上查看货物质量、讨价还价，喧闹程度不亚于陆地市场。1935年，四川水警局在此置石桥直属水警所，1946年又将其升级为水警分局，以维持水上运输、交易秩序。

陆地上，石桥井的街名也镌刻着商贸发达的印记：福建街、江西街、陕西街等，均为各省商人会聚之地，场镇上共建有各省会馆6个。

韦南康记功碑

▲ 简阳市音乐广场上的韦南康记功碑（谢智强　摄）

当时盐业、货运带动蔗糖、铸铁等30多个加工业、制造业行业的兴起。全镇有商号、字号270余家，形成米、糖、烟、酒、盐、棉、油、山货八大行业帮派。工商业的发展带动了金融机构的入驻，中国银行、聚兴诚银行等10多家公私金融机构在此设点办理业务。其中，在此开设办事处的聚兴诚银行总部设在重庆市渝中区解放东路112号，创办于1915年，是重庆首家私营商业银行，也是川帮商业银行中唯一无军政背景的民族资本银行。

作别石桥井继续北上，过赤水桥、石盘铺，就将翻越龙泉山，进入老成都境内。

随着成渝公路、铁路的通车，石桥井、赤水铺、石盘铺的陆运受到巨大冲击。在成都东进的背景下，简阳将通过打造沱江绿道，让石桥井与简阳城区更好地融为一体，在保留传统文化基础上实现文商旅融合。2020年5月，石盘街道被划入成都东部新区，成为龙泉山旅游开发的重要文旅节点。

简阳市委宣传部有关负责人介绍，成渝地区双城经济圈建设全方位提升了简阳的区位优势。作为成都东进“主战场”，简阳以全域生态资源为公园城市基底，科学规划生态空间，加快构建全域绿道体系，建设“城山相映、人水共生”的大美公园城市。在此基础上，围绕先进制造业推进简阳临空经济产业园、成都空天产业功能区、西部电商物流产业功能区三个千亿级产业集群，努力构筑连接成渝地区的桥头堡。

（罗　芸）

风雨上龙泉　花重锦官城
古驿千年何处觅　蓉城今朝绽芳华

从简阳沿东大路继续西行，便到了龙泉山下。按照清末文人傅崇矩所著的《成都通览》所记，翻越龙泉山，沿途依次经过南山铺、茶店子、柳沟铺、山泉铺、龙泉驿、界牌铺、大面铺、簧门铺、沙河铺，最后到达锦官驿，这段成渝古驿道全程约50公里。

龙泉山是成都东出的屏障。清代大诗人苏启元在龙泉山最高处的山泉铺写下诗句“立马万峰顶上望，青苍无际好江山”，说的就是自川东进入龙泉山后，所看到的一望无际的成都平原景致。

▲　东大路弯刀嘴段(谢智强　摄)

从龙泉山至成都的成渝古驿道是历史上成渝两地经济交流和文化传播的重要通道，沿途不但汇集了东大路上的商旅文化，留下了传承千年的历史遗迹，也见证了革命烈士在这里抛头颅、洒热血……

翻越龙泉山，便入锦官城。这一路重走成渝古驿道之旅，由此画上句点。

茶店子:出成都东门的第一栈房

2020年7月1日，记者驱车沿着弯弯曲曲的龙泉山山路一路上行，东大路的大部分旧迹早已因城市建设和道路改道，隐于荒草荆棘之中，入眼皆是压弯树枝的水蜜桃。

龙泉山在唐代称“分栋山”，宋代随灵泉县改为“灵泉山”，明代改为“龙泉山”。

1958年3月，正在成都参加中央工作会议的邓小平视察龙泉山，指出“要把龙泉山变成花果山”。从此，龙泉山改田改土、大种果树，发展到今天，龙泉山上山下遍种桃树，已成为国家优质水果基地。

车至山脊，道路右侧，一座“古驿茶店”的古旧牌坊映入眼帘。

▲ 茶店子的东大路弯刀嘴段(谢智强　摄)

▲ 东大路弯刀嘴段(谢智强　摄)

“这里就是成渝古驿道上的茶店子老街，古代的官商上成都或下川东，都要在这里歇个脚。”老街居民曾朝建告诉记者，明清时期，东大路道上行旅辐辏、日夜不绝，茶店子距成都大约45公里，正是普通人行走一天的路程，旅客们便在这里歇一晚，第二天再走。因此，茶店子的栈房、旅馆、茶铺迅速发展起来，此处也由此得名“成都东门第一栈房”。

“那间大宅叫义全店，开了几百年了，是老街上最好的客栈，也就是俗称的‘三馆’。”曾朝建指着老街拐角处的一处大宅说，原来茶店子的栈房分三等：最为高档的“三馆”，即同时经营旅馆、饭馆、茶馆三种业态；此外，还有既经营栈房又兼顾餐食的“二馆”和只提供住宿、由客人自己生火做饭的“一馆”。

从古人的诗句中可以推断，在茶店子食宿是一件很惬意的事。清代著名诗人查慎行的侄女查蕙纕路过茶店子时，曾留下题壁诗，诗中“山风纳纳晓云残，淡月疏星绕竹栏”两句告诉后人，茶店子的客栈是仰望星空的好地方。清代大诗人苏启元路过茶店子时曾写道：“薄暮来投宿，如归安乐窝……美酒争豪饮，佳人唱艳歌……”当代文豪郭沫若也在茶店子留宿过，他在家信《初出夔门三封》中曾写道：“男第八号由成都出发……是日即宿茶店子……”

近年来，茶店子老街的居民大都按照生态移民政策搬到山下去了，留下来的老街将由当地政府结合龙泉山城市森林公园的建设进行统一规

▲ 东大路弯刀嘴段(谢智强 摄)

划。龙泉驿区已在规划建设以古驿道为文化主题的生态绿道，打造“古驿十二景”，曾经的“成都东门第一栈房”茶店子未来将重现古驿文化，发展生态旅游。

柳沟铺:“天落石”承载千年记忆

从茶店子老街往柳沟铺的山路上，一座似庙宇似民居的大院出现在记者眼前。大院六门双开，门上镂有菱花，这就是始建于唐代的大佛寺。

记者到来时，恰逢龙泉驿区文物管理保护所对这里进行保护维修，现场到处搭着脚手架。在管理员肖太发老人的带领下，记者穿过大殿右侧的小木门，越过脚手架，钻过围挡的缝隙，看到一块巨大的岩石。

远观巨石，仿佛倾覆的船头，一头翘起，一头沉到了泥土里。肖太发说，大佛寺周围方圆几公里都没有如此坚硬硕大的石头。人们传说这块石头是从天上掉下来的，因此叫它“天落石”。

“天落石”上凿刻着唐宋等时期的摩崖造像，而最著名的是巨石右下方的北周文王碑，距今已有上千年历史。

北周文王碑诞生于一次改朝换代的重大历史事件中。南北朝时期的公元553年，在成都称帝的武陵王肖纪，出兵攻打占据长江中下游地区的梁国。可“螳螂捕蝉，黄雀在后”。在陕西建立政权的西魏权臣宇文泰，趁机命大将军尉迟炯率军分六路攻入四川，围成都50余天后破城。

3年后，宇文泰染疾身亡。公元557年，宇文泰的儿子宇文觉篡夺西魏政权建立北周，追认父亲为文王。当时驻防武康郡（今简阳）的车骑大将军强独乐等11位将领，为歌颂宇文泰的功德，在“天落石”上刻下此碑。碑文以楷书阴刻着1310余字，具有极高的书法艺术价值。专家认为它是长江流域迄今发现最早、保存最为完好的南北朝碑刻，也是我国唯一一处保存至今、以碑文的形式记录北周时期史事及为宇文泰歌功颂德的石刻。2013年，北周文王碑被认定为国家级文物保护单位。

北周文王碑建成后，路过的历代名流墨客纷纷在此题刻造像。如今，“天落石”上还保存着唐三教道场碑、宋诗碑及造像50余龛，犹如一块天然的微型历史博物馆。

东大路上的柳沟铺，也是历史上烽烟四起的重要战场。1923年，

▲ 北周文王碑(谢智强　摄)

刘伯承将军率领川军埋伏在柳沟铺，与途经此地的北洋军阀的军队展开了一场激烈战斗，歼灭敌军数千人，史称“龙泉山大捷”。如今，路旁的一座小山坡下仍立有柳沟铺战址的石碑，当年的布防工事如战壕、战坑、土埂、毛石堡垒等也依稀可辨。

龙泉山区域内还有蜀僖王陵以及摩崖造像等古迹，山后的古石经寺，依山起势，规模宏大。

如今，随着龙泉山城市森林公园的开建，从茶店子经柳沟铺至山泉铺这段残存的东大路，变成了成都人周末和节假日的健身步道。道路两旁，压弯枝头的水蜜桃和青葱的枇杷树早已代替了一家挨一家的“幺店子”，山路上的轿夫、挑夫们也被手拿相机的游客所取代。

龙泉驿:打响辛亥革命四川第一枪

“风雨上龙泉，绝顶瞰诸天。益州平如掌，青城几点烟。”在白屋诗人吴芳吉的诗咏中，记者一行沿着老成渝公路从龙泉山下山，就来到了龙泉街道，即旧时龙泉驿驿站所在地。

在一个三岔路口旁，屹立着一株高大的黄葛树。大树附近，立着一块辛亥革命四川首义旧址的铭牌。

“这棵树可不平凡，它见证了打响辛亥革命四川第一枪的龙泉驿起义。”站在古树旁，在龙泉驿区档案馆研究馆员胡开全的娓娓讲述中，时间仿佛又回到1911年11月5日。

当天，时任四川新军第十七镇步兵排长的夏之时，带着6个排共230多号人在龙泉镇武庙火神祠起义，在黄葛树下举行革命誓师大会后，这支队伍点起灯笼火把，连夜翻越龙泉山，顺着东大路往简州（今简阳）行进，在简州经安岳、合川一路到达重庆时，部队已经壮大到八百多人。1911年11月22日，夏之时率师整队进入山城，与重庆的革命党人会合，并在当天成立重庆蜀军政府。蜀军政府举张培爵、夏之时为正副都督，宣告重庆独立，这一事件对全川产生了巨大影响。

其实，早在蜀汉时期，龙泉驿这一段古驿道已成型。到了宋代，这条路已经是官府传递文书的重要通道。到了明代，东大路已经是成都至重庆的交通干线，龙泉驿即是成都出东门后的第二个驿站，为川中名

▲ 成都市龙泉驿区，当年的东大路翻过龙泉驿山脉就到了成都平原（谢智强 摄）

▲ 成都市龙泉驿区，辛亥革命四川首义旧址（谢智强 摄）

驿，总规模在成都府22个驿站中仅次于锦官驿。

那么，明清时的龙泉驿驿站到底在哪儿呢？胡开全带着记者来到龙泉街道新驿北街，龙泉驿区第一小学校便在这条街上。“过去，龙泉驿驿站就在这条街所在的位置。”胡开全说，龙泉驿驿站面朝东大路，背靠驿马河，这样的选址，一来交通方便，二来方便马匹饮水吃草。“后

龙泉驿区第一小学校
Longquan No.1 Primary School
M&G
晨光文具
赤客 CHI-KE

▲ 成都市龙泉驿区第一小学校，当年的龙泉驿大致就在这附近（谢智强　摄）

来，龙泉驿从一个驿站的名字上升为现在副地级行政区名称，也就是现在的龙泉驿区。”胡开全说。

随着成渝地区双城经济圈建设的推进以及成都“东进”步伐的加快，过去曾被视为成都东部屏障的龙泉山，已经成为成都推进“东进”战略的重要区域。目前，成都正在打造的龙泉山城市森林公园定位为世界级的城市绿心、国际化城市会客厅和市民喜爱的生态游憩乐园，过去的东部屏障龙泉山未来将成为成都向东、成渝相向发展的重要平台。

锦官驿:“蜀中首驿”的前世今生

“晓看红湿处，花重锦官城。”自汉代起，蜀锦闻名天下，“技巧之家，百室离房，机杼相和”，朝廷在此设“锦官”，专办蜀锦，故成都又名“锦城”。

锦官驿是东大路东出成都的第一个官驿，有“蜀中首驿”之称，也是成都最大的驿站。随着城市发展，当年的锦官驿究竟在哪里？

从龙泉驿一路向成都市区行进，记者来到“重走成渝古驿道”的最后一站——成都市锦江区。

一路上，两旁高楼鳞次栉比，但沿途“驿都大道”“沙河铺街”“东大街东大路”段等老地名，以及地铁2号线的“东大路”站点，都在唤醒我们对于这条古道的历史印记。

锦江区地方志办公室提供的资料显示：根据《大明会典》《四川通志》等古籍记载，锦官驿的始建年代大致在1368—1398年之间，是掌投递公文、转运官物及来往官员休息的机构，紧邻九眼桥码头，在府河与锦江的交汇处。

成都市作协副主席蒋蓝对锦官驿所在地作过详细考证。他认为，锦官驿驿站之所以设在九眼桥码头旁，是因为成都是个因水而兴的城市。明代时，锦官驿所在地是成都水陆道路起点。

蒋蓝说，明朝的锦官驿十分热闹，有各类吏卒差夫376人，每年开支工食银共计银2682两4钱，养马费银2600两，船费银数十两至数百两。锦官驿还住有迎送京堂官过境、还乡、致仕的民夫，每位官员拨5名人夫，每名银7两2钱。锦官驿四五百个当差人，每年开支五千多两银子。唐代曾有“锦江近西烟水绿，新雨山头荔枝熟。万里桥边多酒家，游人爱向谁家宿”的诗句，状其繁华。

当时的锦官驿一带，商铺、酒楼、茶肆、旅店等行业高度发达，堪称成都古代的“外滩”，大量的缫丝、刺绣、印染、运输等手艺人、役夫、商人生活在锦江沿线。百余年前，几位商人还在锦官驿的东岳庙办起了学堂——私立锦官驿小学。1909年，10岁的陈世俊成为这里的小学生，他的老师裴野堂为他改名“陈毅”。

2020年7月2日，记者行走在锦江区锦官驿街道锦官驿街，这里作为驿站的使命早已成历史，变成了以休闲服务业为主的特色经济街区。在这里，有原样保留下来的明清时期水井坊酿酒作坊遗址，有成都人喜欢的兰桂坊，也有五星级大酒店香格里拉。

与锦官驿一样有着悠久历史的武侯祠一侧，如今已打造成锦里古街，青石板路上酒肆茶铺遍布，游人如织，已成为全国闻名的文化休闲街。

作为成都最繁华的中心城区，锦江区与重庆渝中区，分别处于成渝古驿道的两端。如今，在推动成渝地区双城经济圈建设的背景下，成都

锦官驿街
JINGUANYI STREET

▲ 如今的锦官驿街（谢智强 摄）

最繁华的春熙商圈和重庆渝中区最热闹的解放碑商圈已率先“携手”，资源共享，活动联办，助推成渝核心商圈发展。

“成渝古驿道正是在成都和重庆分别成为川西和川东两个核心城市的过程中逐步形成和发展、繁荣起来的，在历史上发挥过重要作用。”四川大学历史地理研究所所长李勇先认为，从成渝古驿道的形成历史可以看出，成都与重庆山水相依，血脉相连，历史上便形成了相互依存、和谐包容、同谋发展的紧密关系，这足以证明成渝地区双城经济圈建设具有厚重的历史基础和更加深远的现实意义。

（龙丹梅）

古道尽处是吾乡　风雨千年写新章

写在“重走成渝古驿道　感受双城新变化”大型系列报道结束之际

听巴山夜雨，饮蜀江春水。“重走成渝古驿道　感受双城新变化”大型全媒体系列报道于2020年7月21日告一段落。

川渝两地党报携手，历时月余，行程千里。重庆日报采访团队从重庆到成都，实地探寻、采访群众、挖掘史料，收获满满。从2020年7月6日至7月21日，重庆日报共刊发13个整版的报道，推出海报、短视频、H5等融媒体产品共40件，在《重庆日报》、重庆日报新媒体集群、今日头条、抖音、微视、快手等平台刊播，引发社会热烈反响，让成渝古驿道这个昔日冷僻、小众的学术课题成为了大众喜闻乐见的热门话题。

▲ 清晨阳光洒在重庆渝中半岛楼宇上显得格外漂亮（龙帆　摄）

四川日报、川报观察客户端也派出采访团队从成都到重庆实地采访，同步推出“重走成渝古驿道”系列报道。

驿道上斑驳的印迹见证着先人筚路蓝缕的奋斗精神；牌坊石碑上的文字蕴含着巴蜀文化的独特魅力；古道沿线流传的故事滋润着我们心田……我们追寻先人足迹，感悟历史、体味乡愁、见证辉煌，既为成渝古驿道丰厚的历史内涵所震撼，更为当今沿途城市的蓬勃发展所振奋。

我们深切地感受到，成渝古驿道堪称古时川渝两地经济社会人文交往的大通道，是见证从古至今巴蜀历史烽烟的活化石。在川渝携手打造巴蜀文化旅游走廊的时代背景下，成渝古驿道是集自然、人文、历史、城市、田园等文旅资源于一体的宝贵载体，如何“活化”成渝古驿道资源，打造出一条具有国际范、中国风、巴蜀韵的黄金旅游廊道，亦是此次报道关注的重点。

零散破碎　现状不容乐观

我们在采访中发现，虽然成渝古驿道上的一些重要文物、遗址得到了保护，但成渝古驿道总体现状却不乐观。

例如，曾经作为古驿道最直观的物质载体——青石板路，由于城市建设等原因大都被拆毁，甚至消失，如今只有走马、隆昌、龙泉驿等地还可以看到部分残存的石板路，位于中梁山二郎的石板山道近年也被拆毁，不可行走。

位于大坪的石牌坊群、资中两路口的牌坊群也由于城市发展的原因，或被搬迁，或所剩无几。

还有部分地方在修复古驿道沿线的城墙、桥梁、石桥等遗址时，简单地采用以新补旧，忽视“修旧如旧”原则，甚至造成了二次破坏。

古驿道上不少的旧建筑、关隘渡口等遗存，处于残垣断壁、被废弃缺保护的状态中。

专注于古道研究、此次与我们同行作指导的重庆自然博物馆学者张颖对此深有感受。他告诉我们，由于城市建设中的道路叠压、拆卸利用等因素，让古驿道的遗存本就不多。更可惜的是，在对这些有限的资源进行修缮时，相关部门由于缺乏保护意识，导致不少珍贵文物消失。

西南大学历史地理研究所所长蓝勇教授曾于2013年、2017年两度带领学生团队对成渝古驿道全线进行了田野考察，他得出的结论是：破坏较为严重，“特别是古驿道的重要见证——青石板路，由于城市建设的原因，大部分都已被拆除。诸如老桥、牌坊等珍贵文物，也由于种种原因消失殆尽，部分文物虽然保存下来了，但也没有引起重视，基本上处于无人问津的状态。”

重庆市文化遗产研究院院长白九江认为，对成渝古驿道保护的难点在于古驿道所处地域都是川渝城市密集之地，随着城市开发力度加大，对古驿道的破坏不可避免。

另外一个原因就是，成渝古驿道整体并没有纳入不可移动文物的保护对象范围，虽然古驿道上有一些历史遗址是受保护的文物单位，但对古驿道整体性保护并不理想。

“所以说，要真正做好文物保护，进而合理利用，我们就必须摸清家底。”白九江建议，川渝两地需联手对成渝古驿道上的历史文化资源进行摸底分类、评估，有针对性的保护利用。当务之急是成渝古驿道沿线要建立起保护联动机制，对现有遗存妥善保护，不可破坏，也不可盲目修复开发。

在成渝古驿道沿途采访中，记者发现，几乎每个地方都将文旅作为调整产业结构、振兴经济的重要手段，也打造了一些可圈可点的景区景点，但就像满盘的珍珠没有串成项链，都各自为政，使得成渝古驿道的价值大打折扣。

“这是古道旅游开发难的一大难题。”中国旅游研究院长江旅游研究基地首席专家、重庆旅游发展研究中心主任罗兹柏表示，古道的优点在于知名度大，文化底蕴、旅游资源丰富，沿线聚集了大量人文遗迹、风景名胜，这是旅游形象传播的无形资本，易树立品牌。不利的地方在于古道旅游线在空间上表现为线状，距离跨度大，行政区划不同，难以形成步调一致的、整体性的、系统性的开发。

日趋重视　古驿道保护利用渐成热点

近年来，随着线性文化遗产保护概念的兴起，如何借古道文化，开展文旅融合，正在成为热门话题。

这也逐渐引起了成渝古驿道沿途各地的重视。虽然如前文所述，成渝古驿道整体现状不容乐观，但不少区县亦努力通过原地保护开发等手段，让驿道文化成为一道独特的风景。

渝中区正大力传承母城文化，挖掘古驿道文化资源，昔日古驿道的一段——山城步道已成为网红打卡地。解放碑—朝天门步行大道品质提升综合整治工程示范段已开工，步行大道将串联起沿线28个历史文化景点，成为一条文旅景观大道。老鼓楼衙署遗址公园修建已启动，将“活化”800年前的重庆城风貌。鹅岭公园—佛图关公园—半山公园—虎头岩公园半山崖线步道建设正在加紧推进，将成为探访古渝之源、览胜母城之巅的好去处。

白市驿镇打造的“驿都花海”复原了成渝古驿道上重要的11座驿站景观，走马镇以“梦回拾景·千秋古驿”为主题，打造都市休闲旅游目的地，建设“一环十点”旅游路线，2019年实现旅游收入超8000万元。

璧山区通过打造占地1200余亩的古道湾公园，深度挖掘古道文化的历史文脉，讲好古驿道上的璧山故事，还原昔日来凤驿和丁家坳的繁华景象。公园建成后，将以古道湾水域为依托，古道文化为底色，打造古村落、古茶铺、古酒肆、古战场、古栈道、古镇古街等23处古道文化场景。

位于川渝两地连接点上的荣昌区，近年来主打古道文化牌——保护古驿道上古老的宋代施济桥，以成渝古驿道为基础打造安陶小镇，修复1912年重庆蜀军政府和四川军政府举行合并会谈的禹王宫。

四川各地对古驿道文化资源的保护开发，值得我们借鉴学习。隆昌市着力打造清代时期的石牌坊群，成为全国重点文物保护单位，全力推进云峰关森林公园、隆桥驿森林公园的建设，使古道文化“活”起来。

资阳南津镇的迎仙桥是成渝古驿道的重要交通枢纽，该市遂在迎仙桥附近新修一公路桥，让老桥得到妥善保护。

龙泉驿区正在深入打造古驿名人文化工程，修复名人故居、四大会馆。打造“古驿十二景”生态型绿道，将古驿文化植入天府绿道，规划建设以古驿道为文化主题的生态绿道30公里。用古驿道作为基本道路，串联12个具有龙泉驿历史文化和各具特色的景点，重点打造洛带、茶店、山泉、柏合4个镇，串珠成线。

成都市锦官驿附近的水井坊历史文化街区是成都四大历史文化保护街区之一，包含了老成都水码头、锦江、九眼桥、廊桥、锦官驿、合江亭、水井坊、香格里拉、兰桂坊等新旧地标，真实再现了古驿道文化。

这些深度挖掘古驿道内涵的文旅实践，让人欣喜，更让人振奋。

正当其时　让成渝古驿道"活"起来

古道文化在中外都是宝贵的线性文化遗产，是不可多得的文旅资源。比如，西班牙长约800多公里的圣地亚哥朝圣之路，是欧洲著名的文化之旅路线，1993年被联合国教科文组织列入世界文化遗产名录，每年吸引世界各地的游客去观光游览。

在国内，随着文旅融合的深度发展，越来越多的地方重视打"古道"牌，如丝绸之路、茶马古道、唐蕃古道开发都搞得有声有色，成为著名的文旅线路。蜀道和茶马古道先后提出申报世界文化遗产后，更是

▲ 重庆市高新区走马镇成渝古驿道遗址，青石板路上还留着当年马车经过留下的痕迹（齐岚森　摄）

让各地认识到古道资源的重要性。

随着建设成渝地区双城经济圈重大战略的不断推进，成渝古驿道的活化利用再次受到世人瞩目。

2020年以来，四川省文旅厅与重庆市文化旅游委先后在成渝两地召开了巴蜀文化旅游走廊建设推进工作会，双方明确了坚持“一盘棋”推进巴蜀文化旅游走廊建设的思路，勠力同心把巴蜀文化旅游走廊建设成国际知名文旅目的地。

重庆市文旅委副主任秦定波称，川渝合作中明确提出将以巴蜀文化为纽带，打造和推介一批具有浓郁巴蜀特色的国家文化地标和精神标志，其中就包括共同推广巴蜀文化旅游线路，重点包装巴蜀古遗址文化探秘线路等。川渝文物考古部门近日在渝签署战略合作框架协议，将合作开展包括成渝古驿道在内的川渝两地文化线路等专项调查。活化利用成渝古驿道，正当其时，大有可为。

秦定波建议，首先川渝两地要携起手来，共同挖掘、提炼成渝古驿道的文化内涵，以文化赋能旅游业发展。其次，对挖掘、提炼出来文化内涵，进行以市场为导向的旅游表达，打造一批特色鲜明、体验性强的景区，进而对游客产生吸引力。最后，由点到线、由线及面，串联周边景区，完善导引导识、旅游厕所等基础服务设施，以节会活动等方式培育成渝古驿道品牌，打造“黄金旅游走廊”。

“成渝古驿道品牌是极其宝贵的历史资源，一定要保护好利用好。”四川大学历史地理研究所所长李勇先教授表示，成渝古驿道所承载的厚重历史及沿途丰富的人文自然景观，完全可以开辟成一条独具特色的旅游文化走廊，甚至申报世界文化线路遗产。川渝两地可联手对成渝古驿道沿途景观进行重新规划和设计，部分远郊路段可在修复后，向市民提供骑马、滑竿、推“鸡公车”等乡村游特色服务。对于部分靠近主城的古驿道，则可与周边城市绿道相结合，成为城市步道，通过举办诸如越野挑战赛、自行车赛的方式，提高古驿道的利用率，进而提高游客的参与感。此外，针对驿站邮铺等已经消失的文物，可通过在其遗址处树立纪念碑，或建设公园集中复原的方式，成为新的文旅资源。

罗兹柏建议，可以采取“场景还原+分段开发”的方式活化成渝古驿道。场景还原，既要不失“原真”，做出历史的氛围和味道来，又要结合时代的审美需求，满足大众化游客的需求。可以分段开发，不搞一刀切，成熟一段推一段，每段既有驿道文化的统一，又有各自特色，采用“古驿道+文化+体育+特色农业”等模式，打造多主题线路，为大众提供优质的公共文旅产品。

通过“重走成渝古驿道　感受双城新变化”大型全媒体系列报道，我们深切感受到，活化利用成渝古驿道一定要注重整体性开发，擦亮“成渝古驿道”这个文旅品牌。广东省的经验尤其值得借鉴，该省2017年就出台了《广东省南粤古驿道线路保护与利用总体规划》，以“文化线路”为视角，系统梳理了南粤古驿道资源，将广东省内散落的202处古驿道遗存归纳成6条重要的线路，与绿道、风景道、水道等串联起来，形成一个完整、走得通、看得见的线路。规划明确提出至2025年，将建设11230公里的古驿道网络，252个一级驿站，248个古驿道文化特色乡镇，带动1320个贫困村的建设和发展。

成都市一直高度重视古道资源保护利用。《成都市城市总体规划（2016—2035年）》强调，将构建“一环、两轴、四线、五片”的全域文化空间保护展示体系，其中“四线”即为古蜀道金牛道、南方丝绸之路、茶马古道、成渝古驿道。

不忘本来，才能走向未来。重庆历史底蕴深厚，文化资源富集，山水是重庆的“颜值”，人文是重庆的“气质”。通过“重走成渝古驿道感受双城新变化”系列报道，让更多的人了解巴蜀历史文化遗产，弘扬优秀传统文化，是重庆日报的重大责任与使命担当。

对成渝古驿道要坚持保护优先，合理利用，创新发展。在抓好资源普查的基础上，把古道保护纳入城市规划建设中，在保护中发展，把相关元素植入景区景点、融入城市街区，充分运用大数据、智能化等科技手段，积极推动古道文旅融合模式创新，充分发挥文化在成渝地区双城经济圈建设中的引领和带动作用，让成渝古驿道这一优秀历史文化资源活在当下，服务当代，造福人民。

（姜春勇　黄琪奥　韩　毅）

唤醒古道马蹄声　共话成渝新故事

专家学者等共议如何活化利用成渝古驿道，助推巴蜀文化旅游走廊建设

问道千年古驿，绘就成渝新篇。

2020年8月8日，“重走成渝古驿道　感受双城新变化”全媒体采访活动暨川渝携手打造巴蜀历史文化旅游线路研讨会，在九龙坡区巴国城举行。

来自清华大学、四川大学、西南大学等国内高校，中国旅游研究院长江旅游研究基地、重庆市地方史研究会、重庆市文化遗产研究院等权

重走成渝古驿道
感受双城新变化
涂明友
强
李　航

▲ “重走成渝古驿道　感受双城新变化”全媒体采访活动暨川渝携手打造巴蜀历史文化旅游线路研讨会在重庆市九龙坡区巴国城举行（齐岚森　摄）

威机构，以及重庆中国三峡博物馆、成都武侯祠博物馆等专业院馆的专家教授、旅游学者、行业精英、主管部门负责人等参会。

他们围绕如何进一步活化利用好成渝古驿道资源，打造具有浓郁巴蜀特色的国家文化地标，包装巴蜀古遗址文化探秘线路等，分享了真知灼见和前沿观察。

“重走”系列——“你们在记录城市历史，历史也将记录你们的努力作为”

研讨会上，与会专家首先对重庆日报联手四川日报推出的“重走成渝古驿道　感受双城新变化”大型全媒体系列报道，给予了高度赞誉。

“‘重走’系列报道让我非常感动！它站在区域发展的视角，重新挖掘梳理历史文脉，对未来区域发展起到了很好的助推作用。”清华大学文化创意发展研究院副院长殷秩松称。

殷秩松
▲ 清华大学文化创意发展研究院副院长殷秩松（齐岚森　摄）

重庆市文化遗产研究院院长白九江表示，重庆日报完成了一项新的“重走”壮举，对成渝古驿道历史及沿线地区经济社会的一系列深度报道，不仅是增强党报人脚力、眼力、脑力、笔力的新实践，更极大地唤醒了古驿道的历史文化，将强力助推巴蜀文化旅游走廊建设。

白九江
▲ 重庆市文化遗产研究院院长白九江（齐岚森　摄）

“重庆日报推出的‘重走’系列，在追寻先辈的足迹中感悟历史、体味乡愁，见证时代变迁，记录人民的奋斗，秉持了高度的文化自觉、坚定的文化自信，体现了主流媒体的责任担当。”四川省地理学会历史地理专业委员会主任、四川大学历史地理研究所所长李勇先称。

重庆市地方史研究会会长、博士生导师周勇表示，在延续“重走”传统的基础上，今年的“重走”至少呈现四大特色：一，川渝两地党报携手，让“重走”走出了新生面；二，重新发现了成渝古驿道的当代价值，并把其当代价值在报道当中得到充分彰显；三，将一段冷历史变成了热新闻，记者、编辑不满足于只是一个记录者的角色，而是自觉地充当了这段历史和城市文化的发掘者、创造者，将一个很小众的学术课题转化成了大众喜闻乐见的新闻话题，让市民更加深刻地认识到自己的家乡、自己的城市，特别契合成渝地区双城经济圈建设的大话题；四，引发了保护利用的社会关注，也引出了一些可以深入开展学术研究的新课题。“你们在记录城市历史，历史也将记录你们的努力作为”。

周 勇

▲ 重庆市地方史研究会会长周勇（齐岚森 摄）

黄晓东

▲ 重庆市地方志研究会副会长兼秘书长黄晓东（齐岚森 摄）

“这组报道从不同角度、不同方向报道了巴蜀地区数百年历史、经济、社会、人文的各种交融、互动，印证了巴蜀同根、血脉相连，荣辱与共、协同发展的悠久历史底蕴。”重庆城市规划学会常务副理事长、重庆历史文化名城专家委员会主任委员何智亚表示，这组系列报道还发现、发掘了不少新的历史遗址、人文历史和民俗典故，为成渝地区挖掘成渝古驿道历史文旅资源，携手打造巴蜀文化旅游走廊提供了重要的历史信息和资源；提出了活化利用成渝古驿道历史文化资源，对传承弘扬中华优秀传统文化具有积极意义。

重庆市地方志研究会副会长兼秘书长黄晓东说，这组报道从历史、现实和未来三个维度，唤起了我们的历史记忆和缕缕乡愁，成绩与问题并举，接地气、融民意，既有历史的厚度也有现代的张力，还有对未来的召唤，培育了成渝地区双城经济圈的文化氛围，凝聚起了发展的澎湃动力。

张荣祥

▲ 重庆中国三峡博物馆副馆长张荣祥（齐岚森 摄）

重庆中国三峡博物馆副馆长张荣祥认为，重庆日报的“重走成渝古驿道”系列报道，选题非常好，效果也非常好，反响很强烈。从历史上来看，古驿道是传达政令的大通道，经济交流的大动脉，文化传播、文化交流的脐带，这种线性文化遗产是巴蜀地区土生土长的，是一种具有鲜活生命力的文化遗产。“在成渝地区双城经济圈建设中，三峡博物馆也在巴蜀文化的研究中积极作为，此次‘重走’报道跟这项工作有很强的联系，给我们有很大的启发。”

赵晓梦

▲ 四川日报全媒体文体新闻部主任赵晓梦（齐岚森 摄）

四川日报全媒体文体新闻部主任赵晓梦表示，巴蜀自古山水相依、文化同源，重走成渝古驿道，既是对千百年来成渝双城往来的一种回顾，也是在为今天建设成渝地区双城经济圈寻找历史依据，更是对成渝文旅资源的一次再认识和再体验，必将对推动两地正在打造的巴蜀文化旅游走廊建设，提供一些有参考价值的东西，所以说，此次“重走”系列报道的确是大手笔，意义非凡。

传承保护 “通过签署战略合作协议的方式，建立联动保护机制”

近年来，随着线性文化遗产保护概念的兴起，如何对古道沿线的文物进行妥善保护，挖掘文物背后价值，成为学术界热门问题。特别是近年来，随着我国的蜀道和茶马古道先后提出申报世界文化遗产之后，更是让不少学者、市民认识到文物保护对古道打造的重要性。

那么，对于成渝古驿道上的珍贵文物，我们又应如何加以妥善保护呢？研讨会上，与会专家给出他们的答案。

“要真正做好成渝古驿道沿线文物保护，我们首先就要摸清家底。”白九江表示，成渝古驿道沿线的各区县需联合起来，通过深挖地方文献资料以及文化名人在东大路上留下的笔记、游记等档案资料，在对成渝古驿道上的历史文化资源及其分布有清晰认识的基础上，再对这些资源的属性进行分类，对其价值进行评估，进而有针对性地进行保护。

“除了摸清家底外，成渝古驿道沿线文物保护也离不开沿线各地区的规划引领。”白九江建议，古道是跨区域的、涉及面广的文化遗产，它的保护不仅是文物保护部门的事，也是城乡建设、规划、交通、国土、农业农村、自然林业等部门的共同职责。所以说，“成渝古驿道沿线区县在对古道沿线文物进行保护时，需统筹思想，摒弃‘各人自扫门前雪’的思想，通过签署战略合作协议的方式，建立联动保护机制。”

成都市武侯祠博物馆副馆长胡斌表示，对于古道沿线的文物保护，需以规划为引领，统筹各方，结合乡村振兴、文旅融合等大政方针，制定系统的保护策略，逐步形成大保护、大展示、大利用的良好格局。

此外，胡斌还呼吁，相关部门除要及时把考古调查、确认的诸如何氏百岁坊等古驿道沿线的文物遗存登录为不可移动文物，进一步提高这些文物保护等级外，还须尽快制定古道类文物保护修复标准或指南，明确技术路线和保护做法，防止保护性破坏。

胡 斌
▲ 成都武侯祠博物馆副馆长胡斌（齐岚森　摄）

“针对一些未能保持原貌的重要节点（如驿站、递铺、关隘、津渡等）和突出的自然资源，可以在原址上设立标识说明（介绍牌、二维码），进而让它们与沿线其他文物点一起成为成渝古驿道的文化地标。通过扫描二维码，到访者可以在沿线任何一个点了解到全线每个点的资料和分布，这样有利于开发以成渝古驿道为依托的综合旅游线路。”重庆自然博物馆专家张颖建议。

张 颖
▲ 重庆自然博物馆专家张颖（齐岚森 摄）

四川大学历史地理研究所所长李勇先表示，在对古驿道沿线文物进行保护时，也需引进现代技术。“例如，我们在对古驿道沿线文物进行勘察时，就可把虚拟现实、前期投影技术融入其中，全面还原其本来风貌。同时，在后期进行保护时，也可利用现代信息技术，打造一款反映古驿道历史的App，进而让更多市民了解到古驿道保护的重要性，自发地参与到古驿道保护中来。”

李勇先
▲ 四川大学历史地理研究所所长李勇先（齐岚森 摄）

活化利用“用‘四个头’来激活成渝古驿道的当代价值”

成渝古驿道是历史的见证者，凝聚了先辈的智慧和汗水，应当加大保护力度。其中，活化利用便是最好的保护方式。

如何汲古慧今，让这一中华优秀驿道文化成为文化自信的源头和川渝文旅经济的新增长点，与会专家学者给出了他们的建议。

西南大学历史地理研究所所长、博士生导师蓝勇表示，随着成渝地区双城经济圈建设的推进，对成渝古驿道的活化利用应当被提上新高度。由于古道跨度长，呈线性布局，一些路段除了石板路再无其他东

▲ 西南大学历史地理研究所所长蓝勇（齐岚森　摄）

西，因此可以先把有代表性的、有遗存的区域保护活化，如古村镇、古石碑、古石桥、摩崖石刻等。此外，川渝两地还应相互学习、互动互访，多搞一些类似“重走”这样有意思的文化活动，对提振旅游经济、繁荣文化都大有裨益。

殷秩松认为，川渝两地可以依托成渝古驿道的文脉，打造出一系列成渝古驿道的新场景。这个新场景应更加强调人在空间中的体验，可以是很小的点，再以点带线、由线到面，串起整个成渝文化旅游黄金走廊，就可能成为网红景点，被大众广为知晓。此外，他还建议扶持一批以年轻人为主的“创意一代”新社群，只有年轻一代真正动起来，才能寻找到巴蜀文化新的意涵，推动传统文化的创新和发展。

在胡斌看来，活化利用成渝古驿道，首先需要协同管理和系统开发，古道的距离跨度大、行政区划不同，整体性和系统性开发难度大，需要成渝两地系统规划以及沿线区县（市）政府重视和配合，共同形成保护和开发网络。其次，加强文旅融合与深度开发，深入挖掘古道文化的历史文脉，讲好古驿道的地方故事，使古道文化活起来。最后，要重视市场和流量导向，打造一批特色鲜明、体验性强、品牌好的景区，充分利用大数据智能化的科技手段，吸引网络流量，让成渝古驿道历史资源服务当下、造福人民。

周勇建议，川渝两地可以这次“重走”为契机，整合历史、文物、文化、旅游，包括民间文保、驴友等力量和资源，以成渝古驿道文化遗存为基础、依据，共同探讨、谋划建设“成渝古驿道”国家文化公园，做出一个线性的大文旅的“文化遗址+产业带”，让历史与现实、老路与新城、史料与掌故、传统与现代呈现出新的面貌。

中国旅游研究院长江旅游研究基地首席专家、重庆旅游发展研究中心主任罗兹柏表示，可用“四个头”来激活成渝古驿道的当代价值。一是“说头”，要讲好古道文化故事，可进行主题式挖掘、提炼和表达；二是“看头”，要营造历史画卷和景观长廊，在一些节点区域打造主题导览区，深耕“眼球经济”；三是“活头”，要活得下去，场景化、生活化是核心，在重要节点可进行主题场景开发，植入美食体验、研学体验等，需特别强调艺术化的、文创化的引导，否则很难活化；四是“心头”，一定要让古道走入大众的“心头”，形成强大的文化向心力和旅游吸引力，要以文化为纽带、国际化的视野，着眼未来，守正创新驿道文化。

罗兹柏
▲ 重庆旅游发展研究中心主任罗兹柏（齐岚森　摄）

赵晓梦认为，成渝地区双城经济圈的建设为巴蜀文化旅游走廊的打造提供了最好的发展机遇，也为成渝古驿道的传承保护、活化利用提供了千载难逢的机会。两地应该进一步加强对古驿道的研究和保护，扩大宣传营销，将古道品牌唱响全国、唱响世界，并不断完善产业链、提升价值链、打造供应链，把珍珠串成项链，形成集群式发展。

共谋发展　“将把成渝古驿道纳入我市文物事业发展‘十四五’规划重点项目”

成渝古驿道这个原本冷门的词汇在重庆日报、四川日报联合报道的助推下，成了大众热词，不少网友甚至开始沿着两地媒体所报的路线，开启了自己的“重走”之旅。

幸　军
▲ 重庆市文化旅游委副主任幸军（齐岚森　摄）

那么，川渝两地下一步将如何以此赋能区域经济社会发展？研讨会上，相关职能部门领导表示，未来要在做好川渝合作的基础上，进一步挖掘古驿道所蕴含的历史文化资源，让成渝古驿道真正成为巴蜀文旅走廊的重要组成部分。

“下一步，我们将把成渝古驿道保护纳入我市文物事业发展‘十四五’规划重点项目。我们会尽快联合四川，在文物和旅游资源普查基础上，开展一次成渝古驿道文旅资源专项调查，全面梳理古驿道及沿线的物质文化遗产、非物质文化遗产、自然景观等不同类型的资源情况，系统挖掘成渝古驿道的历史、科学、艺术、文化和社会价值，为今后的各项工作奠定基础。”重庆市文化旅游委副主任幸军透露。

“此外，古道类文物保护修复标准或指南的制定、成渝古驿道文化旅游资源地图的绘制也已提上议程。”幸军指出，具体而言，川渝两地将结合巴蜀文化旅游走廊建设，一方面编制成渝古驿道保护利用专项规划，明确下一步古驿道保护发展的目标任务、工作举措和时序安排，加强古驿道保护的统筹性；另一方面则会通过绘制成渝古驿道文化线路图，做好重点文物保护单位、历史文化名镇名村、旅游景点、非物质文化遗产等地图标注及说明，对重点历史文化资源、重要段落进行挂牌保护，划定保护范围，纳入国土空间规划，实现规划管理“一张图”。

幸军还表示，成渝两地将通过定期举办成渝古驿道主题学术研讨，形成一批学术研究成果，并会以成渝古驿道历史文化为元素，推出一批文学、影视、音乐等文艺作品，讲好成渝古驿道背后的故事。

“除了上面这些措施外，成渝两地政府还将策划打造成渝古驿道文化旅游精品线路和展示利用示范区，通过举办古驿道马拉松、徒步越野等公众文体活动，建设巴蜀文化特色体验民宿，打造小型遗址公园等，不断增强社会参与度，提升成渝古驿道的知名度和影响力。”幸军说。

▲ 荣昌区委宣传部副部长刘强（齐岚森　摄）

让人欣喜的是，目前不少古驿道沿线区县（市）已率先发力，在挖掘古驿道资源上下功夫。荣昌区委宣传部副部长刘强表示，作为成渝古驿道的主轴黄

李 航
▲ 璧山区委宣传部常务副部长李航（齐岚森 摄）

金联结点，荣昌十分重视对古驿道文化的挖掘利用，目前已挖掘了传统技艺土法造纸、髹漆技艺、柴窑烧制等非物质文化遗产资源20多项，还将以镇街驿站为连接点，把镇街（峰高、广顺、安富等地）的驿道文化串起来，开展镇街驿站文化旅游交流活动，并将通过举办古驿道驿站文化论坛等形式，广泛征集历史文献资料、有关古驿道和驿站的石牌坊等实物。

璧山区委宣传部常务副部长李航透露，该区挖掘古道文化的重要产物——古道湾公园预计今年年底开园。该公园不仅将打造古村落、古茶铺、古酒肆、古战场、古栈道、古镇古街等23处古道文化场景及互动游乐项目，还会以清代诗人龚懋熙创作的诗歌《再经来凤驿》为蓝本，以打造客栈、牌坊、古井、古碑等文化元素，再现来凤驿昔日的繁华景象，以明朝著名文学家杨慎诗歌《马坊桥》为蓝本，在公园内重现当年丁家坳的繁华景象，让更多市民了解到古驿道经过璧山这一段时的历史事件及其背后的故事。

（韩 毅 黄琪奥）

新重走　新期待

重庆市地方史研究会会长、博士生导师　周勇

记得2014年5月，我们在万州评重庆新闻奖，与（张）永才、（姜）春勇侃出了第一个“重走”——湖广填四川。一个月就搞起来了。从此，重庆日报一发不可收拾。

2020年是重庆日报“重走”系列的第六年。今天堪称盛会，“六六大顺”，确有新形式，新境界，新气象。

我想到两句话，六个字，“新重走，新期待”。我就讲讲我所认识的这两句话，六个字。

一、今年“重走”好在何处？新在哪里？

2014年以来，6年“重走”，年年出新，已成为重庆日报的文化品牌。这表明，重庆日报（以下简称“重报”）是一张具有文化自觉与文化自信、有文化特色和文化担当的报纸。

我参加过重报“重走”历年的研讨会，从新闻、文化、历史、特点等方面讲了不少观点。

在我看来，除继承了重报“重走”的传统外，2020年的“重走”有四大特点：

（一）川渝携手，党报出手，“重走”走出新生面。

（二）重新发现了成渝古驿道的当代价值。

成渝古驿道古代时期是成渝之间最重要的交通主干道，更是重庆与四川西部经济人文交流的大通道，是成渝历史文化的重要载体。历史上川渝发生过七次移民潮，时间跨度从秦汉至今。影响最大的是明末清初的“湖广填四川”，移民总人数约占当时四川重庆总人口的八成，带来了深刻的族群和文化的大融合，很多移民就是溯江而上到达重庆，然后沿着成渝古驿道扩散到四川西部去的。

近代以来，成渝古驿道见证了辛亥革命、马克思主义在四川的传播、中共川渝组织的成立和中国共产党领导地下斗争的历史烽烟，留下众多革命遗迹。比如，古驿道上的铜罐驿，就建有中共原巴县县委首任书记周贡植的故居，1928年中共四川省临时省委在这里召开代表会议，正式成立中共四川省委，这就成为中共四川省第一次党代会的会址。

这段历史曾经热门，但早已远去。是你们，不忘初心，努力奋斗，让它的当代价值重新彰显，原来，我们的身边还有如此丰厚的一笔历史遗产，而且在当代还有如此重要的价值。这非常值得点赞。

（三）把一段冷历史，变成了热新闻。

今年的“重走”系列报道有深度、接地气，重庆日报、四川日报的记者们、编辑们，并不满足于一个记录者的角色，而是自觉地充当了城市文化的发掘者、创造者，将一个小众的学术课题转化成大众喜闻乐见的新闻话题，特别是契合成渝地区双城经济圈建设的大话题。

你们用生动鲜活的报道在新时代镌刻下成渝两地交往历史，让今天的人们通过新闻产品即可感受到古驿道沿线的自然和人文风景。

这许多话题，对于学者来讲，多年精研，藏之书斋；对于市民，走在古驿道上，无动于衷。是川渝两地的两大党报把学界的成果公之于世，并深究于报，让市民更加深刻地认识了自己的家乡，感受自己的城市，和自己的群体。

可以说，这场采访活动，使这段历史能重回公众视野，重温了先辈的初心。

（四）利用的社会关注引发了保护，也引出了一些可以深入开展学术研究的新课题。

这次报道，也引发了我个人的一些共鸣。比如，成渝古驿道是两地历史文化宝贝，当务之急是保护好，不能再损坏了；要活化利用好，保护的目的全在于应用。要充分利用古驿道富集的文旅资源，讲好古驿道的历史故事，挖掘古驿道的人文内涵，让其在现代生活中焕发活力；新闻消息是易碎品，但“重走”系列报道见证并记录了一座城市的发展之路，因此它是具有长久价值的文化作品。

在学术上提出的新课题也是比较多的。比如，在发掘中文史料的基础上，运用了近代以来东西方洋人对成渝古驿道的历史记忆作品（日本、英国），我主编的《全球视野下的近代重庆丛书》（重庆出版社），你们用得很好。

19世纪中叶，西方列强强开中国沿海通商口岸后，将势力伸向长江流域，剑指中国西部腹地。一大批外交官、冒险家、企业家、海军小组等以“旅行”之名，踏入中国西部崇山峻岭，搜集调查地理、气象及政治、经济、社会等信息。

东大路作为重庆通向西部内陆的重要通道，见证了大量外国人猎奇的眼神。爱德华·科尔伯恩·巴伯就是其中一位。他于1877年7月8日早晨从重庆西大门（通远门）出发，沿着东大路于7月20日抵达成都，著写成《华西旅行考察记》，获英国皇家地理学会的最高荣誉——贡献人金质奖章。

日本人竹添进一郎是又一位知名人士。他于1875年随驻华公使森有礼到北京，出任其书记官。次年4月，他从北京出发，经河北、陕西入蜀，后从成都沿东大路（大部分行程）抵渝，再乘船顺江而下至上海。旅程结束后，他用汉语将途中见闻诉诸文字，写成震撼当时中日文坛的著作——《栈云峡雨日记并诗草》。该书除了极高的文学价值外，对川渝地理、气象等进行了细致的描述。

这些书中对四川境内的历史文化还有更多的记录，这次没有使用。

作为一个城市史学者，我们的志向就是“为城市存史，为市民立言，为后代续传统，为国史添篇章”。这离不开与媒体的合作，更离不开媒体的参与和传播。

因此，我们要衷心感谢重庆日报、四川日报的这次大手笔之作。你们在记录城市的历史，历史也将记录你们今天的努力作为。

二、三点建议

（一）在成渝地区双城经济圈背景下，川渝党报要当好川渝文化合作的先锋队。

成渝地区双城经济圈是新时代国家战略的重要组成部分。川报、重报是党报，是党和人民的喉舌，负有引领新时代，倡导新风尚的责任。

我用了“先锋队”一词。你们的责任就是报道和记录时代，就是指你们可以在今天丰富的伟大的实践基础上，可以先说、先行、先引导。就是把人民的心声先说出来，把人民之所想先做起来，把党和国家的部署先引导起来。这是一份责任，你们的先锋队作用更为重要。

（二）建议重庆日报和四川日报共同举办“新时代川渝文化合作论坛”。

成渝地区双城经济圈的建设，是经济与社会发展的全方位战略，是需要经济与文化两手抓的，文化发展是题中之义。从目前的态势看，需要进行文化发展、合作的高层交流，进而对成渝地区双城经济圈建设战略中的文化建设进行顶层的设计，进而推动两地顶层的互动，最终成就顶层的文化成果。我以为，“新时代川渝文化合作论坛”就是这个高层交流的平台。

2007年“川渝文化论坛”启动，在重庆开会；2008年在成都开会。后来停了。现在成渝地区双城经济圈建设是国家战略，由党报来干，正当其时——成渝两地可以巴蜀文化为基础，建立全方位的文化建设发展的高端交流机制，进行顶层设计，进一步增强文化认同，形成文化共识，实现成渝双赢。

回望过去是为了更好地向前，我们都要以开放包容的心态进一步认同巴蜀文化这个共同的文化基础，对共同的历史和文化进行梳理，以双城经济圈建设战略为平台，以一系列重大文化项目为支撑，共同推进巴蜀文化，建设巴蜀文旅。

文化是基础，文旅是表现。文化是灵魂，文旅是载体。

因此，我们既需要研究巴蜀文旅，也需要研究巴蜀文化。固本培源，川渝共赢。

（三）在文旅方面，川渝共同打造“成渝古驿道”国家文化公园，作为巴蜀历史文化旅游第一线。

这叫守正创新。

守正，就是保护利用“成渝古驿道”。创新，就是干出新花样。

我们可以这次的“重走”为契机，整合历史、文物、文化、旅游，包括民间文保、驴友等力量和资源，来共同探讨、谋划，以成渝古驿道文化遗存为基础、为依据，探讨建设国家文化公园的可能性——以实物的遗址为基础，以历史的史料为骨架，加以创造性转化，创新性发展，各干各业，连成一气，最终做出一个线性的“大文旅”的“文化遗址+产业带”，让历史与现实，老路与新城，史料与掌故，传统与现代呈现出新的面貌。在成渝文化的交流互鉴中，向中国和世界，讲好成渝地区双城经济圈建设的新故事。

深入挖掘成渝古驿道历史文化资源助推巴蜀文化旅游走廊建设

四川省地理学会历史地理专业委员会主任、
四川大学历史地理研究所所长　李勇先

2020年，国家正式制定和实施发展成渝地区双城经济圈、引领中国西部地区发展的国家战略。为进一步推动成渝地区双城经济圈建设，为加强川渝地区人文交流，重庆日报携手四川日报联合推出“重走成渝古驿道　感受双城新变化”，派出多路记者，沿着成渝古驿道进行实地调查和深度采访，完成了重走成渝古驿道的历史壮举，用生动的图像和文字在媒体上进行一系列精彩报道，全方位介绍了成渝古驿道历史文化遗迹、名胜古迹、人文风情、自然山水，充分展现了古驿道上沿途城市在成渝地区双城经济圈建设中的新气象、新成就，让人十分鼓舞，在社会上产生了非常大的反响。

一、成渝古驿道旅游线路建设具有共同的地理、历史和文化基础

成都与重庆及其周围的城市，相依共存了数千年，在历史、地理、经济、交通等方面自古就有十分密切的联系。在秦灭巴蜀、蜀守李冰大规模开凿广都盐井以前，以成都等为中心的川西地区食盐主要来自于盛产食盐的川东地区。据《华阳国志·蜀志》记载，“李冰为蜀守，能知天文地理，又识察水脉，穿广都盐井诸陂池，蜀于是盛有养生之饶焉。”当时巴国的许多地方，如相当于今天的巫溪、忠县、云阳、彭水、开县等地都是富产盐泉之地。重庆忠县中坝商代遗址中，发现了大量制盐遗迹，是我国已知最早、延续时间最长的盐业生产遗址，一些学者认为该遗址也是世界上最古老的制盐场，距今已有五千多年的历史。这些食盐主要通过川江水道，当然也应该有陆上交通道路将这些食盐运往川西地

区，说明两地之间经济文化交往的历史十分悠久。

随着中国政治、经济中心自唐中叶以后东移南迁，尤其是宋代，全国政治中心由关中转到中原，南宋又转移到江南，关中与巴蜀的联系因此受到削弱，而以夔州、重庆（当时称江州）等为中心的巴渝地区，无论是通往中原的陆路，还是通往长江中下游的水路都比成都有更加便捷的区位优势，大家耳熟能详的宋代陆游《入蜀记》和范成大《吴船录》就是成渝两地繁忙水上交通的历史见证。而处在长江航运节点上的重庆，逐渐发展成为一个水陆交通枢纽和川东首位城市。

随着川东地区的开发，经济日趋繁荣，使这一地区城市得到更多的发展机会，四川城市分布格局和经济发展重心继续向东向南方向转移。而这一变化给巴蜀地区所带来的变化是根本性的，原来处于联系蜀道北向通往关中和西南通往东南亚、南亚的丝绸之路枢纽城市成都的重要性相对下降，而以水陆交通优势尤其是处于川江航道核心地位的重庆，在交通区位优势带动下获得了突飞猛进的发展。

随着明代贵州建省持续开发，四川大量物资包括盐、粮食等源源不断地运往贵州，重庆成为联系贵州的首选城市。明清时期湖广已发展成为全国重要的经济区，四川与湖广的经济往来成为最主要的对外联系方向，而重庆正好占据了这个中心位置，从而加强了重庆作为四川东部地区交通枢纽的地位，使重庆城成为可与成都城相媲美的大城市。

随着这种发展重心的持续推进，最终在四川盆地形成了以成都和重庆为双中心的城市分布格局。近代以后，重庆从一个内陆码头商埠变成长江上游最大的港口城市，抗战时期重庆又成为战时首都，这些都从客观上促进了重庆经济的进一步发展和近代化转型。

随着明代以后四川盆地成渝双城双核城市格局的形成，成渝两地经济文化的交流也更加频繁，原来的水路交通已经不能完全满足两地经济文化发展和交流的需要，于是从成都起始，翻越龙泉山往东直到重庆的东大路就成了一条最重要的陆上交通道路，它一旦形成，便给成渝两地经济文化的发展带来深远的影响。

元末明初和明末清初移民迁移、宋元至民国时期盐糖贸易、土特产交易的陆上通道也主要走这条道路。民国时期，成渝古驿道商贸活跃，有“五驿四镇三街子”之说，这些地方都是成渝古驿道兴盛时期最重要的节点，来往于成渝古驿道的人员和物资运输都十分繁忙。

同时，巴蜀文化作为我国独具特色的地域文化，历史悠久，是中华文化重要组成部分。

巴蜀历史源远流长，绚丽璀璨；巴蜀自然条件独特优越，风光旖旎。作为中华文明发源地之一的巴蜀大地，历经数千年风雨沧桑，一代又一代巴蜀人筚路蓝缕，在这片神奇的土地上生生不息，创造出了辉煌灿烂的物质文明和精神文明，形成了玄妙神奇、博大精深、瑰丽多姿的巴蜀文化。历史上建立了巴、蜀两个古国，他们一同参与了武王伐纣的战争，但巴、蜀两个古国之间无论在经济上和文化上都有密切的往来。

战国时期，古蜀国最后的建立者开明氏来自荆楚之地，成都地区出土的柳叶剑、船棺葬等明显具有川东巴楚文化的特征。秦灭巴、蜀以后，经过一百多年的发展，巴蜀之间的文化融合进一步加快，并深受中原文化的影响。汉初文翁兴学，为巴蜀地区培养了一大批人才，使巴蜀文教“比肩齐鲁”，虽然巴文化与蜀文化有着各自的特点和一些明显的区别，但在几千年融合发展过程中，巴蜀文化已经形成为独具特色的地域文化，它是我们打造成渝旅游文化产业的重要基础和核心竞争力。

如今，在国家大力推动国家级新区建设过程中，成渝两地要加强旅游业发展的双城联动，我认为除了突破地域思维、构建新的合作机制和合作模式、加强双方旅游线路衔接、旅游产品合作推广以外，还要合力加强巴蜀文化建设，一方面，将巴蜀文化作为一个整体向全国推广，向世界宣传，努力提升巴蜀文化在世界范围的影响力；另一方面，要以巴蜀文化作为旅游业发展的核心竞争力来抓，在成渝古驿道文化旅游线路打造中注入更多的巴蜀文化内涵，成渝两地旅游业才能行稳致远，做大做强。

二、成渝古驿道旅游线路建设是成渝两地旅游业共谋发展的新起点和试金石

刚才提到加强成渝两地旅游线路的相互衔接，实际上本身已经有了很好的基础，如可以共同推出成渝红色文化游、三国文化游、世界文化

遗产游、川（巴）盐古道游等等，而今天我们关注的，并专门为此进行专题研讨的成渝古驿道旅游线路打造和巴蜀历史文化旅游廊道建设，又为成渝两地共同合作、共谋发展两地旅游业提供了一个新的契机。

我们知道自明代以后正式建成的连接成渝两地的古驿道，直到民国时期成渝公路建成之前，成渝古驿道是两地经济文化交流除川江航运以外最重要的陆上交通道路和经济文化纽带，经过数百年的历史沉淀，沿途留下了十分丰富的人文资源，就像一颗颗珍珠镶嵌在这条古驿道上，这些都为我们打造成渝古驿道旅游线路提供了十分重要的基础。

目前成渝古驿道线路已经超出了各自行政区划管辖范围，要打造这条旅游走廊，成渝两地不仅要突破各自行政思维的限制，而且还需要共同建立合作机制和行政管理机构，做好高顶层设计，从线路规划、旅游文创产品设计开发、驿道旅游特色服务、旅游场景营造、旅游品牌宣传等方面都需要统筹协调，共同规划，只有这样，才能将成渝古驿道打造成为两地真正的旅游文化产品，形成可与古蜀道、茶马古道、古盐道、南方丝绸之路等齐名的旅游品牌，可以这样说，成渝古驿道旅游线路建设，既是成渝两地旅游业共谋发展的新起点，同时也是两地旅游业深层次合作的试金石。

在目前国家提出构建“双循环”新发展格局、力促经济高质量发展、加快转变经济发展方式和产业转型升级条件下，在国家正式实施成渝地区双城经济圈建设国家战略背景下，如何推动成渝古驿道旅游线路建设，相关专家已经提出了许多宝贵建议。我在这里主要谈三点：

一是充分利用现有学术研究成果，将这些研究成果加以活化，通过创造性转化、创新性运用和现代性表达，转化为现实的旅游文化资源和文化产品，如西南大学历史地理研究中心主任蓝勇教授很早就著有《四川古代交通路线史》，对成渝古驿道历史形成、线路走向以及相关交通地理等进行了系统梳理，为我们了解成渝古驿道提供了重要的学术成果。还有如我的学生——重庆地理信息中心张海鹏当年的硕士论文就是《近代东大路历史地理研究》，为了撰写这篇毕业论文，他在古驿道上反复行走过多次，搜集了大量的实地考察资料。其他学者相关研究成果也有很多，如关于沿线城市研究，民俗研究，古建筑、名胜古迹研究，遗产保护和利用研究，等等，这些研究成果我们要充分地利用起来。

二是进一步挖掘成渝古驿道历史文化资源。上个月，重庆日报文旅副刊部记者实地采访调研成渝古驿道沿途交通遗迹、名胜古迹、寺观祠庙、碑刻牌坊、非遗文化等等，这些都是十分重要的旅游文化资源。除此以外，还要从历史文献中加以深度挖掘，进一步揭示文献资源中的旅游文化价值，在这方面，我们已经具备了很好的文献基础，如蓝勇教授主编的《重庆历史地理图》《稀见重庆地方文献汇点》等，我们四川大学历史地理研究所主编的《蜀藏》系列丛书，包括如《巴蜀珍稀旅游文献汇刊》《巴蜀珍稀交通文献汇刊》《巴蜀珍稀名胜古迹文献汇刊》等15种，还有如《巴蜀珍稀家谱丛书》系列100册等，都是我们挖掘成渝古驿道历史文化资源的重要宝库。

三是随着现代信息技术的迅猛发展，网络技术的应用日益广泛和深入，我们要积极运用微博、微信、社交媒体、视频网站、手机客户端等多种媒体传播平台，运用虚拟现实、全息投影、裸眼3D、AR现实增强技术、实时跟踪等多种新科技手段，打造一款或多款“活化”成渝古驿道历史记忆、驿道名人故事、驿道沿线非遗文化传承等为主题的App，让更多的人足不出户就可以全景式、沉浸式地游览古驿道。这是一种除实地旅游考察以外非常好的媒介和宣传手段，更主要的是这种形式，不仅下载使用方便，而且传播速度快，影响范围广，不受时空限制，随时可以更新，让更多人了解成渝古驿道，这对营造古驿道沿线城市良好人文氛围具有非常好的宣传效果，有力助推沿线文旅产城乡的全面融合和产业发展。

从成渝古驿道的历史形成及其在新时期发展前景中可以看出：成都与重庆在四川盆地一西一东，山水相依，血脉相连，互为依存，命运与同，各领风骚，独具特色，形成了一个相互依存、和谐包容、共谋发展的紧密关系，为我们今天构建成渝地区双城经济圈提供了重要的历史借鉴。同时，我们也从中看到，成渝两地构建双城经济圈不仅具有极其厚重的地理、历史和文化基础，而且也具有更加深远的现实意义。

在千载难逢的历史机遇面前，成渝古驿道必将焕发出新的生机和活力!

让古驿道这一优秀历史文化资源活在当下

重庆城市规划学会常务副理事长、重庆历史文化名城专家
委员会主任委员　何智亚

一、本次活动意义

（一）重庆报业集团一直坚持不懈通过实地采访、考察，发掘、传承中华优秀传统文化资源。从2014年的“君从何处来——重走湖广填四川迁徙之路”，到后来的“重走古盐道　感受新变化”“重走古诗路　思君下渝州——探寻重庆古诗地图”“重走信仰之路　传承红色基因——追寻重庆红色记忆”“丰碑　重走成渝铁路”，一直做到了如今的“重走成渝古驿道　感受双城新变化”大型全媒体系列报道。这些大型采访活动，都从不同角度、不同方向、不同范围，包容了川渝、成渝或是巴蜀地区几百年历史、经济、社会、人文的各种交融、交流、互动、影响，印证了巴蜀同根，血脉相连，荣辱与共，协同发展的悠久历史底蕴。

成渝联系古来有之。成渝古驿道是古代至近现代川渝两地经济社会人文联系交往的重要通道。不忘本来，才能走向未来，这次重走活动，对发展成渝地区双城经济圈，打造新时代中国经济发展第四极起到了积极的助推作用。

（二）本次考察活动，发现发掘了不少新的历史遗址和人文历史、民俗典故，为成渝挖掘成渝古驿道历史文旅资源，携手打造巴蜀文化旅游走廊提供了重要的历史信息和资源。

（三）通过“重走成渝古驿道　感受双城新变化”系列报道，也让更多的人读到了巴蜀地区丰厚的历史文化底蕴，对弘扬中华优秀传统文化具有积极意义。

（四）通过重走考察活动，提出了活化利用成渝古驿道历史文化资源，让驿道文化成为新的特色人文旅游的积极建议和方向。

二、几点建议意见

随着建设成渝地区双城经济圈重大战略不断推进，成渝古驿道的活化利用再次受到世人瞩目。在此背景下，有以下几点建议。

（一）此次活动提示我们，我们重庆还有不少文化矿藏需要继续发掘，需要不断研究、考证、传承、彰显，提升重庆本土文化和特色。同全国一些城市相比，城市的文化地位还需要努力提升。

（二）成渝古道过去在重庆有不少精彩的段落，至今尚待得到保护与活化利用。比如佛图关至七牌坊段。佛图关为重庆城要冲，扼守两江和古城咽喉，有6座城门和数量众多的牌坊、石碑，至今还保留有不少遗迹、遗址和摩崖石刻。如何整修、恢复、再现，应该列上延续母城文化的重要项目。渝中区正在做鹅岭公园—佛图关公园—半山公园—虎头岩公园半山崖线步道建设，如何更加突出古驿道历史文化，值得重视与研究。再如走马古道，走马成渝古驿道还保存有几段较为完整的道路。古道上矗立有道光二十八年（1847年）的“严正宽平”颂德碑，修葺驿道捐款功德碑、蒲氏节孝碑，崖壁上有道光二十八年镌刻的“巴县西界”“险设天成”摩崖石刻。走马位于九龙坡区、璧山、江津交会之处，有“一脚踏三县”之称。走马岗位于璧山来凤与走马场之间，有几十里山路，山高林密。从重庆到成都方向的商贾行旅，到走马场后都要在此歇脚，第二天再结伴而行。这段古驿道是一处具有文旅开发价值的历史遗迹，建议九龙坡区政府关注。

（三）至今为止，古道保护与活化利用还未纳入文物、规划等部门的视野。应把各种有遗存、有价值和代表性的古道保护纳入文物保护或历史遗址保护与活化利用的范围，让古驿道这一优秀历史文化资源活在当下，服务当代。例如走马古驿道、古碑刻、摩崖石刻等，就应该一并纳入文物保护范围。

（四）加强成渝两地的相互交流互动。四川各地对古驿道文化资源的保护开发，值得我们借鉴学习。

如隆昌牌坊群的保护与发展利用。隆昌的城关镇（金鹅镇）至今保留下来明清时期的70多座牌坊，现在保存非常好的还有13座，内容包括德政碑、节孝碑、贺寿碑、孝子碑、报恩碑等。隆昌一直在继续不断地着力打造明清时期的牌坊群。目前已经成为著名历史文化旅游景区。

又如成渝古驿道的龙泉驿。龙泉驿区的洛带古镇保留了湖广会馆、广东会馆、江西会馆、川北会馆等移民会馆。他们非常重视对客家文化的研究与“活化”，每年都要召开客家文化研讨会，并开展各种文化活动，有力推进了当地的经济发展。

重庆最近也在开展一些“结对子”活动。如鹅岭二厂与宽窄巷子，开展“远亲不如近邻”活动，影响很大。洪崖洞与宽窄巷子也开展“结对子”的活动。这些活动的范围、数量还可以进一步扩大。

（五）在利用成渝古驿道资源推动文旅结合中，对古驿道要有历史考证，历史文化价值判断，旅游开发利用价值分析，一般需要有较完整的段落和历史遗址、遗迹。不能都去搞古道文化、古道景观。不要去搞假古董、假场景。消失了的东西，一般不提倡再去复建。

（六）重走活动已经坚持了6年，我建议还有两个选题可以纳入下一步的考虑范围：一是重走“大三线”。“三线”建设是共和国历史中不可忘却的重要大事，“三线”建设离我们已经有30多年了，“三线”人，“三线”遗址，“三线”故事，“三线”的爱国、奉献、奋发图强精神都需要去记载、采访、宣传、弘扬；二是重走大巴山、重走武陵山、重走大娄山。这些地区包含了山水人文、民族风情、乡村振兴、脱贫攻坚、生态保护、历史遗址等丰富内涵，值得去采访、去探索、去发现、去宣传。

你所不知道的古代行旅艰辛和创新

西南大学历史地理研究所所长、博士生导师　蓝勇

读万卷书，行万里路。这是中国传统文人的理想诉求。所以，人们一想到古代的行旅诗文，总是映照出山光水色，总是对古人的行旅充满了憧憬。人们会说，你看看旅行家徐霞客、王士性、杨升庵们走得多有诗情画意，行走的惬意中还不时有诗文留下。其实，在传统时代，这些文化人即使再失意都是处于上层人士，他们的行旅多是有佣人和骡马相伴。一般平头百姓，特别是脚夫们的行旅却远非如此。

比如，明清时期从重庆到成都的东大路，主要是行进在浅丘地区，可也要连续不断走10天左右才能到达。如果是负重太多，10天也是走不到的。至于四川盆地大山之中，行旅之艰难更是难以言喻。唐代和五代时，今天重庆以南的綦江、万盛、桐梓一带山高水险，根本不可能像平原浅丘之地有高车大马，连官员们也只有坐背架而行，当时称这种背架为“背笼”或“兜笼”，所以，当时南州的州牧和县令也是将背架作为“座驾”。因高山碥石道险且湿滑，为了安全，背架外套上竹笼，领导在竹笼内与背负者背靠而坐，仰望天空而看不到路况，更是步步惊心!

至于一般百姓脚夫，往往要背负几百斤的行囊，更是艰难万分。如果要越过密林，时有瘴毒侵扰，更是行旅维艰。如果跨越急流，则多用溜索溜过，但以前的竹篾溜索多无金属滑轮，往往全靠手力滑动，不仅艰难万分，也相当危险。所以，这些脚夫长年负重远行，经常日晒雨淋，面色黢黑，身材干瘦。

最早背篓类工具就是产生于西南地区，这是适应西南陡窄山路的科学对应产物，但有时个人背负不了的重量也只有用担子挑。可山区不仅道路窄险，更有荆棘阻挡，担子多有不便，为此我们的祖先不仅发明了河流的纤引，陆上行路也出现了纤引，这是世界上少见的陆上拉纤。无

独有偶，十多年前我在青川县摩天岭也正好遇到现代的陆纤使用案例。

西南地区的丘陵地区，道路回曲，山丘不高但起伏不断，高车大马自然也难行，人们由此发明了独轮车，称为“鸡公车”，人们甚至将其与诸葛亮的木牛流马联系起来。所谓鸡公车不过是一种小独轮车，正好是适应浅丘地区的一种交通工具，既可坐人，也可载物。不过，操作独轮车还真是一门技术，车上东西重了要用力，同时又要控制平衡，不论是在泥土或碥石道上行进，坐车人肯定也是相当难受的。

在西南地区为了尽可能地节约体力并更多负重，先辈们用尽了才智，发明种种特殊古怪的担负工具，如挑高肩又称翘扁担，充分利用了力学原理。而花样繁多的背架更是适应不同的背负和路况发明出来的，有的背负工具可以背负两三百斤货物。虽然智慧毕现，但行旅之艰难仍然难以改变。

我们知道，在中原地区出行，坐轿自然是最好的选择，因为古代的车轮、路况下，坐车真谈不上是一种享受，可能皇帝的御驾豪车也舒服不到哪里去。西南地区当然也有坐轿的，但山区大轿上山下山也多不方便，人们多用简易的轿子凉轿滑竿，甚至发明更简单的两根竹竿一块麻布的滑竿。不过，在山区不论坐啥轿子，上上下下、东转西折也并不舒服。你想一想，就是重庆到成都虽然只有10天左右，可能坐啥坐久了都是不好受的。也许有人说可以骑马骑骡，不错，我们西南地区的马虽也像人一样矮小且长于忍耐负重，但并不适合人骑。然而，就是给你高大的蒙古马，可能你也不敢在山区坦然行进，有时还不如牵马步行安全。

现代科学技术改变着社会，成渝之间从驿马时代的10天、民国时期成渝公路的2天、新中国成立后二级公路的11小时、成渝高速公路的4小时，到今天高铁的60分钟左右，可谓变化巨大。

今天，当我们驾着汽车一路飞奔，或一家人坐着高铁畅谈天下，或坐在飞机上鸟瞰舷窗外美景时，这种旅行的惬意和满足自然是古人的行旅没有的。所以，我们唯一对古人行旅憧憬向往的，可能只是对古人因与自然深刻接触而产生的诗意诗境了。

川渝携手打造巴蜀历史文化旅游线路

重庆市文化旅游委副主任　幸　军

成渝古驿道起点为重庆通远门，终点为成都市龙泉驿，始建于秦汉，成形于唐宋，兴盛于明清，衰败于民国，系历代用于传递文书、运输物资、文化交流、人员往来的通道，包括水路、陆路、官道和民间古道。主要由成渝南道（东大路）、成渝北道（小北路）两条主线和成渝中道（东小路）等多条支线构成，总里程约1200里，历史上是巴蜀地区经济交流和文化传播的重要通道。

经初步统计，成渝古驿道现存重点历史文化遗址遗迹59处，主要包括古驿道遗址、驿站古建筑、商贸史迹等。另外，古驿道沿线区域还保存各类历史文化遗址、遗迹数千处。从文化遗产的角度看，成渝古驿道是中国古代驿道体系的重要组成部分，是巴蜀地区重要的文化线路。从旅游发展角度看，成渝古驿道是文化旅游资源最为富集的区域，是巴蜀文化旅游走廊建设的主轴。加强成渝古驿道保护利用，打造巴蜀历史文化旅游线路，有利于进一步丰富巴蜀文明构成，有利于强化川渝两地文化遗产保护协同，有利于助推落实成渝地区双城经济圈建设国家战略。下一步，我们将把成渝古驿道保护纳入我市文物事业发展“十四五”规划重点项目，着力开展以下几项工作。

一是开展一次文旅资源的专项梳理。在文物和旅游资源普查基础上，联合四川省共同开展成渝古驿道文旅资源专项调查，全面梳理古驿道及沿线的物质文化遗产、非物质文化遗产、自然景观等不同类型的资源情况，系统挖掘成渝古驿道的历史、科学、艺术、文化和社会价值，为各项工作奠定基础。

二是编制一个成渝古驿道保护专项规划。结合巴蜀文化旅游走廊建设，编制成渝古驿道保护利用专项规划，明确下一步古驿道保护发展的目标任务、工作举措和时序安排，加强古驿道保护的统筹性。

三是制定一张文化旅游资源地图。联合四川省共同编制成渝古驿道文化旅游资源地图，绘制成渝古驿道文化线路图，做好重点文物保护单位、历史文化名镇名村、旅游景点、非物质文化遗产等地图标注及说明。对重点历史文化资源、重要段落进行挂牌保护，划定保护范围，纳入国土空间规划，实现规划管理“一张图”。

四是实施一批重点保护项目。根据成渝古驿道不同段落、不同类型和保存状况，开展分级分类保护。重点实施九龙坡区走马古驿道遗址，沙坪坝区川东大路遗址，渝中区通远门、佛图关等一批重点保护项目，改善成渝古驿道文化遗产保护现状。

五是形成一批价值解读成果。组织专家加强成渝古驿道历史文化价值挖掘、研究及解读，通过设置标识牌、二维码等方式，加大成渝古驿道解读展示力度。定期举办成渝古驿道主题学术研讨，支持开展一批课题研究，形成一批学术研究成果。以成渝古驿道历史文化为元素，推出一批文学、影视、音乐等文艺作品，讲好成渝古驿道背后的故事。

六是活化一批重点文化遗产。联合四川省重要节点，串点成线，连线成片，策划打造成渝古驿道文化旅游精品线路和展示利用示范区。举办古驿道马拉松、徒步越野等公众文体活动，建设巴蜀文化特色体验民宿，打造小型遗址公园等，不断增强社会参与度，提升成渝古驿道的知名度和影响力。

唤醒驿道古老历史文化

重庆市文化遗产研究院院长　白九江

一、概况

最近，重庆日报又完成了一项新的重走壮举，对成渝古驿道历史文化及沿线的地方经济社会进行了系列深度报道，这是重庆日报坚持重走系列，锻炼“脚力、脑力、笔力”的一次新实践，必将极大地唤醒驿道古老历史文化，强力助推巴蜀文化旅游走廊建设。

驿道是古代的官方驿传系统，是古代的“国家高速公路”，是当时经济社会运行的大动脉，是人、财、物和信息流通的大通道，是现代城乡社会重要的历史文化纽带，是我们的宝贵线性文化遗产。成渝古驿道是古代四川盆地沟通东西的重要陆路交通，它于汉末初具雏形，形成于唐宋，兴盛于明清，其发展史与重庆城市地位的逐步上升具有“同频共振”的关系。

成渝古驿道是以驿道、驿站、关卡为主构成的道路系统。从文化遗产的视野看，古驿道还应包括沿途碑刻、牌坊、桥梁等文物，以及沿线的聚落、城镇、商贸建筑、手工业遗址、石窟造像等关联性遗产。

近年来，重庆市文化遗产研究院在成渝古驿道沿线做了大量的考古工作，取得了一些重要成果，主要有以下三方面工作：一是发掘了南纪门外宋代一字街遗址、清代雷家坡古道，调查发现了疑似接官亭的建筑遗迹；二是开展了成渝古驿道走马段手工业遗产考古，发掘了宋代瓷窑址、明代毗卢寺遗址、清代慈云寺遗址，调查到4处南宋至明清冶铁遗址和多处明清石灰窑址等；三是在荣昌区安富镇开展了瓷窑里遗址的系统调查和发掘，共发现7处宋元时期窑场以及与之相关的瓷土采集点、露天煤矿、交通、水源等方面的人文、自然信息，共清理宋代窑炉11座，元代窖藏坑2个，基本探明了遗址所在区域的资源、交通和文化环境，深化了对遗址各窑场布局与功能分区的认识。

二、成渝古驿道的形成年代蠡测

成渝古驿道作为官方驿传系统，主要是明清以来才成为定制的。在此之前，它肇始、形成于什么时候？至今既缺少文献记载，也没有发现摩崖题刻类文字说明。从考古发现看，似乎有一些间接的迹象可做一些蠡测。

东周时期，四川盆地巴蜀分治，“巴蜀世战争”，先秦以前，人口稀少，聚落往往更多地集中在沿江地带和成都平原，似乎不太容易形成一条贯通成都、江州的通衢大道。

秦汉大一统社会形成后，特别是汉武帝以来，川中盆地经济社会有较大发展，人口增殖、聚落向一些非大江大河的内陆扩散，川中丘陵地带也都发现有崖墓，但不足以判断是否形成了横贯成渝的陆路交通路线。川渝地区的汉六朝墓葬，在体现社会等级方面，一个是墓前石阙等石刻，往往是古代不同品级官员的墓；二是墓葬中随葬有画像石棺的墓葬，通常随葬品也比较丰富，应该是当时地方上的豪强、富商大贾等，具有较高的社会地位。前者在成渝古驿道沿线基本没有发现，后者在驿道重庆境内有较多发现。汉画像石棺在四川盆地主要集中在川南（沿江）、重庆主城和渝西地区。其中，重庆地区的画像石棺在沙坪坝、璧山、江津、永川都有发现，从空间上看，又呈两带分布，一条带沿长江分布，一条带大致沿后来的成渝古驿道分布，发现的地点有璧山广普、马坊、来凤和现永川城区街道冰槽村、双竹镇等。而石坝屋基等地有较多发现，占重庆出土的画像石棺总量的五分之三还多，我们认为这不是偶然现象，可能暗示着成渝古道在东汉、三国时期已经具备了雏形，并具有极强的商贸功能。

唐宋时期，特别是南宋政权南渡后，四川盆地东西向的交通愈加重要，从我们开展的陶瓷考古、冶铁遗产考古调查、考古发现看，成渝古道沿线已经出现了不少规模巨大的手工业工场，应该已经形成包括以成渝古道为主的商贸网络，成渝古驿道的线路应该已经固定。

三、保护利用建议

（一）摸清底数。成渝古驿道历史悠久，但保存较差，必须摸清底数，明确家底，科学评估价值。这就要求开展系统的、全面的考古调查，获取科学的文物信息。同时，对关隘遗址、驿站遗址等重点遗存要有计划地开展考古发掘，将掩埋于地下的文物遗存适当地揭露出来，丰富文物遗存类型，更加彰显驿道遗产价值。

（二）规划引领。古道是跨区域的、涉及面广的文化遗产，它的保护不仅是文物保护部门的事，也是城乡建设、规划、交通、国土、农业农村、自然资源等部门的共同职责，必须以规划为引领，统筹各方，要结合乡村振兴、文旅融合、生态保护等，制定系统的保护策略，共治公管，重点带动、示范引领，逐步形成大保护、大展示、大利用的良好格局。

（三）强化保护。一是及时将考古调查、确认的各类遗存登录为不可移动文物，提高一批重要文物的保护级别；二是坚决反对拆旧建新，一些地方打着保护古道名义，拆除有岁月痕迹的石板道路，代之以现代青石板，对文物造成了巨大破坏；三是制定古道类文物保护修复标准或指南，明确技术路线和保护做法，防止保护性破坏；四是加大古道沿线桥梁、商号、会馆、牌坊等重点文物保护，恢复文物"尊严"，突出古道节点和标志。

（四）突出展示。一是要注重生态保遗，在重点路段，要结合生态保护突出古道所在地属性，营造休闲步行的良好生态因子；二是要结合旅游绿道、城市步道建设，在坚持识别性的前提下，以"分段保护、重点保护"的思路，以"补链"的方式将破坏断掉的部分典型古道连接起来，推进驿道融合保护利用；三是要重视节点展示，古道线路漫长，必须要突出标志性、节点性，加强考古发掘出的关隘遗址展示，突出沿线桥梁、牌坊的景观展示，重点开展传统村落、历史文化名镇的整治，注重会馆、商号的利用，布置小型的驿道博物馆、陈列馆、乡村资料馆等，促进驿道文化传承发展。

（五）活化利用。只有科学、合理适度的活化利用，才能更好地保护传承优秀传统文化。根据驿道文化特点，一是推进文化传承，选择典型路段，建设驿道文化公园，驿道文化传承基地、驿道文创园等，塑造驿道文化品牌。二是举办文体活动，利用驿道开办山地越野赛、自行车赛等，依托驿道节点、生态空间，举办驿道文化节、音乐节、艺术节、美食节等。三是建设文旅走廊，开发驿道资源，发展乡村旅游、徒步游、研学游等，把成渝古驿道打造为成渝地区双城经济圈文旅走廊的重要承载地、示范带。

《重庆日报》报道版面摘录

重走成渝古驿道 感受双城新变化

大型全媒体系列报道①

重庆日报 9

2020年7月6日 星期一
主编 吴国红 兰世秋
美编 李梦妮

双城交往千秋事 悠悠古道景更新

□姜春勇

花重锦官城，巴山夜雨时，双城往来沧桑事，千年古道景更新。

重庆与成都在四川盆地一东一西，山水相依，各具特色。天府之国沃野千里，江州古城山水环绕。千百年来，成渝两地在社会、经济、文化、生活等方方面面互相交融、互相渗透，文化血脉生生不息，共同孕育出瑰丽的巴蜀文化，推动了西南地区经济社会发展。

2020年1月，中央财经委员会第六次会议研究推动成渝地区双城经济圈建设问题。会议指出，推动成渝地区双城经济圈建设，有利于在西部形成高质量发展的重要增长极，打造内陆开放战略高地，对于推动高质量发展具有重要意义。强化重庆和成都的中心城市带动作用，使成渝地区成为具有全国影响力的重要经济中心、科技创新中心、改革开放新高地、高品质生活宜居地。

成渝地区双城经济圈建设上升为国家战略，双城交往翻开新的篇章，迎来重大发展机遇。唱好“双城记”，建好“经济圈”，人文交流要先行。从今日起，本报推出“重走成渝古驿道 感受双城新变化”大型全媒体系列报道，旨在挖掘历史文脉，传承巴蜀文化，展示古道沿线当今变化，实现资源共享，强化人文认同，激发共同发展的内生动力。

成渝古驿道肇始于汉，成型于唐宋，兴盛于明清。该路东起重庆朝天门，沿途经过如今重庆的渝中、沙坪坝、九龙坡、璧山、永川、大足、荣昌，通往四川的隆昌、内江、资中、资阳、简阳、龙泉驿，最后到达成都，全长约500公里，是古时重庆到成都的陆路必由之路，史称“东大路”。沿途须经过两门（通远门、迎晖门），两关（佛图关、老关），一岗（走马岗），一坳（丁家坳），五驿（白市驿、来凤驿、双凤驿、南津驿、龙泉驿），三街子（杨家街、史家街、迎祥街），四镇（银山镇、椑木镇、李市镇、安福镇），九铺（石桥铺、邮亭铺、莲池铺、石盘铺、赤水铺、南山铺、山泉铺、大面铺、沙河铺），民间有谚语称：“五驿四镇三街子，八十四塘抵成都。”在不同时期，这些驿、镇、塘的数量也在不断变化。

这是一条串联成渝两地的文化大通道。千百年来，作为川渝两地的“母亲路”，成渝古驿道哺育了两地人民，是两地人民的共同记忆和乡愁所在，是巴蜀文化形成发展的重要载体，促进了巴文化与蜀文化的大融合，留下了诸多珍贵的历史遗迹、史实和动人故事，有着巴蜀文化、移民文化、革命文化、抗战文化、红色文化等深厚的历史积淀。

这是一条促进巴蜀地区繁荣的经济大通道。自古成渝山川阻隔，交通不便。作为巴蜀两大重镇，交通一是靠水运，一是走陆路，主要是成渝古驿道。此道雏形成于汉代，《成都市交通志》载：“汉代，成都东出翻越龙泉山，经蜀郡辖县牛鞞（今简阳）、资中通巴郡（指古时重庆）的道路已立为驿道。”成都平原丰富的物产通过古驿道输往重庆，再沿江而下，扩散到全国各地。明清时，古驿道发展达到鼎盛，大都用青石板铺成，路面宽约六尺。车马川流不息，每天行程以约40公里计，全程须走十多天。古代官邮铺递，600里加急快递文牍，逢驿站、塘口换马再行，最快一天即可抵达。商贾、挑夫、贩夫奔走其间，逐渐聚集起了酒肆、茶馆、栈房、商铺等百业百态，催生了沿途不少场镇的繁荣发展，是古代巴蜀最发达的地区。如今，这条路上的不少地方，或成为历史文化名镇、名城，或成为成渝地区双城经济圈建设的主要连接点、桥头堡、先行区。

这是一条蕴含巴蜀人文交融密码的大动脉。百里不同风，千里不同俗。重庆和成都，人文特色既有同，也存异。巴地尚武勇锐，多出将领，如巴蔓子、甘宁、秦良玉、刘伯承、聂荣臻等；蜀地文风兴盛，多出相才、雅士，如司马相如、扬雄、陈子昂、李白、薛涛、苏东坡、郭沫若、巴金等。当大江大河的山城遇上沃野千里的平原，成渝古驿道担负起人文大交流桥梁的作用，碰撞出粗犷与精致的火花，文人墨客往来其间，留下诸多诗文。明末清初“湖广填四川”，很多移民就是溯江而上到达重庆，然后沿着成渝古驿道扩散到四川西部去的，移民总人数约占当时四川重庆总人口的八成左右，带来了深刻的中华族群和文化大融合，重庆荣昌区的盘龙镇和成都龙泉驿区的洛带镇至今仍保存有移民客家文化。

这是一条彰显巴蜀儿女不屈斗争精神的奋斗之路。近代以来，成渝古驿道见证了辛亥革命、马克思主义在四川的传播、中共川渝组织的成立和中国共产党领导的地下斗争，留下众多革命遗迹。

许多来自四川各地追求进步的青年通过东大路汇集重庆，乘船东去，踏上了赴法国勤工俭学、探寻救国救民真理的梦想之路。革命党人夏之时在龙泉驿领兵起义，打响四川辛亥革命第一枪，他带领队伍经东大路，与重庆同盟会里应外合，过通远门进入重庆城，重庆就此光复。1912年在荣昌安福镇，当时的重庆蜀军政府和四川军政府举行了南北会谈，成渝军政府正式合并为中华民国四川都督府，避免了内乱。1928年，中共四川省临时省委在古驿道上的铜罐驿召开代表会议，正式成立中共四川省委。通远门见证了“三·三一”惨案，杨闇公、冉钧在此英勇就义，通远门上高举的拳头雕塑、佛图关上烈士的塑像铭记了这段历史。

上世纪30年代，成渝公路建成，自此，成渝古道渐渐荒废。如今，多条高速路、高铁线不断刷新着成渝两地的通达时速，成渝一小时交通圈正在形成，因古驿道而兴的众多街镇城市已经是高楼林立，道路宽阔，乡村美丽，面貌巨变。

在建设高品质生活宜居地，助推高质量发展中，古驿道沿线的不少城市充分利用区位条件优越、生态环境良好、文化旅游资源丰富的特点，切实把生态人文优势转化为发展优势，挖掘古驿道的人文价值，保护利用文物遗址，串连成珠，成为一道别样风景，助推文旅融合发展。渝中区推动鹅岭公园-佛图关公园-平山公园-虎头岩公园及山城步道、平山崖线步道支线建设；璧山区深度挖掘古道文化资源，建设古道湾公园，有古驿站、古村落、古茶铺、古酒肆、古战场、古栈道、古镇古街等23处再现古道文化场景；走马古镇利用区位优势举办桃花节，成为“全国故事之乡”，白市驿打造驿都花海，荣昌利用古驿道打造陶宝古街、夏布小镇，资阳围绕南津驿文化资源，打造“十里沱江”特色小镇……

在推动成渝地区双城经济圈建设中，川渝两地携手推动巴蜀文化旅游走廊建设，以巴蜀文化为纽带，联合打造推介一批具有浓郁巴蜀特色的国家文化地标和精神标识，其中就包括共同推广巴蜀文化旅游线路，重点包装巴蜀古遗址文化探秘线路等。成渝古驿道沿线城市已经开始携手合作，渝中区与成都青羊区已开始“双城联动”，洪崖洞与宽窄巷子签订战略合作协议，展开深度合作。荣昌和内江携手打造成渝文化旅游融合发展试验区，共同做强做大夏布、土陶产业，打造具有影响力的地域文化产业品牌。

此次重庆日报联手四川日报组成强大的采访团队，开展“重走成渝古驿道 感受双城新变化”大型全媒体采访活动，通过实地调查、挖掘史料、走访专家和当地群众，探寻古驿道蕴含的巴蜀人文密码，讲述川渝交往的精彩故事，展现古驿道沿途城市如今在大力推动成渝地区双城经济圈建设中的新气象新作为新故事。

我们在追寻古人留下的足迹中穿越历史、连接时空、见证辉煌，让受众在古道风韵中体味乡愁，在古今对比中触摸沧桑、感悟变革。通过报道，让更多人加深对巴蜀文化的了解和热爱，使人们更加敬重和珍惜先人创造的优秀文化财富，力争达到“让收藏在博物馆里的文物、陈列在广阔大地上的遗产、书写在古籍里的文字都活起来”的目的。

成都海棠十万株，思君不见下渝州，这是诗人对双城的铭心吟唱。今天，让我们在重走千年古道中，收获文化自信，书写双城发展的精彩华章。

锦官驿
简阳
龙泉驿
资阳
资中
内江
隆昌
荣昌
大足
永川
璧山
沙坪坝
九龙坡
渝中
朝天驿

本版图片由记者齐岚森摄/视觉重庆
本版制图/李梦妮

学术支持：
重庆市地方史研究会
西南大学历史地理研究所

重走成渝古驿道系列报道
扫一扫 就看到

重庆日报 10
2020年7月6日 星期一
主编 吴国红 兰世秋
美编 李梦妮

重走成渝古驿道 感受双城新变化

大型全媒体系列报道②

朝天门
通远门
两路口
南纪门
佛图关
鹅岭公园
雷家坡古道遗址
大坪七牌坊
大坪
石桥铺

重庆夜色撩人。本报资料图片

上世纪50年代的朝天门。本报资料图片

古渝雄关 山色今朝画巨然

核心提示

成渝古驿道重庆的起点在朝天驿，朝天驿位于现在的渝中区。古驿道从这里出发，从下半城出南纪门，上半城出通远门，两条路在两路口汇合，过佛图关、石桥铺，前往白市驿……在重庆境内长200公里左右，渝中区段不到十公里，但却处于重要位置，沉淀了巴渝母城根脉，留下诸多文化遗迹。

据明正德《四川志》卷十三记载，明代从巴县总铺向西有佛图铺、石桥铺、高歇铺、龙洞铺……乾隆《巴县志》卷二又载，底铺十里到佛图铺，十五里到石桥铺，二十里到二郎铺……虽只有寥寥数语，却勾画出东大路这条西南地区社会经济文化交流的大动脉，从重庆府出发，一路往西的大致状况。

6月，记者沿着古驿道渝中段，探访沿途厚重的人文历史，记录下沿途的沧桑巨变。

□本报记者 韩毅

始点之谜

寻找消失的朝天古驿站

朝天门车水马龙，人头攒动，不少游客在此凭栏观赏山水之城的美景。

朝天门是重庆古城十七座城门中为规模最大的一座，南宋时期钦差常自长江经该城门传来圣旨，遂名朝天门。据明正德《四川志》载，本府（重庆）石城，因山为城，低者垒高，曲者补直，洪武初指挥戴鼎重修……门一十七，曰朝天、翠微、东水……

据清代有关图经记载，朝天门城门为双层结构，正门之外还有瓮城，瓮城门额上刻有"朝天门"三个大字，正门额上则刻"古渝雄关"四个大字。

清代诗人王士祯曾感叹：江中遥望，（朝天）城门邈在天际，女墙缭绕山巅（《蜀道驿程记》）。可见朝天门当时的巍峨雄伟。

据说，早先朝天门码头只用于接待官船，不准一般民船停靠。而水陆两用的朝天驿则是四川出川的重要节点，成都方向的各色人等沿成渝古驿道到达朝天驿，然后乘船沿江而下出川。

驿站就是官办的交通站，类似于如今的高速路服务区。明朝的成渝古驿道最兴盛时有锦官、龙泉、阳安、南津、珠江、安仁、隆桥、峰高、东皋、来凤、白市、朝天等共12个驿站，重庆境内有5个，朝天驿则是重庆第一驿站。

据乾隆《巴县志》记载："朝天驿，设驿丞一员，站马二十三匹，每匹日支草料银一钱，马夫十一名……归併重庆府管理。"可见朝天驿当时规模不小。而据明天启年间冯任修《成都府志》记载，明代的成都龙泉驿则有"旱夫六十名，该银四百三十二两；号衣三两六钱；厨子六名，该银四十两二钱；马四十五匹，每匹三十两，共银一千三百五十两，供应银二百四十两，每年共二千六十八两八钱"，可见驿站耗资巨大。

那么，朝天驿究竟在哪里？

"朝天驿的具体位置至今尚是待解之谜。"渝中区文管所所长徐晓渝介绍，朝天驿最早可追溯至元代，早期为水站，后变为陆站。从乾隆《巴县志》舆图上看，朝天驿在朝天门内三门洞附近（今陕西街一带）；在清末刘子如《增广重庆地舆全图》可以看到，朝天驿已被迁至巴县衙门（今老鼓楼衙署遗址附近）旁。

"朝天驿是西向'零公里'起始点。1927年因修建朝天门码头和拓宽道路，朝天门被拆毁，至此拥有550多年历史的古重庆城象征——朝天门城楼消失。近现代来，城市发展日新月异，该驿站的痕迹已完全消失，具体位置不好确定。"对朝天驿曾作过详细考证的重庆自然博物馆学者张颖称。

记者了解到，目前老鼓楼衙署遗址公园修建已经启动。至于朝天驿具体位置究竟在哪里，期待在进一步的考古研究中能够揭秘。

从哪里出城

古人偏爱南纪门还是通远门

当年出城去成都，走南纪门，还是通远门？在今天的学术界，对两门的历史地位存在争议。

记者查阅了清末国璋、张云轩、刘子如绘制的三个版本重庆全图，发现重庆西向大路有南北两线，分别由南纪门和通远门伸出，在两路口汇合，后通往佛图关。

渝中半岛三面临水，古有"九开八闭"共17座城门，通远门是唯一的陆门。西出此门，便是远方，故名"通远"。该门于明洪武年间，取"七星揽月"之势，临崖而建，作为扼守重庆府的最后一道防线。

通远门的前身又名"镇西门"，是三国名将李严修筑江州城遗址的一段。2005年，通远门城墙遗址公园建成，成为市民休闲的好去处。

郑国翰《蜀程日记》（1915年）载：出南纪门西去，乃入成都大道，可骑行。光绪间黎庶昌《丁亥入都纪程》中也有佐证：出南纪门，十五里上佛图关，有小城。

西南大学历史地理研究所所长蓝勇教授多年对成渝古驿道进行考察。据他研究，南纪门和通远门在历史上的重要性并不一样。明清时期，重庆城的核心区在下半城，南纪门可登舟行船，水陆两便，故东大路更多经南纪门西行。清末，上半城发展起来后，人们去成都多从通远门出。通远门的军事战略地位远高于南纪门，明清时期大多数战争都集中在通远门。

记者把从通远门和南纪门往西的两条道都走了一遍，除残存不足100米的雷家坡古道遗址外，沿路皆是鳞次栉比的高楼和川流不息的车流，找不到一丝古道痕迹。

历来战守要地

佛图关曾为重庆城制高点

重庆老城内曾有一段"东大路"，位于通远门城外，就是现在的兴隆街。这段路就是成渝古驿道东大道的一段，因而得名东大路，后改名为通远门顺城街，1931年修建中区干道后改名为兴隆街。

从城里出了通远门，在古代实际上就是一直沿着山脊走，也就是沿着现在的兴隆街到纯阳洞。据传纯阳洞当年供着吕洞宾的神像，如今还有上世纪30年代建的菩提金刚塔。抗战时，这里的抗建堂是中国话剧的大本营，聚集了郭沫若、曹禺、张瑞芳等一批名家。现在抗建堂内建起了抗战戏剧博物馆。

继续上坡，就是枇杷山正街，古时叫神仙洞街，建有道观，上书"蓬莱洞天"，抗战时道观被毁。这里还有国民政府立法院旧址、李宗仁官邸旧址、军统办公室旧址。到了山顶，就是"茶亭"，这是枇杷山的最高处，往来古道的人们在此歇脚喝茶。"茶亭"曾设有栅门，上书"两腋生风"，如今是枇杷山公园红星亭所在地。这里还有中共重庆市委枇杷山办公楼旧址（原四川军阀王陵基公馆改建而成），去年入选"第四批中国二十世纪建筑遗产名录"。从山顶下坡，过去有三层很陡的石梯坎路，叫"三架坡"，到了山脚就是飞来寺。据传说，寺建在石壁之上，似悬空天上，故得名。过了飞来寺，就开始爬"鹅项颈"。据传，古人看渝中半岛，状似大鹅，而鹅岭公园所在的位置就是鹅的项颈。清朝末年重庆商会首届会长李耀庭在此建有私人花园，内有石绳桥、桐轩石室，设计巧妙，纹饰精美，令人叫绝。

经鹅岭，便到了重庆渝西三关之首——佛图关。佛图关又为重庆城制高点，历来战守要地，驻有兵马防守。"举首恰见佛图关，控扼山梁之上……三面陡绝，惟西南山脊一线可通。"清嘉庆时陶澍在《蜀游日记》中描述的景象跃入眼帘。清代巴县知县王尔鉴诗云："江势曲随山势转，禅林高傍竹林开，雄关扼要吞吴楚，绣陌梯云障草莱。"其景也可见。

登上佛图关，石刻、佛像依稀可见，抗战时所筑碉堡留存较好，杨闇公烈士铜像矗立在古道旁。

"此关是重庆史上重要关隘，也是西上成都的要冲。"徐晓渝介绍，因"浮"与"佛"字音相近，佛图关又名浮图关，抗战时曾改名复兴关。

蓝勇曾对佛图关进行过详细考察，历史上佛图关曾有一座规模不小的子母城，有西门瑞丰门、东门仁靖门、大关门、泰安门，及子母城内城墙上的南屏关门和水洞门，共六座城门，只是该城已消失在历史长河中，现已难觅踪影。

西出佛图关，记者到达大坪七牌坊，"大道的两侧矗立着许多雕刻精细的巨大牌楼和牌坊，路面多用大块的砂岩板铺成，又或许是直接从厚重的石头中开凿而成，夹在两排巨型石碑之间蜿蜒前伸……"英国外交官爱德华·科尔伯恩·巴伯曾在《华西旅行考察记》一书中这样描写大坪石牌坊。

如今，古道已完全消失在现代城市格局中，七牌坊碑林所在地也建起了一座摩天大楼，碑林已被搬迁至现在大坪循环道的街心花园中。出大坪再往前行便到了石桥铺。据《巴县志》记载："明初置里，清代建场，民国设乡，开铺数百年。因此地有两孔石墩桥一座，故而得名。"当年的石桥铺老街有一公里多长，因为连接佛图关官道，系通达成都的门户，很是闹热，成为古时有名的商圈。上世纪80年代，石桥乡成为重庆首个"亿元乡"，被市政府授予"富冠渝州"的牌匾。2000年时，老街被完全拆除，如今已经是繁华的现代商圈了。

出石桥铺，经过上桥，就要上中梁山，西出二郎关了……

重庆市渝中区通远门，市民从大门通过。

记者 谢智强 摄/视觉重庆

大坪七牌坊碑林。

记者 谢智强 摄/视觉重庆

佛图关的石刻、佛像依稀可见。

记者 谢智强 摄/视觉重庆

古道焕新颜

□本报记者 韩毅

在重庆"两江四岸"核心区整体提升规划方案中，朝天门—解放碑片区是"两江四岸"核心区的重要组成部分，未来，这里将是重庆的历史人文风景眼、山水城市会客厅、商业商务中心区，是重庆城市品牌的响亮名片。

渝中区大力传承母城文化，挖掘古驿道文化资源，昔日成渝古驿道正焕发生机。渝中区年内将开建全长1.7公里的朝天门—解放碑步行大道，注重文旅功能打造，将串联解放碑到朝天门沿线的28个历史文化景点。巴县衙门遗址已修复完毕，其独特的三波六铺水的建筑构造在我国古建筑中是唯一的，极为珍贵。老鼓楼衙署遗址公园修建已经启动，这片南宋衙署遗址是重庆市主城区已发现的等级最高、价值最大的宋代建筑遗存，在未来的遗址公园里，其中的木质建筑将依照南宋时期的规制和风貌复建，将800年前的重庆城再现在世人面前。用地面积约88亩的十八梯传统风貌区已见雏形，红砖青瓦吊脚楼，以重庆人熟悉的善果巷、轿铺街、月台坝、守备街、花街子等路名为背景，再现古城传统风貌，集成发展现代文化旅游产业，融合商、景、旅、文四大功能于一体，全力打造国际化创新型文化旅游产业示范区。另外，还有火柴坊、谢家大院、白象街历史文化风貌区的建设，一条新的文化大道将诸多历史文化景点串联起来，再现母城历史文化风貌，彰显老重庆文化魅力。

目前，渝中区正在推动鹅岭公园–佛图关公园–半山公园–虎头岩公园半山崖线步道建设，步道全长28.7公里，沿线串联了虎头岩公园、佛图关公园、鹅岭公园、李子坝公园、平顶山文化公园。其间有摩崖石刻、摩崖佛龛、高公馆、李根固旧居、刘湘公馆、国民参议院旧址等人文景点以及红岩文化、抗战文化、工业遗址文化等人文资源，是探访古渝之源、揽胜母城之巅的好去处。

在成渝地区双城经济圈建设的推动下，渝中区与成都青羊区已"双城联动"，整合资源品牌，推动一批巴蜀两地文旅项目建设，两地首个巴蜀文化旅游共建项目——洪崖洞与宽窄巷子也已正式签订战略合作协议，将在品牌打造、市场营销、产品互推、游客导流等方面展开深度合作，推动巴蜀文化旅游走廊的建设。

"城郭生成造化镌，如麻舟楫两崖边。江流自古书巴字，山色今朝画巨然……"清代诗人何明礼在《重庆府》一诗中描述渝中半岛的繁华盛景，至今仍在世人面前。

学术支持：
重庆市地方史研究会
西南大学历史地理研究所

重走成渝古驿道系列报道
扫一扫 就看到

重走成渝古驿道 感受双城新变化

大型全媒体系列报道③

重庆日报 11
2020年7月6日 星期一
主编 吴国红 兰世秋
美编 李梦妮

旧时的佛图关。

四川省隆昌市的南关-石牌坊群。 记者 齐岚森 摄/视觉重庆

成渝古驿道 旧时光与新景象

东大路重庆段石桥。

大坪七牌坊旧景。

重庆市荣昌区濑溪河观音桥，夕阳西下，市民茶余饭后在古朴的桥上散步。此桥历经沧桑，仍然保留着古驿道的痕迹。 记者 谢智强 摄/视觉重庆

重庆市九龙坡区走马古镇。 记者 齐岚森 摄/视觉重庆

本版图片除署名外均由西南大学历史地理研究所提供

◀四川省内江市，沱江边的张大千博物馆。
记者 齐岚森 摄/视觉重庆

◀成都市龙泉驿区茶店子保留完好的东大路古道。
记者 谢智强 摄/视觉重庆

学术支持：
重庆市地方史研究会
西南大学历史地理研究所

重走成渝古驿道
系列报道
扫一扫 就看到

重走成渝古驿道 感受双城新变化

大型全媒体系列报道④

重庆日报5
2020年7月8日 星期三
主编 吴国红 兰世秋
美编 丁 龙

沙坪坝区
山洞街道
歌乐山镇
石桥铺
上桥
九龙坡区
龙洞关
凉风垭
二郎关
中梁山街道

歌乐山一带保存完好的东大路古道历经沧桑。 记者 谢智强 摄/视觉重庆

西出二郎关 山上葱茏 山下繁华

【核心提示】

从大坪七牌坊出发，沿渝州路，经石桥铺向西，翻越青翠的歌乐山，过车歇铺、二郎关（铺），再穿过凉风垭至龙洞关，一路曲折，一路清幽，这段成渝古驿道全程约20公里。

车水马龙的现代都市中，是否还留有古驿道记忆？

翻越歌乐山的起点车歇铺，又地处何方？

重庆城四个方向，为什么惟有西面歌乐山设两道关隘？

带着诸多疑问，沿着古驿道线路，记者踏上了寻访之旅。

重庆西站前身。 新桥街道供图

上世纪六七十年代的石桥铺转盘。 石桥铺街道供图

□本报记者 罗芸

石桥铺
同样为“铺”，古今有别

6月，记者从大坪七牌坊一路向西，整洁的公路上，汽车急驰过繁华的商业街区，卷起的风摇动着街边的行道树。

九龙坡区渝州路，现中共重庆市委党校。这里曾是成渝古驿道所过之地，名曰“大田坎”。夏日雨霁，要两三人才能合抱的黄葛树在风中舒展着枝叶，哗哗作响，仿佛在喃喃回忆百年前树下车水马龙的旧日时光。

沿渝州路，记者再往西南行两公里左右，便到了石桥铺。石桥铺正街曾是当时的铺递所在地，也是成渝古驿道上最重要的九大铺递之一。如今，随着城市的发展，铺递早已湮没在林立的高楼与繁忙的车流中。

站在石桥铺立交桥上，环顾四周，高楼林立，这里曾是重庆最火红的电脑及配件市场，里面商铺林立。

据《巴县志》记载：“佛图铺……十五里至石桥铺，二十里至二郎铺。”这一个个以“铺”为后缀的地名，串起了古驿道上那些曾经重要或繁华的地标。

“铺”，是古代驿道上的一种官方机构。元时，各地设立急递铺，简称“铺”，每十里或十五里、二十五里设一铺。此铺不负责接待，只负责送公文。每铺置铺兵5人，必须是“健壮善走者”——元时，规定铺兵昼夜走200公里，到明时则降为150公里。凡到铺的文书，不论多少必须立即递送，昼夜不停。

铺兵有着特殊的装束。他们腰系皮带，上悬铜铃，手中持枪（古代冷兵器），随身携带雨衣和文书袋，夜行时则持火炬。驿道上车马旅人听闻铜铃声、看到火炬，必须立即避开，而下一铺的铺兵听见铃声后即到门口迎候，接上传来的公文即刻再往下一铺传送。

作为旧时重庆去往成都的重要站点，随着来往人流货物的集散，石桥铺渐渐成为串联渝西的商贸重镇。

车歇铺
翻山“零公里”变成渝动脉新起点

从石桥铺往西，经油房（今巴山仪表厂）至新丰场（今上桥），记者来到成渝古驿道出佛图关后要翻越的第一座大山——歌乐山山脚。

歌乐山属中梁山脉。抗战时期，中梁山脉沙坪坝段以“歌乐山”而为人熟知。从地图上看，由歌乐山东麓的上桥，至西麓的白市驿，直线距离不过6公里，而成渝古驿道在山中蜿蜒，里程却达15公里。据《巴县志》记载，车歇铺是歌乐山东麓的起点，但对其具体位置却语焉不详。

在上桥所属的新桥街道工作人员协助下，记者找到了这里的“土著”万吉发和杜波。

“围挡外面就是。古代‘车’念‘居’，所以问车歇铺没人晓得，一喊‘居歇铺’我们都明白。”在重庆工程职业技术学院旧址靠西环立交一角，今年75岁的万吉发指着绿色围挡外车水马龙的西环立交说，上世纪80年代初风中路扩宽后，车歇铺才消失了。

为何车歇铺会成为古驿道翻越歌乐山的起点呢？

万吉发的解释是，上桥老街狭窄，打个转身都难。早上四五点从通远门出发的行路人，约摸中午才能赶到车歇铺，稍事休息后就开始翻山。

据《重庆市沙坪坝区交通志》记载，上桥得名也与古驿道有关，“因地势较高，过桥后就要爬狐狸山、凉风垭，因此得名上桥。”

几年前建重庆西站，上桥老街被整体拆迁。狐狸山亦即当地人称的“狐狸坡”被削掉一部分，上山的古驿道因此中断。

随着交通的发展，驿道的重要性降低，驿道的青石板被沿线村民撬回去垒房屋、猪圈。“原来可供两匹驮马双向通行的‘高速路’，早已变成了‘鸡肠带’。”万吉发说。

“上世纪40年代，我外公去趟成都，单面至少十四五天。”杜波说，她的外公邓炳成常从朝天门将下江一带的机织洋布挑到成渝古驿道沿线售卖，再换来沿途货物回重庆销售，补贴家用，往往要一个多月才能打个来回。

站在狐狸坡上，可以看到坡下重庆西站内铺陈着近十条铁轨。每天，这里有近40趟列车开往成都，其中最快的只需1小时18分钟。

二郎关
昔日军事要塞，如今生态屏障

狐狸坡向上走不远，便进入林区。雨后初晴，阳光穿透高大的乔木，在小路上投下斑驳的光晕。

穿过林区来到石垭口，走在残存的一两百米青石板路上，往右侧小路再走七八米，便有一横书的摩崖题刻——郎关直道。同行的巴蜀古代建筑博物馆馆长郭小智告诉记者，这块题刻虽无年号及落款，但根据字迹风化程度可以判断镌刻于清代，是山中古驿道上保存较好的题刻。

再爬过一段陡峭的小路，记者到达一个垭口。这里两侧山崖峙立，极为险峻。“这里就是二郎关，古时兵营在旁边的庙里。这里开放时作驿道通路，叫‘二郎铺’，战时一闭关就成了要塞。”当地居民刘杰说。

循石梯而上，记者来到曾放置大炮的崖顶炮台。极目远眺，豁然开朗，绿色山岭下是拔地而起的城市。

“抵山巅，复傍崖曲折行，万仞深壑，一门洞开，斯又为佛图之锁钥云。”《巴县志》中这样描述二郎关，足见其作为军事要塞的重要性。从历史上看，二郎关失守往往意味着佛图关守关压力倍增，重庆城岌岌可危。明朝天启年间，石柱女总兵秦良玉奉命平叛“奢安之乱”，扼守二郎关的奢崇明守军失败，佛图关抵挡不住秦良玉进攻，重庆城被收复。

为增加二郎关的“保险系数”，西麓半坡上还设有龙洞关。至此，成渝东大路上由西向东形成龙洞、二郎、佛图三道关隘。《巴县志》记载：“三关叠障，守者得人，皆可一丸塞，纵西路有警，渝州未易攻也。”

“像这样在一座山上同时设两个关隘的情况并不多见。”重庆自然博物馆学者张颖说，重庆城东南西北皆有关口，但除西部歌乐山外，其余三个方向均可凭长江、嘉陵江天堑抵御入侵，仅有此山无江河之险可踞。

随着时代的变迁，二郎关、龙洞关的军事要塞功能已消失。近年来，我市对生态保护愈加重视，已成为主城四大绿色“肺叶”的中梁山脉，由原来的军事要塞转型为生态屏障。目前，地处中梁山脉的歌乐山国际慢城已具雏形，这里积极发展种植、垂钓、采摘等农业休闲观光旅游，成为周末市民度假的好去处。“昔曾广雅调，云顶响流泉。”清巴县知县王尔鉴在描绘巴渝十二景之一的“歌乐灵音”时写下的诗句，如今正重新再现。

凉风垭
歌乐山抗战文物遗址集中处

沿二郎关继续向上，原来的道路因地质滑坡等原因无法通行，只能沿着老成渝公路经九道拐向上，来到凉风垭。

凉风垭是驿道在歌乐山上的最高点。从这里再往前，便开始下山。以前，凉风垭有至少三家幺店子供过往客商吃饭、歇息。随着成渝公路的修建，驿道上的行人不断减少，这里逐渐成为普通的居民区。

在凉风垭以北，有一处因成渝公路而享交通之便的地方——山洞街道。这里也是歌乐山抗战文物遗址最集中的地方。

在山洞街道新山路与山峰路交汇处的巨石上，刻有原国民政府主席林森手书的“小陪都”三个大字，折射着这里曾经的繁华。

“成渝公路修起来后，方便了山洞与山下的往来，歌乐山也成为当时国民政府疏散的重要区域，山洞因此兴旺起来。”81岁的山洞街道山洞社区居民唐祖伦告诉记者，为躲避日军轰炸，当时的国民政府相关部门、党政要员纷纷迁到了歌乐山。其中歌乐山上占地140余亩的双河桥别墅，最初为蒋介石修建，后让给国民政府主席林森居住，被称为“林园”。

据沙坪坝区相关部门不完全统计，当时在歌乐山上建有蒋介石、宋美龄、马歇尔、林森、何应钦、陈诚等人的官邸，还有国民政府行政院海军部、陆军大学、重庆市政府驻山洞办事处等机构。

这些高官别墅、机构入驻山洞街道后，带来了大量的人气。唐祖伦说，当时他的父亲唐万发开的“唐罗汉”是山洞有名的饭店，卖的是鲍鱼和熊掌这样的海鲜山珍，每天来用餐的高官络绎不绝。在山洞，像这样的高档酒家还有两三家。

歌乐山上也居住了大量文化界知名人士。以歌乐山街道的桂花湾为中心，从歌乐山东麓的磁器口到西麓的金刚坡，居住着郭沫若、冰心、老舍、臧克家等文化界名人。其中，郭沫若所著、被毛泽东高度赞誉并列为延安整风学习文件的《甲申三百年祭》，冰心那篇温暖着一代代人的《小橘灯》，均写于这一时期。

1946年，已回到上海的著名诗人臧克家，回忆起歌乐山上的岁月，深情地写下了《歌乐山》——歌乐山 歌乐山/那青峰 那绿竹 那云烟/杜鹃叫得啼血的季节/那满山血红的红杜鹃……

古道上的摩崖题刻——郎关直道。
记者 谢智强 摄/视觉重庆

歌乐山街道山洞村，一位市民走在通往二郎关的古道上，这里至今有不少附近的居民在此徒步锻炼。
记者 谢智强 摄/视觉重庆

当初被诗人吟咏的歌乐山，现已成为沙坪坝区发展生态旅游的重要区域。目前，沙坪坝区已初步完成抗战文物遗址的摸底排查。未来，该区将依托当地的传统风貌街区，开设特色茶馆、陶艺坊等，打造民俗文化休闲板块；串联起国民党电报局、范绍增公馆等多个抗战文化遗址，结合登山步道等打造区域休闲旅游环线，使歌乐山成为健身、休闲之山。

沙坪坝是成渝古驿道东大路与东小路重庆境内的交汇处，历来交通发达、文风兴盛。在成渝地区双城经济圈建设中，辖区内的国际物流枢纽园与成都国际铁路港签订战略合作框架协议，聚焦通道口岸互通、产业招商互补、开放创新等的合作与交流。与此同时，该区利用自身富集的文化、旅游资源，与四川省乐山市、峨眉山市等加强文化方面的往来与交流合作；通过招商引资，吸引成都品牌餐饮企业到该区发展、投资。在人才交流合作中，该区与相关企业与科研机构达成成果转移、转化，共享科技人才等方面的合作。

（巴蜀古代建筑博物馆对此文亦有贡献）

东大路上的轿行

□本报记者 罗芸

成渝古驿道重庆段多是山路，车马不便，主要交通工具就是轿子、滑竿。

重庆轿行兴盛于清咸丰年间，到1943年，有轿子近两万乘，轿夫4万多人，形成了轿帮同业公会。江湖袍哥混迹其间，各自划定地盘，轿子需上“牌照”，轿夫身穿统一编号的背心，每天交份子钱，工作模式类似今天的出租车行业。

十八梯坡下有个轿铺巷，从前是轿行的大本营，主要负责城区内的业务，英国商人立德乐曾经在日记里写道：“重庆的出租车——轿子，无论到什么地方，只要在城墙内，都是25个铜钱。”

位于东水门的秀壁街轿行则主要负责长途运输，依靠西秦会馆、湖广会馆等招揽生意，主要负责成渝两地的人员往来。

随着轿行的扩张，轿夫们的业务已不再仅仅局限于抬人，也负责信件、贵重货物、汇票的传递，后还逐渐形成了以负责汇票等贵重物的“信轿行”，负责婚嫁喜事的“花轿行”，负责人员运输的“脚力行”。可见，旧时重庆的轿行相当于现在的出租车、长途车、快递的综合。后来，重庆还成立了中国首家轿业公司——大公藤舆公司。

轿夫辛劳，但收入却不高。在英国外交官爱德华·科尔伯恩·巴伯在所著的《华西旅行考察记》中记述，他雇佣了15个轿夫，还请了一个夫头负责管理这些轿夫。“算下来一个人一天的工资是300厘（约合10便士）……不行路的时候是100厘。”每个轿夫每天还要向轿行缴纳10厘份子钱，这个收入在当时只够一家人糊口。

住在歌乐山街道山洞村凉风垭社居民杜世芳说，家里两个哥哥曾在驿道上以抬轿子和滑竿谋生。

杜世芳家有11个兄弟姊妹，需要两个哥哥在农闲时当轿夫帮着养家。他们穿着稻草编的草鞋或麻编的“麻窝子”，以凉风垭为中心，最远送客人东到佛图关，西至走马岗，一次能换个几筒大米，成为养家的重要支撑。

杜世芳说，为了走得快而稳，前后两方轿夫经常一路喊着“号子”相互配合。前者“报点子”，后者回应：若遇驿道前方有拥堵时，前者呼“前挡”，后者应“后不来”；驿道两侧均有人、物时，前者喊“两靠”，后者答“对冒”；前方路某侧有牛马行来时，前者呼“左/右手力大”，后者和“让它一下”；要走凹凸不平路时，前者呼“高矮”，后者应“平踩”……

除了相互提醒注意路况的“号子”外，轿夫们还有一些调侃性的对句，为劳苦的路途平添一丝欢乐。

学术支持：
重庆市地方史研究会
西南大学历史地理研究所

重走成渝古驿道系列报道 扫一扫 就看到

重走成渝古驿道 感受双城新变化

大型全媒体系列报道⑤

重庆日报5
2020年7月9日 星期四
主编 吴国红 兰世秋
美编 丁 龙

青石板路上还留着当年马车经过留下的痕迹。
记者 齐岚森 摄/视觉重庆

沙坪坝区
白市驿
三界碑
走马
九龙坡区

好要不过白市驿
故事传承走马岗

核心提示

从龙洞关出发，2.5公里到白市驿镇，12.5公里至走马镇，再行5公里到缙云山“巴县西界”石刻处，全程20公里左右。

这一段古驿道虽在重庆城以西，尚有中梁山脉相阻，却是古时巴县农业发达、商贸繁忙、文化昌盛之地。

当年白市驿古道旁的繁华地段，为何只有半条街？

地处三县交界处的偏僻小镇，缘何成为民间文化荟萃之地？

带着这些疑问，6月，记者沿成渝古驿道探寻。

本世纪初，驿道穿过走马古镇下的黄葛树向远方延伸。
走马镇供图

走马古镇的走马小学。
记者 齐岚森 摄/视觉重庆

走马镇成渝古驿道遗址上矗立着刻有“严正宽平”的颂德碑、修葺驿道捐款功德碑和蒲氏节孝碑。
记者 齐岚森 摄/视觉重庆

“巴县西界”摩崖石刻。
记者 齐岚森 摄/视觉重庆

学术支持：
重庆市地方史研究会
西南大学历史地理研究所

重走成渝古驿道系列报道 扫一扫 就看到

□本报记者 罗芸

白市驿
从前靠“脚力”起家，今后借“智力”发展

6月15日下午，烈日灼灼。

沿龙洞关残存的古驿道青石板路下山，林间清风徐来，暑气渐消。

站在视野开阔处向西望去，山下是白市驿密密麻麻的屋顶。清末民初著名藏书家邓国翰也曾这样遥望白市驿，并在《川鄂旅行记》中写道，当时的白市驿“数百户成集”，一派繁华。

白市驿距重庆城30公里，是出城后的首个驿站，也是成都方向通往重庆所要过的最后一个驿站。据《巴县志》记载，康熙年间巴县境内有陆驿六个、水驿四个，但只在朝天、白市两驿设置了驿丞，肩负传递公文、护送官物及官差的职责。

驿道进入白市驿镇，首先要穿过四道牌坊。因城市建设，现在只有位于白华西街支路的“旌表岁进士董经之妻周氏坊”（建成于1755年）留了下来。

穿过这道牌坊，经中心街，记者来到白市驿正街60号附近的马号巷子、当年的驿丞所在地。

“明清时期，围绕官驿，周边逐渐开起了吃饭的幺店、住宿的客栈及骡马店，就像现在高速路上的服务区，主要为靠‘脚力’谋生的人服务。这种状况一直延续到1949年前后。”77岁的白市驿文史研究会会长刘万国摇着扇子，回忆自己幼年时看到的白市驿沿驿道为市的场景：天不亮，青石板上就响起马蹄声，连绵至入夜；过往客商络绎不绝，抬轿的、抬滑竿的常因拥堵而停步；担粮食、蔬菜的，背着猪崽、拎着鸡鸭的，以驿道为市摆摊交易……平时五日或十日赶一场，这里却因古驿道集聚了人气，天天都像赶场，于是成了“百日场”，白市驿由此得名。

其实，早在康熙年间，白市驿作为“湖广填四川”的移民中转站已经非常繁华。1729年，这里的驿丞改为县丞，相当于分县治所，负责中梁山与缙云山之间的槽谷坝区（上至北碚、下至铜罐驿）的行政管理。

如今，县丞早已消失在历史长河中，驿道“服务区”所在的上中下三街，合称白市驿正街。沿这条曲折而狭长的街南行，记者来到半边街。当年，靠“脚力”维生的贩夫走卒，大多在此小憩。

半边街本是上街的一部分，紧邻梁滩河，地势较为低洼。平日里只有三四米宽的梁滩河，在雨季河水暴涨，常常冲垮这里靠河一侧的夹壁房。“最后，只留下靠里的一排房子，所以这里叫了‘半边街’。”在半边街浓密的树荫下，摆露天摊的剃头匠汪世国和记者聊起了街名来历。

如今，白市驿已成为重庆农旅观光的好去处。该镇打造的“驿都花海”复原了来凤驿、龙泉驿等成渝古驿道上重要的11座驿站景观。此外，该镇培育了农业休闲旅游场所40余家，精心打造了贝迪颐园、“毛毛虫”生态农场、望岭湖山庄等农业观光休闲新载体，去年吸引游客398万人次。

“现在白市驿被纳入高新区，成为西部（重庆）科学城的重要区域。未来这里还要上档升级，吸引更多的优秀人才。”刘万国满怀憧憬地说，“过去白市驿全靠‘脚力’起家，现在得多靠‘智力’取胜了。”

走马岗
百年“故事会”，从古讲到今

从白市驿一路向西，远处可见缙云山尾端，山势高耸如骏马奔腾，山下的缓坡被称为“走马岗”。

从四五米宽的古驿道拾级而上，悠长的青石板路顺缓坡蜿蜒，记录着悠长的走马盛景。

早在唐宋时，驿道即穿走马而过。那时，一大早从重庆城出发，40公里后至走马，往往天已擦黑，素有“识相不识相，难过走马岗”的民谚。若继续西去，过茶店子、爬金银坡，到“巴县西界”、三道碑——这一带鲜有人烟，无处歇脚。

“这相当于从走马还要再走15公里翻缙云山，才能到璧山来凤驿。”曾任镇文化服务中心主任的钟守维说。此时人困马乏，山上又多猛兽强盗，于是不少过往客商选择在此小憩，翌日一早再搭伙翻山，因此走马颇具“地利”之便。明清东大路成为成渝主要官道后，走马发展达到鼎盛。

抬头间，在绿意婆娑的黄葛古树掩映下，一段褚黄的城墙映入眼帘。穿过约三米宽的城门洞，进走马下场口，眼前豁然开朗。

场口正中是约一百平方米的坝子，右侧是挂有“乾坤正气”牌匾的关武庙，殿内关公右手捻须，斜睨左手书卷；左侧是写有“鸣声稣圣”牌匾的戏楼，分上下两层，属典型的南方建筑风格。两座建筑均装饰有精致的撑拱、挂落、雀替等镂空装饰，虽有些褪色，但仍在岁月的磨砺中显露出当年的美轮美奂，被誉为走马古建筑的典范。

“走马的关武庙正对戏楼，合称‘关武戏楼’。”钟守维说。走马为东大路重镇，各色人等聚集，须树立诚信守义的风气。若有商贾被发现有欺诈行为，将在关武帝前被判“最严”处罚：掏钱请戏班演出，请大家免费观看。

一般的古镇有两三个地方会馆便算繁华，但走马却有4个：山西会馆关武庙、江西会馆万寿宫、湖广会馆禹王宫和广东会馆南华宫。走马老街600多米长，沿街分布了3座戏楼，20多家茶馆、客栈，60多家店铺。关武戏楼过街楼楹联“夏日炎炎挑夫踏月奔渝府 寒风凛凛驮马披霜赴蜀都”，描绘出明清时期驿道上的繁忙景象。

“事实上，明清鼎盛时期，这里的繁华不亚于磁器口：白天是人来人往，晚上那才叫个人声鼎沸！”走马小学教师、民间故事市级非遗传承人朱伟有滋有味地摆起了龙门阵——

掌灯时分，在堂倌的长声吆喝、掌柜噼里啪啦的算盘声中，过往客商酒足饭饱，腆着肚子开始夜生活。

茶馆里，老虎灶上的大茶壶咕噜咕噜冒着泡；袅袅茶香中，茶盖茶碗相互碰撞叮当作响；不少人吧嗒着最受欢迎的成都“麻油烟丝”，听说书人“啪啪”地拍着醒木“扯把子”（讲故事），在家长里短和神仙鬼怪故事中激浊扬清。

戏楼上，才子佳人咿咿呀呀，武将交手咚咚锵锵；戏楼下，不少人手打节拍，摇晃着脑袋应和台上。一曲演毕，掌声雷动。

“走马的故事、戏曲有了名气，许多过往客商紧赶慢赶，非要赶到走马住，感受浓厚的文化氛围，这让走马更具人气。”朱伟介绍。

在走马小学任教30多年来，朱伟潜心研究当地民间文化，认为走马的民间故事、戏曲以巴渝文化、宗教文化为底色，同时杂糅着浓厚的驿道文化及与驿道有关的移民文化，从而具有了自己的底蕴。像首批国家级非遗传承人、已过世的“故事大王”魏显德，就是出生在贫苦的说唱世家。他年幼时随祖辈在云贵川三省谋生，后回到走马听驿道上给过往客商讲故事，积累了大量素材，加之走马讲故事氛围的熏陶，成为能讲上千个故事的民间故事家。

在走马，像魏显德这样的民间故事家还有很多。据统计，如今，全镇故事家累计有316人，提供了故事目录1.3万余条，由相关文化部门收录故事1.2万余个、民间歌谣3000余首、谚语4000余条。

随着成渝公路和铁路的通车，走马的区位优势日渐衰落，但古镇上说唱文化还在延续。

在朱伟任教的走马小学，为了弘扬民间讲故事的传统，学校编辑了三册校本教材，收录了适合孩子们的民间故事、谚语、游戏等，广受欢迎。

近十几年来，走马借民间文化资源打造都市休闲旅游目的地，举办“走马古镇观花旅游节”；建设“一环十点”旅游路线，其中“梦回拾景·千秋古驿”是重点。去年，全镇实现旅游收入8232万元。

“走马因驿道而兴，又因驿道而衰，但民间文化则可以跨越时空。”朱伟说，“不论路通向哪里、人在何方，传统文化都能为人们找到回家的‘路’。”

铜罐驿
红色故事回响在古驿道上

“上个世纪20年代末，一位打扮得像商人的帅小伙，住进了我们走马街106号的利源客栈，准备沿着东大路上成都，开展革命工作。他，就是四川省委的重要干部、巴县县委书记周文楷。他的另一个名字是——周贡植。”去年已作古的走马国家级非遗传承人刘远扬，曾在一场“红色故事会”上，讲起了周贡植与中共四川省委的故事。

随着城市的发展，古驿道的交通功能已逐渐消失，但重庆这座英雄城市的历史记忆却永远地留了下来。

“周贡植是中国共产主义运动的先驱者，是中共早期在四川的组织工作者、农民运动领导者、国共合作实践者。”重庆市地方史研究会会长周勇介绍。周贡植是巴县铜罐驿乡人。铜罐驿距成渝古驿道东大路并不远，也是旧时巴县四大水陆驿站之一。

1899年5月5日，周贡植出生于铜罐驿镇陡石塔村。1920年，巴县中学毕业的周贡植考取了重庆留法勤工俭学预备学校。两年后，23岁的周贡植加入了旅欧中国共青团，并很快便转为正式党员。

1925年秋天，在党组织的安排下，周贡植回国，在重庆的中法大学四川分校任教。1926年2月，中共重庆地方执行委员会成立，并在中法大学四川分校成立了“农民运动研究会”，周贡植担任农业部秘书。在不到一年的时间里，他就在省内14个县建立了农会，发展了2万多名会员。同时，他在家乡发展党员，成立了中共铜罐驿党支部。

1928年2月10日至15日，中共四川省临委会扩大会议在周贡植铜罐驿的家中召开，中共四川省委正式成立。

同年3月9日下午，在中共巴县县委成立大会进行中，周贡植等9名共产党人意外被捕。

当时反动军阀王陵基亲自开展审讯。他向周贡植承诺：只要说出你们的组织和人员，我保证今天就放你回家。

周贡植冲着王陵基轻蔑地一笑，拒绝诱惑，虽经酷刑依然保守着组织的秘密。

在周贡植临刑头一天，周父动用各种关系准备用重金将周贡植“赎”出来。放人前，国民党要求周贡植写一份悔过书。

“我绝不苟且偷生，誓要与反动派作坚决的斗争！”周贡植坚定地说。

直到在生命的最后时刻，周贡植仍托人带话，要妻子和腹中的孩子将来继续自己未竟的事业。1928年4月3日，周贡植在重庆朝天门壮烈牺牲。

虽然现距他离开人世已有92个年头，但其临难不苟、舍生取义的故事，仍在他走过的成渝古驿道上回响，绵绵不绝。2019年7月1日，历时3年修缮，中共四川省临委会扩大会议会址暨周贡植故居在铜罐驿正式对外开放。

英雄的故事激励着这座城市继续奋进。九龙坡区自古地处成渝交通要冲，通衢交汇，见证了两地发展的兴盛繁茂。目前，该区明确提出抢抓成渝地区双城经济圈建设的文旅机遇，融入巴蜀文化旅游长廊建设，打造长江文化艺术湾区九龙美术半岛；用好经济圈生态优化效应，打造中梁山生态景区，立体建设中梁山花博园、重庆中温泉等生态景区，促进川渝两地文旅发展融合。

重走成渝古驿道 感受双城新变化

重庆日报 7
2020年7月10日 星期五
主编 吴国红 兰世秋
美编 丁 龙

大型全媒体系列报道⑥

从缙云山脉的老关口通往璧山地界的成渝古驿道。记者 齐岚森 摄/视觉重庆

璧山区
九龙坡区
青杠街道
拖木铺
来凤驿
老关口
马坊桥
二道牌坊
丁家坳
江津区

马坊桥旧貌。 璧山区档案馆供图

最险处在老关口 来凤驿上车马喧

核心提示

从缙云山脉的老关口开始，就进入到成渝古驿道璧山段。

古时，客商们需翻过老关口，进入璧山地界；接着，依次经过拖木铺、水口、二道牌坊，再过来凤驿、兴隆铺、帽子铺、丁家坳、马坊桥等地，离开璧山，继续西行。

在这段长约33公里的古驿道上，位于璧山与走马交界的老关口凭借其险峻的地势，被古人称为"重庆第一关"。缙云山下的来凤驿也因独特的交通地位，与龙泉驿、双凤驿、白市驿、南津驿并称为成渝古驿道上的"五大名驿"。

从古至今，它们见证了东大路的人来人往，也见证了这段古道上的悲欢离合。

□本报记者 黄琪奥

老关口
西驿最险第一关

清朝末年，缙云山脉上的老关口迎来了一位游客。在通过老关口进入璧山后，他挥笔写下"山程若付丹青手，绝好悬崖斧劈皴"的诗句，把老关口的陡峭地形展现得淋漓尽致。

"这位游客就是清末民初的四川大儒赵熙，从诗中我们可以看出，他被老关口的险峻震撼了。"6月8日，重庆自然博物馆学者张颖向记者介绍。

除了赵熙外，不少书籍也对老关口的地形进行过详细描述。1939年出版的《巴县志》记载："西山由南北迤入县境者为老关口，界三县，旧为成渝孔道，重庆第一关……从来守是隘者，皆未尝偾陷。"另一本近年出版的《来凤街道志》同样提到，老关口为古川东大道制高点、重庆西驿最为险要之地。

那么，老关口究竟是什么模样？

记者一行冒着蒙蒙细雨，从走马古镇后山的成渝古驿道遗址入口，一路拾级而上，来到地图上标注的老关口位置时，眼前除了一块平地和一人多高的杂草外，没有看到任何建筑。在整个行进过程中，由于下雨导致青石板相当湿滑，但总体路途平缓，并没有出现想象中的险坡。

难道因险峻地势而被称为"重庆第一关"的老关口只是徒有其名？

带着疑问，记者一行在杂草中继续前行了约100米，穿过垭口后回望，才发现整个垭口呈"Y"字形，石壁十分陡峭，让人望而生畏。

"古时的老关口就修筑在这垭口之上，客商们穿过老关口，就出了巴县，正式进入璧山境内了。"张颖说道。

清乾隆年间的《巴县档案重庆府图》记录，作为当时巴县的门户，老关口曾修有关楼，内有官兵，有城门四座。其中向东两个城门前后相继，分别通向东北和东南，方便物资运输；向西的两座城门各通向西北和西南，西南为东大路正路。

险峻的地势，特殊的地理位置，让老关口成为兵家必争之地。在1911年的四川保路运动中，同盟会重庆支部聚集各路力量，率先占据老关口，不仅有效牵制了川渝两地的清军，还为夏之时的部队顺利进入重庆城贡献了力量；在1917年的护法运动中，当时在滇黔川靖国联军任职的爱国将领何海清在老关口附近与袁世凯的部队展开过激战。

"虽然这里曾爆发数场战争，但回顾历史，老关口更多见证的是成渝古驿道的繁华。"张颖介绍，在成渝公路开通之前，这里是商贾贩夫来往成渝的必经之地。

对此，曾居住在老关口附近、今年60岁的周盛华给予了证实："小时候，我经常听外婆说，民国初年，来往的人们从重庆出发，第二天路过老关口时，通常会停下来，在附近的茶店买碗水，摆摆龙门阵，再翻过老关口，到山下的来凤驿吃午饭。"

周盛华说，当时老关口附近专门修有民房，民房内就是一家家茶店，他的外婆曾在那里开过一家茶店。"外婆的茶店除了卖茶水外，还卖咸菜饭。茶水3分钱一碗，一天就要卖好几百碗，生意好的时候，开水都来不及烧。"

时光荏苒，如今的老关口，四处都是一人多高的杂草，曾经的关楼、茶房早已不见踪迹。

"成也交通，败也交通，这句话用在老关口上是再合适不过了。"张颖说，1906年，川汉铁路工程师在初勘成渝铁路路线图时，曾考虑让成渝铁路从老关口经过，但因建设成本过高，不得不绕道而行。之后，随着成渝公路的竣工，曾经显赫的老关口开始慢慢走向衰落。

来凤驿
缘何被称为"小重庆"

"又二十里，宿来凤驿，璧山地，驿屋清爽可居，驿前即傅总兵弃甲处也……"1883年的一天，一名男子在日记中这样写道。

这名男子就是清代著名文学家王闿运，这篇日记主要记录的是他夜宿来凤驿的情景。作为成渝古驿道上的重要驿站之一，来凤驿也是旧时官员、客商、马帮、挑夫往返重庆和成都时打尖歇息的首选地。

从老关口一路蜿蜒而下，经过拖木铺、水口、二道牌坊等地，记者一行来到来凤街道（旧时的来凤驿）。此时，时间已近中午，街边餐馆不时飘出璧山名菜来凤鱼的香味。

"现在来凤有些冷清，但在明清时期，这里却是热闹非凡。民国时期，来凤还被称为'小重庆'。"同行的璧山区人大教科文卫主任胡正好告诉记者。

据《来凤街道志》记载，来凤设驿，始于唐宋。到了明清时期，随着重庆地位的提高，来凤驿的地位也水涨船高，与龙泉驿、双凤驿、白市驿、南津驿并称为成渝古驿道上的"五大名驿"。据清乾隆年间的史料记载，彼时来凤驿设马十一匹，马夫五名，扛夫一十六名。

如今，位于来凤街道场镇西街的"新开坦途"碑，是来凤昔日繁华的实物见证。这块镶嵌在墙壁里的石碑，自上而下刻有"新开坦途"四个大字。

"这块石碑记载了清嘉庆年间，为缓解人流，璧山知县李大经在来凤开路造桥的故事。"胡正好说，根据碑文的内容推断，作为成渝东大路上的重要节点，来凤驿旧时非常繁华。当时的来凤驿只有一座梁桥横跨璧江，桥面狭窄，每逢赶场，这座桥总是拥挤不堪。

为了改变这种状况，李大经通过募资的方式，在这座梁桥附近又开辟新路，并修建了一座过河石桥来连接场镇东西路口，并取名为"接凤桥"。

除了"新开坦途"碑外，清同治年间任四川正考官的孙毓汶曾在日记里用"来凤驿去县城九十里，来往使传皆局绅代办，供应喧呼，竟夜不能成寐"等句子，来描述来凤繁荣的景象。另一位清代诗人王梦庚在感受来凤的热闹之后，也在《咏璧山县来凤驿诗》中用"古驿苍茫照落西，临邛凤羽漫称奇"的诗句，突出了来凤在成渝古驿道上的重要地位。

"彼时，成渝东大路上的过往客商不仅为来凤驿带来了繁华，也促进了当地名菜来凤鱼的诞生。"胡正好说，史料记载，来凤鱼诞生于康熙年间，由来凤驿有名的邓家鱼馆创制，其创立之初就以麻、辣、鲜、香吸引了南来北往的食客。后来，随着成渝东大路的日渐繁华，来凤鱼又吸收了江南、淮北等菜系的特征，诞生了多种口味，让不少食客趋之若鹜。

"来凤驿繁华的背后，反映的是当时成渝两地密切的交往。"胡正好说，到了抗战时期，随着成渝公路的修建，这种交往更是达到鼎盛。仅1938年，来凤的织布业、染织业的营业额就达400多万元。上世纪40年代，来凤驿从官驿蜕变为民驿，民用货物的运销和批售集中在此经办。来凤成了璧山、江津一带重要的盐糖运销和批发地，其商业的繁荣，使其获得了"小重庆"的称号。

发达的经济，也吸引了不少名人到此。据《来凤街道志》记载，抗战时期的璧山可谓名流际会——国学大师梁漱溟曾在来凤驿创办私立勉仁中学；哲学家熊十力曾在此避难，并增订哲学著作《十力语要》；教育家黄炎培以《来凤驿》为题，创作了散文诗。

上世纪90年代，随着成渝高速公路的建成通车，让来凤失去了交通枢纽的地位，整个场镇也逐渐落寞。

"这样的状况有望得到改变。"胡正好介绍，2018年，来凤街道的来凤村被纳入重庆市"三变"（农村资源变资产、资金变股金、农民变股东）改革示范村。未来，来凤将深度挖掘旅游资源，力争把这里打造为生态环境优美、风景秀丽的新型旅游示范地。

"正在建设中的黛山大道将经过来凤，随着这条大道的通车以及成渝地区双城经济圈建设的不断推进，来凤将迎来更加美好的明天。"胡正好说。

马坊桥
一段美好爱情的传说

作为古时成渝之间的"高速公路"，璧山境内的成渝古驿道吸引了不少文人墨客，他们用游记或诗文记录下沿途所看到的风景。

当记者再度翻阅这些游记和诗文时发现，不少游记在写到马坊桥（位于今璧山区丁家街道）时，都不约而同地提到，它见证了一段美好的爱情。

一座普通的桥梁和爱情有什么关系？带着这样的疑问，记者一行在结束来凤的采访后，驱车前往马坊桥所在地——丁家街道。从来凤街道出发，沿着108省道驱车约半小时来到丁家后，一座五孔石拱大桥映入记者的眼帘。

张颖介绍，这座桥是在原马坊桥的基础上改建而成的。史料记载，最早的马坊桥修建于清雍正八年（1730年），两边护栏刻有石狮子，因桥头有明代马氏节孝牌坊得名，是成渝古驿道上的重要交通枢纽。

那么，这座桥又怎么会和爱情产生关系呢？根据英国外交官爱德华·科尔伯恩·巴伯在1881年所著的《华西旅行考察记》记载，这主要来源于建桥之时的一个传说。相传，在马坊桥竣工的那天清晨，有一支护送新娘的迎亲队伍恰好走到桥头。造桥的匠师邀请新娘为这座桥起名，这位姓方的新娘就以自己与马姓丈夫之间的相遇、相恋为内容，吟诗一首。有感于他们之间纯洁的爱情，当地人决定用夫妻二人的姓氏，把这座桥命名为马坊桥。

"书中记载的爱情故事无疑体现了人们的美好愿望。事实上，作为成渝古驿道上重要的交通枢纽，自明代以来，马坊桥以及丁家坳（今丁家街道）就见证了不少悲欢离合。"张颖说，例如，明代著名文学家杨慎因得罪朝中权贵，被贬到巴蜀一带。其间，他为办理公务，沿成渝古驿道前往成都，在路过马坊桥时有感而发，挥笔写下一首《马坊桥》，用"无奈旅怀多，村酤引睡魔。醒醒不成寐，枫叶助吟哦。"的诗句来表达自己去国怀乡之感。

除了杨慎外，马坊桥临近的丁家坳也吸引了不少名人在此驻足。

1915年，刘伯承曾受命到此，与当地乡贤张明安共同组织璧山讨袁义勇军，为护法运动贡献了力量。而在上世纪40年代，在重庆负责南方局工作的周恩来和邓颖超，受远在延安的吴玉章之托，专门来到丁家为其长子吴震环证婚，留下一段佳话。

2018年，随着马坊桥水毁修复工程的完工，马坊桥一带已成为可满足生态防护、滨河观赏、观光休闲、科普健身等多种功能的绿色生态景观长廊。据悉，合璧津高速也将在马坊桥附近设置下道口，交通的便利将会让越来越多的人来到马坊桥。

记者在采访中了解到，作为成渝两地重要的交通枢纽，璧山区正多管齐下，积极融入双城经济圈建设。该区将利用自身的区域优势，积极对接周边区县，与永川、北碚等周边区县建立共建、共享联动机制，协调做好永璧高速、北璧高速等重大交通项目建设的难点热点工作。此外，该区将建设15平方公里环境优美、配套齐全的西部（重庆）科技创新小镇，积极联动成渝地区高校，推动成渝地区创新资源集聚扎堆，产生"化学反应""链式反应"。

来凤街道场镇西街的"新开坦途"碑。记者 齐岚森 摄/视觉重庆

位于来凤街道二道牌坊的何氏百岁坊。记者 齐岚森 摄/视觉重庆

再现昔日璧山古驿道风采
古道湾公园预计今年底开园

□本报记者 黄琪奥

近年来，璧山区在挖掘古道文化方面动作不断，预计将于今年底开园的古道湾公园无疑是其中的代表作。

据介绍，作为璧山区大公园、大森林、大景区、大水系建设的重点项目，古道湾公园南北向全长约3公里，规划占地面积约1200亩，将深度挖掘古道文化的历史文脉，讲好古驿道上的璧山故事，充分尊重原始地貌，通过各节点场景的还原包装，再现昔日璧山古驿道的风采。

"按照计划，古道湾公园建成后，将以古道湾水域为依托，古道文化为底色。"胡正好介绍，该公园不仅会以明代诗人龚懋熙创作的诗歌《再经来凤驿》为蓝本，通过打造客栈、牌坊、古井、古碑等文化元素，再现来凤驿昔日的繁华景象，还会以杨慎诗歌《马坊桥》为蓝本，在公园内重现当年丁家坳的繁华景象，让更多市民了解刘伯承讨袁、周恩来证婚等历史事件背后的故事。

此外，除了重现成渝古驿道上的重要驿站，古道湾公园还将打造古村落、古茶铺、古酒肆、古战场、古栈道、古镇古街等23处再现古道文化场景及互动游乐项目。"届时，市民不仅可以感受老关口的险峻，还能了解作为兵家必争之地的璧山所经历的那些烽烟往事。"胡正好说。

学术支持：
重庆市地方史研究会
西南大学历史地理研究所

重走成渝古驿道系列报道
扫一扫 就看到

重走成渝古驿道 感受双城新变化

重庆日报6
2020年7月13日 星期一
主编 吴国红 兰世秋
美编 乔 宇

大型全媒体系列报道⑦

永川区双石镇太平桥。

记者 齐岚森 摄/视觉重庆

双石铺
隆济场
茶店场
大安场
东皋驿
永川区

繁华落尽茶店场 川东大道展新颜

核心提示

古时，商贾贩夫从璧山马坊桥出发，一路向西，经过界碑铺，进入到成渝古驿道永川段。

在永川，他们要先经过隆济场、小安、大安、茶店等地，接着翻过铁岭山，从永川城东门进入城内的东皋驿，再从西外街出城，过双石铺、耗子铺、牛尾铺等地后，进入大足邮亭铺。

永川境内的这一段成渝古驿道总长约为45公里，道路比较宽敞，周边的配套设施也较为齐全。

旧时永川城。（西南大学历史地理研究所供图）

□本报记者 黄琪奥

茶店场
“帽儿头饭”要卖出好几百碗

6月10日，天空放晴，从永川区人民政府出发，沿着新修的兴业大道前行，大约20分钟后，记者来到位于永川区大安街道的茶店老街。

光绪年间的《永川县志》对于茶店老街所在的茶店场是这样描述的：“茶店场，县东十五里，创自前明，相传建文帝过宿，茶庵乃其遗址，场因名焉。庵在街西。铺户百余家……为川东大道。”

史料显示，永川境内的东大路道路比较宽敞，其宽度在2米左右，可供两乘轿子或滑竿并行。但记者眼前的茶店老街，却与“川东大道”相去甚远，除了街道两旁荒废已久的房屋外，很难寻觅到行人的身影。

“明清时期，这里可是另外一番景象。”大安街道社区文化服务中心工作人员刘华军介绍，古时茶店场位于永川城外，由于城内住宿较贵，不少客商、挑夫沿成渝东大路前往成都时，通常会选择在茶店场住一晚，第二天再进入永川城，并经过东皋驿、双石铺、太平桥，继续西行。这些往来的客商和挑夫一方面给茶店带来人气，另一方面也让它成为当时永川的商贸中心。

英国外交官爱德华·科尔伯恩·巴伯在1881年所著的《华西旅行考察记》中对茶店及附近的永川城是这样描述的：“每一寸土地都有人耕种庄稼，形式以梯田为主……在大量农民的辛勤劳动和精心耕种之下，这里可以说是全中国农业最为兴盛的地区……道路曲折迂回，一转弯就能看到崭新景色……”虽只有寥寥数语，却道出当时永川城及茶店场的繁华。

今年78岁的大安街道居民曾德怀对记者说：“小时候，我经常听爷爷说，民国初年茶店场两旁都开满了店铺，有茶馆、饭店，还有杂货铺。每逢赶场，整个茶店老街到处都是人，别说过车，就算在街上穿行，也要费好大劲。”曾德怀说，彼时，道路两旁小贩的叫卖声、街边茶店内挑夫的谈话声汇聚在一起，让整个茶店充满了生机。

那时，曾德怀的爷爷在茶店老街上开有一家曾家旅馆。曾德怀的父亲曾经告诉他，曾家旅馆共有10多个房间40多个床位，算是镇上规模比较大的旅馆，但这依然无法满足往来客商的需求。

“每逢赶场天，我家的旅馆总是爆满，光‘帽儿头饭’（旧时巴蜀各地经营饭店，都将碗中干饭盛得堆尖冒热，其尖为圆形，似草帽顶状，故称帽儿头饭）就要卖出好几百碗。挑夫们一边吃着‘帽儿头饭’，一边‘吹壳子’（摆龙门阵）。在旅馆后厨，我父亲则与爷爷奶奶一起，一边为客商们准备饭菜，一边为他们准备洗澡水……当忙完这一切后，通常已是午夜时分。”曾德怀曾多次听父亲说过这样的场景。

闹热的茶店场也吸引了文人的到来。明成化二十三年（1487年）进士、永川诗人罗勋路过此地时，就有感于茶店场的繁华，挥笔写下“景运有开先灿烂，依稀桃李自成蹊”的诗句。

永川区文管所副研究馆员王昌文表示，上世纪30年代，成渝公路通车后，茶店场的地位逐渐下降，随着1952年成渝铁路的正式通车，以及上世纪80年代茶店新街的建成，茶店渐渐寂寥。

现在的茶店老街上只剩下10多户居民，并且大部分都是老人，不时也有古道爱好者前来老街探秘，寻找旧日时光的印记。

永川区政协副秘书长张义骞建议，永川可借鉴陕西礼泉县袁家村、兴平马嵬驿民俗文化村经验，对茶店老街进行整体开发。一方面把茶店建设成一个开放式的以茶文化、赶场文化为主题的民俗街区；另一方面着力对“茶店场”品牌进行挖掘，形成茶馆一条街、茶叶茶具茶艺展示展销一条街等特色街区，打造独具创意的乡村旅游、民俗文化展示新景点。

铁岭山
骡马踩踏在青石板上留下沟槽

打探了茶店老街后，记者穿过兴业大道，来到中山路街道孙家口村，再沿着大道旁的小路前行数百米，就看到一座写有“铁岭山”的石碑。石碑旁，约1.5米宽的青石板铺就的小路蜿蜒向前，通向不远处的永川新城。

“这就是茶店老街附近的铁岭山。”王昌文介绍，根据《读史方舆纪要》记载，铁岭山因为附近山石如铁色而得名。明清时期，该山设有铁山铺，是成渝东大路上的重要节点。

作为古时的交通要道，铁岭山可曾留下岁月的痕迹？沿着古驿道继续前行，大约走了50米后，同行的刘华军停下脚步，扒开古道两旁的野草。记者看见多数石板的两端各有一个明显的坑，顺着古道，这些坑连成了沟槽。

这些坑从何而来？原来，作为重庆的西大门，永川自古是来往成渝两地的必经之地。往来于两地运送货物的骡马众多，在这些骡马的反复踩压之下，青石板上就形成了沟槽。时过境迁，繁华不在，这些沟槽却永远地留在了石板之上。

“铁岭山上这条古驿道的附近，还是‘永川古八景’之一的‘铁岭夏莲’所在地。”王昌文介绍。

原来，铁岭山上有一处小水池，池中并无莲，但有很多石孔，与莲相似，故得名“铁岭夏莲”。

古道加上古景，自然让铁岭山受到众多文人墨客的青睐。明万历年间永川知县张时照在经过铁岭山时，就曾挥笔写下“芝草根何自，莲生石窍清”的诗句，对“铁岭夏莲”进行赞美；清代永川诗人李天英也曾用“三十六州铁，移来聚此山……何人留手迹，拂拭出棒管”来记录铁岭山的美丽景色。

“作为成渝东大路上的重要节点，这条古道在永川还有另外一个名称，那便是‘茶马古道’。”王昌文说，根据史料推测，作为川渝地区重要的茶叶产地，古时永川所产茶叶有一部分是顺着这条驿道前往成都、雅安等地，在那里经过简单的包装后，沿着那边的茶马古道被运往云南、西藏等地。

站在铁岭山的古道上，记者听着远方永川高铁站传来的火车进站声，看着脚下逐渐被荒草淹没的成渝东大路，不由唏嘘不已。

记者在采访中了解到，当前永川正启动城区东部30平方公里科技生态城建设。王昌文建议把“铁岭夏莲”古景致、茶店场得名的传说等相关地域文化符号，融入科技生态城的规划建设中，进一步丰富科技生态城的人文内涵，提高其开发利用价值。

大安场
三道并存，时空在这里交汇

结束铁岭山的采访，记者一行驾车沿着成渝公路向璧山方向前行约20分钟后，来到了大安老街。“如果说铁岭山体现的是古道和古景的交融，那么这里就是历史和现实的交汇之地。”王昌文说。

记者的脚下，是曾经的东大路，一条青石板路蜿蜒而下，通往远方；左边是成渝高速公路；右边则是老成渝公路。

为何三条道路会在此处汇聚？“这和大安老街的地理位置有关。”同行的重庆自然博物馆学者张颖说，作为东大路上的重要交通枢纽、永川的东部门户，大安场上接隆济、下接茶店，历来都是成渝交通要站。其东侧场口外有一个长坡，古驿道顺坡直上。上世纪30年代修建成渝公路时，考虑坡度的原因，从坡脚绕行而上；上世纪90年代成渝高速公路在修建时也选择绕过斜坡，从侧面直接穿过。因而，这里形成了三道并存的景观。

“对于永川来说，这三条路并不是简单的公路。不同的历史时空在这里交汇，它们的修建既见证了成渝地区自古以来的密切交往，也造就了永川这数百年的繁华。”张义骞说，特别在抗战期间，这里还见证了不少永川男儿出川抗日的一段热血历史。

抗战期间，永川总计输送兵员25338人。“据史料记载，当时永川男儿出川抗日需到重庆集合，再从重庆坐船出三峡，前往抗日前线。”张义骞说，当时成渝公路虽然已经修好，但毕竟运力有限，由此推测一些战士是从永川县城出发，沿着成渝东大路走到重庆，踏上抗日前线的。

永川拥有着得天独厚的交通优势，发挥着承东接西、左传右递的重要作用，在成渝地区双城经济圈建设中，永川将如何实现进一步发展，推进文旅融合？

据悉，永川将围绕把“城区建成景区的客厅”这一目标，加快每500米一个市民公园、每1000米一个休闲广场、每2000米一处湖泊景观建设，充分彰显永川山水城市特色。

“同时，我们还提出‘让景区成为城市的花园’的理念，通过对茶山竹海、松溉古镇等景区进行提档升级，对铁岭山、茶店老街等成渝东大路的重要节点进行集中保护的方式，建成一批具有‘山、水、田、园’特色的乡村旅游示范点，吸引更多人到永川感受田园好风光、体验乡村慢生活，了解成渝东大路的那些故事。”张义骞说。

此外，记者还了解到，为唱好“双城记”，永川多方发力，去年8月，成都天府软件园与永川大数据产业园签订战略合作协议，打造300亿级大数据产业集群，推动川渝合作走深走实。今年6月，永川区教委与四川泸州市教委签订协议，两地将开展深度合作，加快推进成渝地区双城经济圈教育协同创新发展。

永川区大安茶店老街。

记者 齐岚森 摄/视觉重庆

永川铁岭山古驿道。

记者 齐岚森 摄/视觉重庆

大足区邮亭铺老街。

记者 齐岚森 摄/视觉重庆

学术支持：
重庆市地方史研究会
西南大学历史地理研究所

重走成渝古驿道
系列报道
扫一扫 就看到

张大千邮亭斗匪记

□本报记者 黄琪奥

说到著名画家张大千，相信不少读者不会陌生。但你可知道，张大千还与成渝古驿道颇有渊源。

1916年5月，年仅17岁、在重庆求精中学读书的张大千准备与同学一起结伴回家。由于他的同学都住在成渝东大路沿线，而张大千的老家又刚好在内江，于是他们决定沿东大路步行回家。

旅程的前半程还算顺利，虽然遭遇了小股土匪，但他们都顺利过关。当他们走到大足邮亭铺时，却遇到了真正的麻烦。

张大千一行本来并不准备在邮亭停留，但由于之前遭遇小股土匪，让他们身心俱疲，于是一行人来到邮亭老街上的一个教堂，计划在此留宿。

让张大千等人没想到的是，就在他们到达邮亭之前，当地的民团打死了两名土匪。教堂内的神父磐定安告诉张大千，土匪被打死后，人人自危，根本不敢收留外地人，害怕土匪到来时，被误认为包庇民兵，让他们赶紧离开。

经过再三纠结，张大千等人还是决定等天亮后再走。他们通过翻墙的方式进入教堂，谁知刚躺下没多久，邮亭老街上就响起了枪声。一行人赶紧起来逃命，但没跑多远，就被土匪抓住了。

根据张大千的回忆录记录，他被土匪抓了之后，开始十分害怕，后来就平静下来。面对土匪的逼问，他一口咬定自己家里是开杂货铺的，没有多少钱。

让张大千没想到的是，当他在土匪的胁迫下，给家人写信，让家里准备赎金时，土匪头子见张大千的字写得很好，竟然让他当起了“师爷”。

自张大千在邮亭被绑，到最后被解救，他足足当了100天的“师爷”。在这100天的时间里，张大千被土匪挟持着先后辗转永川新店、来苏等地。他利用这段时间不仅自学诗歌，还通过自己有限的权利，让一些无辜的民众免受折磨。

这一年9月10日，被绑架多日的张大千被成功解救，顺利回到内江老家。

“从张大千的这段经历，我们可以看出，当时的成渝东大路其实是机会与风险并存。”重庆自然博物馆学者张颖说，特别是清末民初，包括邮亭、永川等地的山上都有不少“棒老二”（土匪），他们聚山而居，伺机抢劫来往客商。

那么，张大千当年被绑的邮亭铺现在如何了呢？6月10日，记者一行来到邮亭老街。老街的道路大约有3米宽，周围的房子虽然破败，但仔细辨认，依然可以看出当日的辉煌。

“当时张大千路过邮亭铺时，正是它最辉煌的时候，街上不仅商铺林立，还配备了古戏台、文庙等配套设施。”张颖说，正因如此，英国外交官爱德华·科尔伯恩·巴伯在其所著的《华西旅行考察记》中写到邮亭铺时大力称赞，认为邮亭铺和资州（现四川省资中县）是成渝东大路上最为繁荣兴旺的地方。

荣昌区濑溪河，新老施济桥相互“陪伴”。
记者 谢智强 摄/视觉重庆

荣昌区
施济桥
高瓷铺
安富铺
与隆昌
交界处

通衢古道在昌州 地接巴渝据上游

核心提示

从大足邮亭驿沿成渝古驿道一路向西，便进入现在的荣昌区境内。

据《荣昌县志》记载，荣昌境内的成渝古驿道自东向西经过石盘铺、峰高铺、梧桐铺、板桥场、底塘铺，再沿濑溪河跨越施济桥，过高瓷铺、广顺场、瓷窑铺、安富铺进入与隆昌交界的五福乡，全长52.5公里。

与此前的山高坡陡不同，以浅丘地形为主的古驿道荣昌段豁然开朗，呈现出与四川平原相似的一马平川。《荣昌县志》又载，境内的古驿道宽1.5—2米，挑夫、骡马等相向而行，不须让路。

荣昌古称“昌州”，素有“重庆西大门”之称，共有9个镇街与四川的11个镇街相邻。清代荣昌教谕谢金元曾用“地接巴渝据上游，棠香自古属昌州”的诗句，道出了荣昌重要的地理位置。

正因为此，这里自古以来就是兵家必争的要地和客商云集的重镇，荣昌安富更是成为成渝古驿道上著名的“五驿四镇三街子”中的“四镇”之一。

上世纪七八十年代的安富老街。
（荣昌区安富街道供图）

□本报记者 龙丹梅

施济桥
清代曾被誉为“东川保障”

6月8日，记者从石盘铺经过峰高铺、梧桐铺一路往西，所过之处高楼林立、道路纵横，早已不见东大路的遗迹。同行的荣昌文史专家廖正礼告诉记者，过去，从峰高铺一路到安富铺，大约有15座石牌坊。清朝道光年间，王梦庚升任重庆知府，经过荣昌时曾写下五律《荣昌道上》，其中“试问荣昌道，长亭接短亭。鸿呼沙岸白，道逼远山青”写的便是当时荣昌境内东大路的景象。

荣昌城西，濑溪河上，一座石拱桥静静伫立。这座桥就是建于北宋仁宗年间的施济桥，它是成渝古驿道的必经之地，在重庆市地理信息中心、重庆地理地图书店2014年发布的《重庆古桥地图》中，施济桥被誉为重庆现存年代最久远的石拱桥。

从远处看，这座桥长100多米，有7个桥拱。桥身两侧长满了杂草，其中一个桥墩上还长着一棵黄葛树。走近桥头，入眼的是一块“严重危险桥梁”的警示标志。水泥桥面上，只有散步的行人。

史料记载，桥头曾立过一块碑，上书“东川保障”四个大字。传说太平天国运动造成依赖淮盐的湘鄂两地无盐可食，清政府遂下令川盐济楚。当时，施济桥就是川盐济楚的必经之地，它也因此被誉为“东川保障”。

施济桥不仅位于交通要塞，也曾因其宁静秀美的风姿，颇获诗人青睐。“十里晚烟迷古渡，二月分明印长桥。”这是清代荣昌教谕谢金元对荣昌“八景”之一“虹桥印月”的真实写照，“虹桥”即是老施济桥。民国时期，著名的白屋诗人吴芳吉路过荣昌时，也曾写下了一首题为《施济桥》的诗篇。诗人这样形容施济桥的美景：“山水光辉映，吾行御空飞。不觉两岸远，但来天香微……”

老桥一侧，有一座与它“并肩”的新桥，这座桥比施济老桥高出一大截，桥上车水马龙。当地人告诉记者，施济桥历时近千年，经过多次维修，已成危桥。1998年1月15日，荣昌新建施济桥，将成渝公路改道新桥通过，这才有了如今新旧施济桥双桥辉映的场景。

时光不居，岁月如流。夕阳下的施济老桥低矮陈旧，像一位历尽沧桑的老者，静静伫立；一旁的新桥高大伟岸，静静守护着近千岁的“大哥”。廖正礼说，这正是东大路留下的时代印迹。

高瓷铺
农闲时古驿道上的挑夫日以千计

从荣昌城区沿着成渝公路一路西行，约5公里后，记者便到了广顺街道高瓷村，这个村的村名就是由古驿道上的高瓷铺而来。

“老路中间是一块长石板，两边各压着一块条石。”高瓷村九组75岁的村民曾高富告诉记者，“我爷爷、我爸爸和我都曾是挑夫，在这条路上讨过生活。”

廖正礼告诉记者，荣昌境内的成渝古驿道路面宽敞平坦，从明清到民国年间，这条路上的官轿、马车、挑夫络绎不绝，很是热闹，是成渝间最直接的陆上交通线。对此，《荣昌县志》上亦有记载，从明清时期开始，这条路就是挑夫的谋生路，特别是每年冬季农闲至次年春耕前，路上的挑夫日以千计。挑夫们多是贫苦平民，他们沿着成渝古驿道，把荣昌的陶罐、麻布等特产挑到内江、自贡、成都等地，再换回粮食、盐、白糖等供当地坐商销售。

“出门一担货，回来一担粮。”曾高富说，高瓷村盛产陶土，当地人用它来烧制钵、坛、缸、罐等生活陶器，挑夫们便挑着窑货，沿着这条路远上川北讨生活。挑窑货的扁担是特制的，两头各有个尖尖，防止担绳滑下来，窑货被摔坏。“沿途挑夫‘哼哼嗨嗨’，扁担‘咯咯吱吱’，路上好不热闹。”曾高富吧嗒吧嗒地抽着叶子烟，眯缝着布满皱纹的眼睛，陷入回忆。

“成都人最喜欢我们荣昌的陶罐，用陶罐装粮食透气，老鼠又钻不进去。”曾高富告诉记者，成都平原盛产粮食，当地人便用粮食来换陶罐，一挑陶罐八九十斤，能换上一百二三十斤谷子，返程的担子倒比去时还沉些。

荣昌以麻布闻名，清朝时更是达到鼎盛，英国外交官爱德华·科尔伯恩·巴伯在1881年所著的《华西旅行考察记》里，写到荣昌时就提起了麻布。他说：“这个地方的主要产业是制造麻布，我们沿途屡屡看到人们把大量的麻布漂白后摊在岸边晒干。”而一条建在古驿道上的小巷在清代专门卖麻线，麻线是麻布的主要原料，于是，这条街生意红火，人们便管它叫做“麻线市”，在当时颇有声名。

从麻线市往西走，过去古驿道必经之地——檬梓桥早已不见踪影，取代它的是一座新的檬梓桥，桥下有井，正在檬梓河边。井口用栏杆保护起来，挂有“荣昌区文物保护点”的铭牌。记者走近一看，井水距井口不到50厘米，清澈见底。当地居民告诉记者，这口井名叫箩篼井，当年是檬梓桥一带居民的主要水源，一年四季清清亮亮。令人称奇的是，离箩篼井两三米的位置就是檬梓河，相隔如此之近，但河水水源和井水水源完全不同，这样的现象被当地人戏称为“井水不犯河水”。

安富铺
小姐绣楼成为临街风景

再往西行，记者就到了川渝交界处的安富街道。

安富建于清康熙四十一年（1702年），距今已有318年历史。当时，清朝连接成渝出川的古驿道经过安富，并设有驿站，供来往人员食宿之用。

最初，除了朝廷驿站之外，安富只有几间草房。“湖广填四川”时大量移民迁入，这些移民为了续乡情、议商事、祭先圣，建起了南华宫、惠民宫、禹王宫、帝王宫、火神庙等庙宇，人们又依傍着庙宇修建房屋，到民国初年竟形成五里长街盛势。“安富场，五里长，瓷窑里，烧酒坊，泥精壶壶排成行，烧酒滴滴巷子香……”这段流传于明清时期的民谣至今仍在传唱。

老街入口有个巨大的“泡菜坛子”，上面写着“安陶小镇”四个大字。同行的荣昌安陶博物馆馆长刘守琪告诉记者，荣昌陶是中国四大名陶之一，其中又以烧制泡菜坛子形状的陶器最有名。因此荣昌近年来重塑陶文化，新建安陶博物馆，打造安陶小镇，使用泡菜坛子做小镇的“形象代言”。

穿过“泡菜坛子”往前走，就到了陶宝古街，这是一段500米左右的古道，青石板铺路，两旁的川东民居古朴典雅。“过去的成渝古驿道就在这青石板路下面。”刘守琪说，安富老街鼎盛时长2.5公里，但如今保留下来的却只有1公里左右。荣昌区以修旧如旧的原则，把老街仅存的部分保护起来，陶宝古街就是其中一段。

记者从陶宝古街经过时，发现临街好几处木楼栏杆雕花十分精美，栏杆后有两步宽的走廊，像极了旧时大户人家的小姐绣楼。小姐的绣楼原本该“隐藏”在大户人家庭院深处，在这里却为何成了临街的风景呢？刘守琪说，1933年，当时的四川省政府修成渝公路，穿街而过的3米左右的古驿道石板街要拓宽到9米，街道两边的住户不得不拆掉临街房屋，为成渝公路“让路”。于是，临街房屋的老式门楼、门楣和勾檐翘角大多被拆除，而原本需要进大门、绕照壁、越天井才能见到的小姐绣楼便“暴露”在了街边。

有趣的是，同样是为了拓宽公路，2012年，荣昌却并未选择再次让沿街店铺拆楼扩路，而是将成渝公路改至从老街旁经过。

陶宝古街上，随处可见摆放着精美陶器的陶艺馆，街上游客熙熙攘攘。古街一侧的成渝公路上，装载着陶制酒坛、泡菜坛、酱菜缸的大货车取代了当年的挑夫。随着川渝地区联系逐年紧密，古驿道沿线的阶梯窑又重新红火起来，“我的窑场一年出产一万件陶器，一半以上都要销到四川。”做了40多年陶器的荣昌区高瓷陶器厂负责人袁心权告诉记者。

随着成渝地区双城经济圈建设上升为国家战略，荣昌加快了川渝合作的步伐。荣昌区委相关负责人说，荣昌将立足自身资源禀赋，积极融入巴蜀文化旅游走廊和成渝地区双城经济圈建设，以填川移民文化脉络为纽带，高标准打造“一都三城”（中国西部陶瓷之都、非遗体验之城、运动健康之城、美食休闲之城）文旅品牌，在发挥自身优势、彰显自身特色的同时，协同周边区市县共建巴蜀文化旅游走廊，力争让“地接巴渝”的荣昌成为“巴蜀文化之眼”。

檬梓桥附近的三尖角，以前是东大路上的繁华路段。
记者 谢智强 摄/视觉重庆

安富街道陶宝古街。
记者 谢智强 摄/视觉重庆

广顺街道高瓷陶器厂，工人用古老的技艺制作陶器。
记者 谢智强 摄/视觉重庆

学术支持：
重庆市地方史研究会
西南大学历史地理研究所

重走成渝古驿道系列报道 扫一扫 就看到

辛亥革命时 成渝军政府在这里合并

□本报记者 龙丹梅

作为成渝古驿道上“五驿四镇三街子”中的“四镇”之一，安富自然不平凡，辛亥革命时期的成渝军政府合并就发生在这里。

“这里现在是街道办事处，过去就是禹王宫的所在地。”6月9日，曾在安富工作多年的《荣昌窑》编纂者薛小军，指着安富街道办事处的楼房告诉记者，1912年，当时的重庆蜀军政府和四川军政府就是在这所禹王宫举行了会谈。

“成渝军政府为何在安富会谈？这就要从张培爵说起，他就出生在荣昌的荣隆场……”在薛小军的讲述中，时间仿佛又回到那个硝烟弥漫的岁月。

1906年，加入了以孙中山为首的革命政党同盟会的张培爵，一面积极组织发展同盟会成员，一面谋划武装起义，但接连几次均以失败告终。不久后，张培爵回到重庆继续发展革命队伍，成为同盟会重庆支部的核心领导人物。

1911年，著名的武昌起义爆发。1911年11月22日，重庆地区的杨沧白、张培爵等率众人揭竿而起，一举推翻了清政府的统治。起义成功，重庆宣布独立并成立蜀军政府，张培爵被革命党人推举为蜀军政府大都督。

同年11月27日，大汉四川军政府在成都成立，蒲殿俊和朱庆澜任正副都督。12月8日，两人在校场阅兵时，发生士兵索饷哗变，蒲、朱二人逃跑。时任军政部长尹昌衡率领新军入城平乱，后来被公推为四川军政府都督。

“这样一来，四川就有了两个军政府。”薛小军说，事实上，当时的蜀军政府形势一片大好，蜀军政府成立后，在蜀军政府支援和影响下，川东南各地也纷纷起义，共计有57个州县宣布接受蜀军政府领导。但张培爵为了避免因内战引起纷争，为了民族大义，主动约四川军政府商谈合并事宜。

如今，在位于荣昌城区的张培爵纪念馆内，对于这场会谈只记载了短短几句：“1912年1月中旬，蜀军政府派朱之洪，四川军政府派张治祥，为各自全权大使，在双方辖区边界荣昌烧酒坊举行会谈，商议成渝军政府合并。”其中的“烧酒坊”就是荣昌安富。薛小军说，据考证，双方会谈的所在地，就是当时安富镇上的禹王宫。

这场会谈结束后不久，1912年3月3日，成渝军政府正式合并，大汉四川军政府改名为中华民国四川都督府，张培爵主动将正都督的位置让给尹昌衡，自任副都督。

后来，张培爵积极发动革命讨伐袁世凯，于1915年初被逮捕。面对袁世凯的威逼利诱，他始终坚强不屈，最终遭难于狱中，年仅39岁。

张培爵领导成立的蜀军政府尽管存在不到半年，但后人考证认为，它在结束清王朝对重庆的封建专制统治、传播民主思想等方面所建立的历史功绩是不可磨灭的。

重走成渝古驿道 感受双城新变化

重庆日报 5
2020年7月15日 星期三
主编 吴国红 兰世秋
美编 张 辉

大型全媒体系列报道⑨

双凤驿
太平铺
隆桥驿
隆昌市
云峰关
李市镇塘
杨柳桥
石燕桥铺

隆昌 古驿道上的牌坊奇观

▲双凤老街旧景。 叶履宁 摄

核心提示

西出“渝西第一镇”荣昌安富，进入隆昌市李市镇，跨过翠竹掩映的杨柳桥，经“绾毂渝泸”的云峰关，出“立体史书”石牌坊，过“五驿”之一的双凤老街……成渝古驿道，在隆昌境内全长50多公里。

隆昌以道兴城，因驿置县。这座城市的兴衰和成渝交注密不可分。在这里，泛着岁月光影的石板路，遗留着商队车辙，填满了移民履痕；因路而兴的古镇古村，呢喃着黄复生、郭士杰、林名合（电视剧《凌汤圆》的原型）等人的传奇；高大雄伟的石牌坊群，描绘出巴蜀文化的演变史；“六路之冲”的云峰关，朱德、刘伯承激战的弹孔犹存。

追古寻今，体味乡愁，见证辉煌，6月下旬，记者踏上了成渝古驿道四川段的寻访之旅。

□本报记者 韩毅

李市镇
传奇故事说千年

“稻花香里鸟声圆，山色围村水满田。风景依稀故园路，不知身到夜郎天。”

6月27日，夏日灼灼，出荣昌安富茅店子，记者踏入四川隆昌之境。逶迤绵延的川东山峦、丘陵渐渐变成沃野平川。

穿过一片茂密竹林，杨柳桥出现在眼前。记者走在桥上的每一步，似乎都在跟几百年的时光重逢。

“一座桥，一段史。杨柳桥不仅是隆昌境内古驿道上的重要桥梁和路标，也是至今保存完好的文物。”同行的巴蜀古代建筑博物馆馆长郭小智称，据《蜀鉴》和《资治通鉴》记载，此处在2300多年前就有桥梁，只是不知道是木桥还是石桥，桥名亦无可考。目前保留下来的桥，系清乾隆四十七年（1782年）重建。

该桥为六孔石质平梁桥，长19.1米、宽2.5米，桥墩雕刻有龙、象、狮，取“三兽负津梁”之意，线条流畅清晰，刀功精湛娴熟，将龙的威仪、狮的凶猛、象的大力，刻画得淋漓尽致。雕刻之精湛，堪称川南地区明清石雕艺术的代表。

桥东河畔完整保存着碑亭和土地庙。碑亭为四柱三间三重檐桥碑亭，刻有《重修杨柳桥碑》，其载：隆（隆昌）东之有是桥也，当孔道，近接荣（荣昌）郊，远通川东诸郡邑，往来行人络绎不绝。四柱分书“千年福德垂金石”“万里风云映玉桥”“能使山河增瑞色”“永借日月放光华”字样。亭侧有一座土地庙，以佑行人平安。

穿过杨柳桥，经过成片的稻田，记者一行很快走到东大路上的四大名镇之一李市镇（现已并入石燕桥镇）。据清乾隆《隆昌县志》载，李市镇时称李市镇塘，与太平铺塘、石燕桥塘等七镇同为驻兵营地。

漫步李市老街，纵马疾驰的衙差、往来不绝的商贾、为生计所累的挑夫……已消失在漫漫历史长河中，街心石板路也换成了水泥路，但明清时期的木质建筑、风火墙、南华宫仍在无声地诉说着昔日的繁华。

“漫漫巴蜀道，萧萧班马鸣。”在老街一间古朴茶馆里，一帮老友抵掌而谈。从唐代韦皋逐獠，到四川军阀混战，再到解放军解放隆昌；从刺杀满酋的同盟会元老黄复生，到隐蔽战线工作的共产党员郭士杰，再到开国元勋朱德、刘伯承……古道边，从不缺乏故事，有的已流传上千年。

云峰关
“六路之冲”弹孔存

出李市老街，记者一行继续西行。据《成都通览》记载，十五里到石燕桥铺（今石燕桥镇）。

石燕桥老街分上、下两街，街道整体格局保存较好，均有一定数量的古建筑遗存。相传，康熙年间，闽南迁来的蓝氏先祖看中了石燕桥老君坝，称作“吉壤”（好地方），后慢慢散播，聚居成镇，再后设铺。

跨过石燕古桥，再走“十七里到云峰关”（据《成都通览》）。云峰关位于隆昌城郊土地坎，扼守着成渝古驿道，也是这段驿道上现存唯一完好的古关隘。

登临海拔300多米的隘口，对于见惯了重庆大山大水的记者而言，实难联想到“一夫当关，万夫莫开”之险峻，但相对于一马平川的成都平原，此地确是制高点，举目远望，田野风光，尽收眼底。

门楼坐北朝南，青砖砌垒，呈弧形，通高7.8米，门高4.9米、宽3.95米。关门还在，上书“云峰关”三个大字，右题“大清道光七年重建”，左题“署隆昌县事李德润题”。

关外约20米处石壁上有石刻，题有“绾毂渝泸”四个大字，意为扼控渝（东大路东段）泸（川滇古道）的门户锁匙。再往下行百余米，有一座石牌坊，为清光绪十三年而建，旌表隆昌云顶寨郭氏家族后裔郭玉峦儿媳、郭人镛之妻王氏的功德，至今保存完好。

“上通省府，下达贵广，夔渝咽喉，巴蜀唇阃，六路之冲，四塞要津……云峰关虽处弹丸之地，却记载着千年战争烽火云烟。”79岁的隆昌市文史专家陈举强如数家珍。

云峰关始建于唐德宗贞元年间（785年－805年），由剑南节度使韦皋驱逐蜀境的獠人后，为防止獠人复至而建。在近现代史上，讨袁护国、护法战争、北伐战争及解放战争等，有关云峰关战事的记载也颇多——

1913年，袁世凯在四川的代理人胡景伊，暗中支持川军第一师师长周骏，与熊克武的讨袁军在隆昌反复争夺云峰关，激烈大战。

1917年底，滇、川两军，一攻一守，反复争夺云峰关，战况尤为激烈。

1920年，朱德旅与两倍于己之敌，战于隆昌白塔山关隘云峰关，甚为激烈。

1923年，刘伯承驻守隆昌城中，敌军经土地坎（云峰关）直抵隆昌城下，发起进攻。刘伯承带领部队由左迎敌，迫使敌人退却，并追踪至土地坎，获得全胜。

1949年12月，中国人民解放军解放隆昌，进军路线为由云峰关进驻隆昌。如今，在云峰塔的塔身上，还可看见多次战争留下的弹孔。除了战争外，千百年来云峰关车马川流不息，也留下大量文人墨客的诗句，如明代邑人姜懋勋诗云：“山势雄城堞，门栏胜甲兵。金汤千载固，驿道庆清平。”清隆昌知县朱云骏诗云：“摹岩钟工法，鸣泉竿籁音。登临缅名胜，驻马一沉钤。”

依托云峰关厚重的历史文脉，隆昌市目前正在建设云峰关森林公园，将新建生活美学馆、抗战英雄纪念园，以及广场、湿地、廊桥等设施，为市民游客再添一个锻炼、休闲、旅游的好地方。

石牌坊群
“立体史书”荟精粹

入云峰关不足3公里，即进入隆昌城区。城区高楼林立，一派欣欣向荣。东大路上的重要驿站隆桥驿，已完全消失在现代城市格局中。

史料记载，明太祖洪武元年（1368年），置隆桥驿，属荣昌县（今荣昌区）。康熙初年，隆昌县奉令再设隆桥驿站，配备马十二匹、马夫六名。康熙四十一年，抽调马六匹、马夫三名，安设隆桥驿南路驿站，马六匹，每年支出草粮银一百二十七两四钱四分……隆桥驿原设扛夫十六名，康熙五十五年抽调四名补入南路驿站，雍正十年全部裁汰。可见，隆桥驿当年规模不小。

清末，随着各地邮局的诞生，驿站和铺递完成了历史使命，逐渐被废除，隆桥驿也不例外。

隆桥驿虽已找不到踪影，但因其“交汇六路”，地理位置重要，商贾士民、官绅军卒聚集于此；又因这里盛产青石，石质坚实细腻，是用于建筑和雕刻的上好材料，历代官吏绅商为整饬吏治，淳化民风，便在此勒石竖碑、存坊作碣，造就了今日隆昌“青石之城”“中国石牌坊之乡”的独特风景。

徜徉在隆昌南关成渝古驿道上，远远望去，石牌坊群鳞次栉比，蔚为壮观。这些牌坊多为道光、咸丰、同治、光绪年间所建，现存有13座，平均面宽9米、通高11米，气势恢宏，分为节孝坊、贞节坊、功德坊、德政坊、百寿坊等，其数量、规模、工艺、门类堪称“中国石牌坊之冠”。

功德坊，叹千年清官情结；节孝坊，藏华夏孝道美德；贞节坊，压抑多少人性；朝廷旌表，又扭曲多少灵魂……一座牌坊，一个故事，化作坚固的石头典籍，供后人述评。

“它们内容广泛、记载详实，堪称为一部‘立体史书’，且保存完整、造型精美、雕刻细致，是集哲学、历史、宗教、文学、美学、力学为一体的明清建筑精粹，具有很高的历史文化和艺术审美价值。”陈举强称，2001年，隆昌石牌坊群被列为全国重点文物保护单位。依托这一人文宝贝，隆昌已成功打造南关石牌坊古镇、北关景区，正在努力把这里建设成为“世界石牌坊之乡”。

双凤驿
繁华已逝居民移

据《成都通览》载，隆昌县往北十三里到土桥铺， 再十里到下马铺，下马铺往北十里到迎祥街，再十里到观音店，再十里到太平铺，再十里到双凤驿。

一路走过，土桥铺、下马铺等铺面已毁，古时石板路也难觅踪影。作为东大路“三街”之一迎祥街，清人朱云骏曾作《迎祥街怀古》诗：“迎祥街谒武侯祠，慨想高风佐命时。出处不侔三代后，驰驱矢报一人知。”如今，古道遗迹已不存在。

太平铺是位于双凤驿与迎祥街之间的一处小型休息地。据清乾隆《隆昌县志》记载，清时于太平铺驻铺司一名，铺兵两名，以安定地方。太平铺即今太平村，村因铺得名，不过仅残存约5米的凉亭街，以作行人避雨休息之用。

出太平铺，抵达双凤驿（今双凤镇）。作为东大路“五驿”之一，它目前仅在上街部分保留着东大路驿路及建筑遗迹，且街面冷清破败，一些房屋已垮塌，绝大部分居民因危房改造工程已搬迁易地。

据清道光《富顺县志》记载：“唐武德四年（621年）置来凤县，武德九年并入富世县，今基址无考，当今隆昌之双凤驿。”由此可见，其历史之悠久厚重。

不过，清乾隆《隆昌县志》将该处记为“双凤驿场”，清嘉庆、道光时期的《隆昌县志》则又更名为“双凤驿铺”。由此推测，该地在东大路上的历史地位已慢慢弱化。

早年的双凤，上百年的木制房屋立于古道两侧，绵延起伏，蔚为壮观。街上的石板路，被往来行人的脚板踩得凹凸不平，古镇韵味十足。1982年，八一电影制片厂拍摄电影《许茂和他的女儿们》，其中30%以上的镜头取自该处。此外，重庆人熟知的电视剧《凌汤圆》的原型人物林名合的老家也就在这条老街上。

随着成渝公路、成渝铁路、成渝高铁的贯通，因路而兴的双凤交通格局发生改变，枢纽地位日渐下降，在漫长的历史长河中其也在因路而衰。

据双凤镇政府相关人士称，目前正在进行老街的拆危、棚改，之后将对该地块进行重新开发。

是时，斜阳西下，沿老街向成都方向，行走约五百米即见“隆昌县北界”界碑，再往前便是内江市椑木镇。

（巴蜀古代建筑博物馆馆对本文亦有贡献。地图资料来源：成都地图出版社。）

▲杨柳桥。 记者 齐岚森 摄/视觉重庆

▲云峰关。 记者 齐岚森 摄/视觉重庆

挖掘驿道文化 建设两大公园

□本报记者 韩毅

6月28日，记者在云峰关看到，大量古建筑、古关隘、古塔、牌坊等珍贵遗存，已被栏板圈围，正在进行紧张施工。

“依托这些人文宝贝，我们在加紧建设云峰关森林公园。”隆昌市文化广播电视和旅游局相关负责人介绍，当前隆昌正围绕加快建设成渝地区双城经济圈中轴“桥头堡”的发展定位，全力推进云峰关森林公园、隆桥驿森林公园建设，“活化”牌坊文化、驿道文化，打造“山灵水韵·石头故事城市”。

其中，云峰关森林公园项目总投资2.4亿元，占地330亩，以“千年驿道·云峰关隘”为定位，将新建生活美学馆、抗战英雄纪念园，以及广场、湿地、廊桥等，打造一个集文化旅游、休闲养生、生态保护于一体的综合性森林公园，目前各项工作正在有序推进。

隆桥驿森林公园项目位于隆昌古宇湖北侧，占地约2400亩，计划总投资15亿元，融入隆昌青石、牌坊、驿道等特色文化元素，打造一个集文化、生态、旅游、休闲于一体的城市森林公园。目前，该项目的样板段工程一期已完工，后续工程正在加紧建设中。

隆昌，“因道置驿、因驿置县、以道兴城”，其历史发展进程就是成渝城市群历史发展演变的一例生动缩影。如今，历经沧桑的驿道文化、牌坊文化，正在赋能当地经济社会发展。

学术支持：
重庆市地方史研究会
西南大学历史地理研究所

重走成渝古驿道系列报道
扫一扫 就看到

重庆日报5
2020年7月16日 星期四
主编 吴国红 兰世秋
美编 李梦妮

重走成渝古驿道 感受双城新变化

大型全媒体系列报道⑩

两路口
资中
双石铺
唐明渡
史家街
丛林铺
内江
威远
乐贤铺
椑木镇

今日唐明渡。

记者 齐岚森 摄/视觉重庆

“成渝腹心”内江
大千情系唐明渡 资州文风甲川南

核心提示

从隆昌的双凤驿出发，沿着成渝东大路一路西行，就进入内江境内。

史料记载，在内江，古人先经过石梯镇、椑木镇，接着从椑木渡渡过沱江，进入内江城里休息。翌日，他们经丛林铺、史家街等地后，到达资中，接着在唐明渡二渡沱江，再经过两路口、五里店、跳蹬铺等地，进入资阳地界。

内江、资中的这段成渝古驿道长度约为110公里。作为东大路上的重要交通枢纽，自古以来，这段古驿道不仅非常繁华，还涌现出了骆成骧、张大千等多位文化名人。

□本报记者 黄琪奥

椑木镇
因糖而兴最富有

6月29日，记者一行从隆昌双凤镇出发，驱车沿321国道继续前行，大约10分钟后，来到素有“蓉城第一关”之称的内江市椑木镇。

在巴蜀古代建筑博物馆馆长郭小智的带领下，记者一行步行约500米，到达椑木镇上的玉屏老街。此时，已临近中午，路边的饭馆飘来饭菜的香味，让整条老街充满了烟火气。

“作为成渝之间重要的交通枢纽，椑木镇自古就非常繁华，镇内的椑木渡也是成渝东大路的三大渡口之一。”郭小智告诉记者，尤其是在清末民初，这里的繁华达到了顶峰。1916年毕业于北京高等师范学校史地部的成都华阳人张大鉌在其所著的《巴蜀旅程谈》中就写道：“隆昌至内江途中，以椑木镇为最富。”

椑木镇为何会如此富庶？“主要是因为蔗糖。”郭小智表示。

记者在采访中了解到，内江自唐代以来就有制作蔗糖的传统。1709年，来自福建的商人曾达一把福建的甘蔗引入到内江，更是把内江糖业的发展推向了一个高峰。史料记载，清末民初，内江就拥有糖房1400余家、漏棚1000余家，甘蔗种植面积达22.2万余亩，年产糖总量占四川省总产量的比例达70%，占全国产量的比例也达46.7%，内江因此被称为“甜城”。

作为内江的东南门户，椑木的制糖业同样也非常发达，是内江重要的甘蔗产地。当代著名蔗糖研究学者陈祥云在他的专著《蔗糖经济与城市发展：以四川内江为中心的研究》中写道：“椑木镇，因糖而兴，成为工商繁荣之区。”

新中国成立后，椑木镇的糖业发展更是走上了快车道。1956年，我国第一座自主设计、制作、安装的现代化糖厂——内江糖厂落户椑木，把椑木的糖业发展推向了顶峰。

穿过玉屏老街，记者来到沱江边，当年闹热的渡口早已消失。上世纪50年代通车的成渝铁路就在渡口不远处，不时传来火车的轰鸣声，似乎在提醒人们椑木曾经的繁华。

“和其他成渝东大路上的古镇一样，椑木镇同样期待着涅槃。”同行的内江市市中区政协文史委工作人员刘玉江表示，内江未来不仅会进一步加大“大千故里·甜城之心”城市品牌宣传营销力度，还会因地制宜，把椑木、龙门等传统蔗糖生产区打造为糖业文化小镇，通过举办展览、打造特色街区等方式，让更多游客了解该地的历史文化。

史家街
东大路上的烽火传奇

离开椑木镇，约半小时后，记者来到了内江市市中区史家镇(旧时的史家街)。

《四川省内江县地名录》记载：“史家街原名史家铺，属安仁驿管辖。后废铺改场，更名史家街。”

刘玉江介绍，作为成渝东大路上的重要铺塘，旧时，古人在离开内江城后，通常会在史家街短暂歇息，喝口茶水后，再继续前往资中。

由于缺乏史料，史家街过去的模样已不可考。但在1911年，这里却发生了一件大事。

1911年11月25日，史家街的一间民房内，一场秘密会议正在召开。一群身着戎装的年轻人聚在一起，讨论着下一步行动计划。

“我认为，不杀端方就不能取信于川人。”一位年轻人站起来大声说道。他的观点很快得到大家的认同，经过一个通宵的讨论，这群年轻的军人决定，刺杀端方于四川，并当场剪辫为誓。

“这名发言的年轻人，就是当时蜀军政府的代表田智亮。其余参会的军人则是跟随时任川汉粤汉铁路督办大臣端方入川的湖北新军。”刘玉江说，原来，当年6月，四川保路运动爆发，清政府任命端方为川汉粤汉铁路督办大臣，带领湖北新军进川镇压。但端方的部队离开湖北没多久，武昌起义爆发，湖北新军进退维谷。

11月22日，蜀军政府在重庆成立。时任蜀军政府都督张培爵派田智亮率领士兵前往资州(今内江市资中县)，以促成湖北新军就地起义。25日，田智亮来到内江后，就在史家街与湖北新军中的革命党人展开密谈，决定尽快刺杀端方。

这场密谈之后的第三天，端方和弟弟端锦被刺杀于资州。“端方兄弟的死亡，无疑是辛亥革命的重要转折点。”刘玉江说，端方死后的第二天，吴玉章就发动内江起义，宣布内江独立。史家街的这场会议所作出的决定，不仅有力助推了成都独立，还巩固了重庆的新生政权，进而加速了清王朝的灭亡。

这场会议只是内江有识之士积极参与辛亥革命的一个缩影。内江先后涌现出以阮甸韩、黄复生、喻培伦为代表的一大批爱国青年，为推翻满清政府贡献了力量。

唐明渡
张大千心中的乡愁

结束史家街的采访后，记者一行驱车沿321国道继续前往资中县。大约40分钟后，一座白色的高塔映入记者眼帘。“这就是大名鼎鼎的三元塔，唐明渡就在它的下方。”同行的内江市资中县地方文史专家宋国英介绍。

根据光绪年间所著的《资州直隶州志》记载：“唐明渡，在州东十里，相传唐明皇幸蜀憩此，旧系官渡，嘉庆八年，州贡生钟盛前后施田一百余亩以作渡费……”

和椑木渡一样，唐明渡也是东大路上的重要渡口。旧时古人沿东大路从内江前往资州时，会在唐明渡附近的老街短暂休息，再从唐明渡渡过沱江，继续前行。

“唐明渡过去也很闹热。”宋国英说，史料记载，唐明渡附近的老街设有旅栈、饭馆、茶园、酒肆、杂货店等。

“我爷爷曾经于民国初年在唐明渡开过客栈。在他的记忆里，那时的唐明渡长期停靠着五六十艘船，老街上除了有茶馆、旅店外，还有三座牌坊。”家住唐明渡附近、今年72岁的张国文对记者说。

值得一提的是，唐明渡还是资中古八景之一“古渡春波”的所在地。

古时，每逢春天来临，唐明渡一带的江面总是波光粼粼，这样的景象搭配着两岸青山以及古寺古塔，让人如临蓬莱仙境，故得名“古渡春波”。

古道加上古景，让唐明渡颇受文人墨客的青睐。宋代担任资州太守的郑钢用“获此一段奇，欣然惬微尚。欲去兴未阑，行行重回望”的诗句，生动反映了唐明渡周围的人文景观；明代诗人夏宏在游历唐明渡后，挥笔写下了“遥望岷山玉垒东，渡头春涨日初融”的诗句，赞美这里的美景。

出生于内江的国画大师张大千也对故乡情有独钟。1956年张大千寓居法国巴黎时创作的《资中八胜图》就把唐明渡画入其中，他还在题跋中写道：“……俗称唐明渡，相传明皇入蜀尝过此也，在郡城东南十里，为成渝孔道……”

2012年，位于内江市东林区的张大千美术馆落成，馆内就展出有《资中八胜图》(复制品)。

如今的唐明渡是什么模样？记者沿着三元塔附近的石板路，一路拾级而下，来到唐明渡，放眼望去，整个渡口野草蓬生，乱石堆岸，早已没有当年古渡的印迹。

随着成渝公路的建成、成渝铁路和成渝高速公路的陆续通车，唐明渡彻底退出了历史舞台。

所幸的是，根据最新规划，资中县将投入2.5亿元，对唐明渡沿线进行整体开发，兴建总面积约400亩的唐明渡湿地公园，打造自然驳岸、休闲栈道、水生植物、骑游步道等设施，让唐明渡再度绽放光彩。

两路口
德政坊背后的浓郁学风

离开唐明渡，记者一行先后穿过成渝街、归沙路后，来到资中县中医医院。随后，记者步行拐下大道，沿小路前行约100米后，看到一座青石牌坊。

“这里是成渝东大路上的另一个重要节点——两路口。”宋国英介绍，古时成渝东大路与另一条通往安岳的古驿道在此交汇，这座牌坊就是修建于清光绪十三年(1887年)的高培谷德政坊。

这座牌坊修建的目的，是为了纪念当时担任资州知州的高培谷。史料记载，高培谷曾先后担任资州知州12年，他不仅勤政爱民，为官清廉，还兴修水利，励精图治，让资州的经济得以发展。

宋国英说：“很多人不知道，其实高培谷还有另一个身份，那便是清代状元骆成骧的恩师。”

原来，高培谷自光绪七年(1881年)担任资州知州后，就非常重视教育。彼时，资州城内原有一所道光年间修建的栖云书院。高培谷与资州学正包弼臣商议后，主动拿出俸禄，把栖云书院改建为艺风书院，并聘请宋育仁、廖平、吴之英、杨锐等知名学者来书院担任教师。

翌年，高培谷在主持童子试时，看到了时年17岁的骆成骧(资中舒家桥七里沟人)写的文章，被其才华所折服。没等考试结束，他就已决定把骆成骧列为第一名。

考试结束后，高培谷才得知骆成骧家境贫寒，大部分知识都是由父亲教授，不由大为称赞。于是，他不仅让骆成骧到艺风书院就读，还重礼特聘骆父骆文廷到资州任教。一年后，他又保送骆成骧到成都尊经学院深造，为其后来高中状元打下了基础。

“高培谷和骆成骧故事的背后，体现了彼时资中对于教育的重视。”宋国英说，史料记载，清代末年，资州的书院达11所之多，为全省之冠。仅资州古城内就有珠江书院、艺风书院、凤鸣书院、火烽书院等4所书院。

由于高培谷励精图治，大力兴办教育，大胆改革文风，致使当时资州“文风甲川南”(见《资中县续修资州志》)。自光绪十五年到二十一年的七年间，资州就有五人连登进士第。出现了“文状元(骆成骧)、武榜眼(徐海波)、一文二武三进士”连登科甲的佳话，传颂全川。

目前资中已和西南大学达成协议，深度挖掘资中教育资源，更好融入成渝地区双城经济圈。资中还将与重庆大足、荣昌等渝西川东县(区)签订旅游联盟合作框架协议，把罗泉古镇、沱江新画廊等景点纳入重庆周边旅游圈总体规划，融入川渝旅游环线。

“成渝腹心，重要节点”道尽内江地利。面对国家战略机遇，内江加快建设成渝发展主轴重要节点城市和成渝特大城市功能配套服务中心。截至目前，内江市争取纳入成渝地区双城经济圈建设规划纲要的重大工程项目279个，总投资预计6753.97亿元。今年3月以来，内江就与荣昌、大足等地互访并签署合作协议，内江至大足高速公路等项目即将上马。

(巴蜀古代建筑博物馆对本文亦有贡献。地图资料来源：成都地图出版社。)

沱江边的张大千美术馆。 记者 齐岚森 摄/视觉重庆

资中县两路口的高培谷德政坊。
记者 齐岚森 摄/视觉重庆

椑木镇玉屏老街。
记者 齐岚森 摄/视觉重庆

上世纪80年代初的椑木渡。
内江市市中区党史研究室供图

学术支持：
重庆市地方史研究会
西南大学历史地理研究所

重走成渝古驿道系列报道 扫一扫 就看到

重走成渝古驿道 感受双城新变化

重庆日报 7
2020年7月17日 星期五
主编 吴国红 兰世秋
美编 张 辉

大型全媒体系列报道⑪

赤水铺
石桥井
简阳城区
临江寺
资阳
乐至
安岳
雁江渡
南津驿

“天府雄州”古城新韵 “资阳四杰”结缘重庆

▲简阳石桥井旧景。 简阳市委宣传部提供

核心提示

离开内江市资中县跳蹬镇，向北前行5公里即进入相邻的资阳市雁江区金带镇。经金带镇到成渝东大路“五驿”之一的南津驿，再沿沱江而上，在雁江渡过沱江，进入资阳市中心后，继而西行经临江寺进入简阳辖区。简阳是千年古城，素有“蜀都东大门”“天府雄州”的美誉。过简阳阳安驿，向西北到四川四大名镇之一的石桥井——从这里东大路就要与沱江作别，翻龙泉山而去。

成渝古驿道在资阳、简阳境内长约117公里，是传统文化积淀极为丰富的一段。6月27日至7月2日，记者对这一段进行了探访。

□本报记者 罗芸

南津驿
“资阳四杰”的重庆渊源

进入资阳市雁江区后，沱江江流平缓，九曲回肠，如碧绿飘带。古驿道伴其左右，向北延伸。

“策马津头数往还，频看景物自幽然。北岩翠耸云千朵，南涧青浮玉一环。”曾任清代资州牧的王尔鉴，感怀眼前的沱江之景，在其东岸的南津驿渡口崖壁上留下了这首诗。诗中的“津头”，指的就是南津驿。

“古代以水为津，这里位于资阳城南，自然就叫‘南津驿’。驿站原址就在这皂角树桥北的沱江边上。”59岁的南津镇老居民陈善金介绍，驿站建于康熙初年，是东大路上的五大驿站之一。

从驿站向北，进入还保存着大量穿斗结构老宅的下场段——新民街。新民街30号，铺面木门板在风吹日晒中已发白。

“这是革命烈士余国祯的故居。他和重庆有很深的渊源。”资阳市作协副主席杜先福告诉记者，余国祯生于1907年，1927年加入共青团。

1928年4月，时任巴县县委书记的周贡植及县委成员被捕后英勇就义，重庆地区的党组织和团组织遭到严重破坏。是年底，余国祯调任共青团江巴县（相当于现重庆主城）临委书记，用不到一年时间将团员从40余人发展到180余人。

1933年春，已任共青团省委书记的余国祯在成都被捕。与周贡植一样，他在狱中拒写“悔过书”。在给父亲的遗书中，他写道：“你们虽然失去一个儿子，但是中国人民始终要获得胜利的！”1933年8月18日，余国祯牺牲，年仅26岁。

街口的南津酒家所在地，曾是新中国第二任重庆市长曹荻秋家老宅旧址。

上世纪五十年代初期，曹荻秋任重庆市长，在西南军政委员会支持下平息了银元挤兑风波、物资投机倒把风潮，支持101厂（现重庆钢铁厂）研发、制造成渝铁路钢轨。在办公用房紧张的情况下，他动员市政府干部腾出“渝舍”（解放前重庆市长杨森旧居），修建重庆市少年宫。

“余国祯、曹荻秋、饶国华、邵子南被称为‘资阳四杰’。其中，毛泽东点名表扬的抗日名将饶国华、《白毛女》初期执笔人邵子南都曾在重庆工作和生活过。”资阳市雁江区作协主席梁朝军说。

饶国华出生于雁江区宝台镇，原为四川军阀刘湘手下干将，长期驻军于重庆。1937年“七七事变”后，国民政府在重庆上清寺召开川康整军会议，他主动请缨参战。在南京保卫战中，饶国华率川军驻守安徽广德，浴血掩护友军西撤。1937年12月1日凌晨，他在留下“余死无恨矣”的遗书后以死殉国。1983年，饶国华被四川省人民政府追认为革命烈士，2014年被列入民政部首批抗日英烈名单。

邵子南是资阳市雁江区中和镇人，是歌剧《白毛女》初期执笔人。1946年，他被延安派往重庆《新华日报》工作，任探访部（即采访部）主任，解放后又任重庆市人民广播电台台长、重庆市文联常务副主席等职。

挖掘驿路文化，将南津驿古镇保护活化是当地人的期待。目前这里正在积极推进集古驿旅游、康养休闲于一体的特色小镇项目。

雁江渡
川剧“资阳河”流派发源地

从南津驿沿沱江而上，过迎仙桥5公里，就到古资阳城边的雁江渡。如今渡口旧痕无存，河堤两岸绿树成荫，花开遍地，东岸是长达14公里的亲水园林，西岸是防洪大堤，资阳沱江一桥飞架南北，桥上车水马龙。

距渡口不远的城内曾有城隍庙，是以资阳为中心、辐射四川中南部地区的川剧高腔“资阳河”流派发源地。

作为川剧四大流派之一，“资阳河”兴起、形成于明清时期的资阳城隍庙庙会戏台，受益于戏班间的相互交流、票友们的认真赏评。川剧高腔的声腔在帮、打、唱的独特艺术表现手法上，比较严肃地运用了古代词作含义，并有一定创新价值。

据传，乾隆曾手书“显忠大王”以嘉奖守护资阳城有功的城隍爷，当地人以唱川剧表示庆贺，随即吸引越来越多的人前来此地赶庙会。大量人潮带来极大的成名机会，想在城隍庙戏台上崭露头角的戏班也排成长龙。为增加“露脸”机会，负责演出排期的会首与戏班商议，打破声腔界限同台演出，从而奠定了川剧“资阳河”流派的基础。

在此基础上，资阳形成了“雁江金玉班”“雁江大名班”等知名戏班，开设了两个川剧专业培训班，“资阳河”流派由此享誉巴蜀。

“当时小戏班大多在各个乡镇演出，技艺完善才后到城郊大镇和城内的万寿宫、川主庙表演，待技艺精纯后再登城隍庙戏台。”雁江区文联主席孟基林介绍，这种“闯关”模式促进了各戏班不断提升演技、加强交流，资阳一度成为“川剧好莱坞”。

融合、包容是“资阳河”扬名的关键。清光绪年间，其貌不扬的“料棒蛇”一举夺魁，便是其中的经典案例。

“料棒蛇”本是下川东（今重庆三峡库区一带）的花脸，听闻在资阳城隍庙表演出名，就能声震全川，于是找到会首要求唱《魁星点斗》，放言要“夺魁”。“料棒蛇”身材矮小，细眉小眼。会首见他“硬件”不行，怕他演砸了影响城隍庙的声誉，没有答应。为示决心，“料棒蛇”将所带银两作抵押，终获演出机会。

表演当天，“料棒蛇”没有作传统的魁星装扮，而是赤膊，着烽火肩、朱红裤。只见他连翻跟斗来到舞台中间，继而独脚连跳，在肢体的腾跃中忽将身体缩成一团。三个高难度动作一气呵成，引得台下掌声雷鸣。随后，“料棒蛇”舞动左手，手中兀地弥漫出黄烟；挥动右臂，五色彩花随风飘落，惊得台下观众连连叫好。接着，他又以《疯僧扫秦》等剧目展示唱做功底，最终力拔头筹。

戏剧表演在雁江有着深厚基础。旧时共有戏台70多座，至今全区仍保留了40多座。如今，该区正在深挖文化内涵，推动文旅融合。位于东大路上的临江镇开设了旅游观光线路，让游客在技师指导下体验传承了近三百年的临江寺豆瓣制作工艺，品尝制作豆瓣的古井井水，体验完后还可在镇上观看川剧。

“我们希望能通过与重庆的合作，获得更为广阔的发展空间。”资阳市委宣传部有关负责人表示，仅旅游方面，如今资阳与重庆就互设旅游商品销售门市8个，互送客源30余万人次，并加强了“巴蜀美丽乡村示范带”建设，共建跨省毗邻地区联动发展先行区、示范区，为助推成渝相向发展和成渝中部地区一体化发展提供了有力支撑。

阳安驿
诗人荟萃唱咏川中“江南”

过临江寺，便进入简阳市境内。

走进由原简阳市政府办公楼改建的简阳市图书馆，院内有10株需两三人才能合抱的黄葛古树，枝干遒劲，已有300多年历史。

“简阳古称简州。这里原是简州署衙所在地。阳安驿就在黄葛树以东、马号街以西的区域。”《简阳志》主编徐正唯告诉记者，这里曾是东大路上的重要驿站，设有驿官3名、马夫6人、快马12匹。

由阳安驿往北，跨绛溪河，到人民公园内绛溪河汇入沱江的“鱼嘴”。

“秋风仿佛吴江冷，鸥鹭参差夕阳影。垂虹纳纳卧谯门，雉堞眈眈俯渔艇。阳安小儿拍手笑，使君幻出江南景。”唐代著名女诗人薛涛，曾在傍晚时分登上位于“鱼嘴”的江月楼，见江上升起薄薄暮霭，泛着点点渔舟，以这首《江月楼》感叹此地不是江南，胜似江南。

简州地处四川盆地中部的浅丘地区，河道纵横，农业发达。在薛涛生活的唐中后期，经剑南西川节度使张延赏、韦皋等的经营，简州成为安史之乱后唐王朝的重要粮仓和练兵之处，也被称为“天府雄州”。

出人民公园后街沿安象街北行，与渡口街交汇处，东侧是老成渝公路318国道，西侧是老成渝铁路。“这里曾有一座小小的‘折柳桥’，因一首诗而声名大振。”徐正唯说。

据《简州志》载，折柳桥原名“情尽桥”，在阳安县北门，旁有送别小亭。唐宣宗时任简州刺史的雍陶送客于此，好奇地询问桥名来历。当他得知，以往送客至此便挥手作别，止步处情亦止时，便提笔写下《折柳桥》：“从来只有情难尽，何事名为情尽桥。自此改名为折柳，任他离恨一条条。”借用诗经中“昔我往矣，杨柳依依”之惜别之意，成为后世以“柳”喻“留”的佳作。

“薛涛、雍陶都是唐代著名诗人，而在这里留下佳作的还有杨慎、李调元等。北宋黄庭坚从长安被流放到黔州（今重庆彭水），在简阳圣德寺落脚，与寺内住持也有过诗歌唱和。”徐正唯说，“因此，简阳既是‘天府雄州’，也是诗歌之州。”

石桥井
商贸发达成“小汉口”

沿折柳桥旧址旁的安象街向北3公里，便到沱江畔的简阳石桥井。

在石桥井南部，长满青草的下栅子门依然屹立，拱顶“石桥镇”依稀可辨，这也是简阳境内唯一尚存的古城门。

穿过幽静的青石小巷，跨过褚红色的回龙桥，行过排满穿斗木瓦房的老街，石桥古镇有着阅尽繁华后的恬淡。

“一带寒山起暮烟，盐家炊灶傍晴天。凿开混沌熬三峡，倒泻洪涛瀹九川。”这首清代无名氏所作的诗，生动地描绘了当时石桥盐灶房从盐井中汲取卤水、熬制井盐的火热场景，也道出了“石桥井”地名来历。

石桥井最初因盐而兴，从而由东大路上的幺店发展成为全川四大名镇之一。据《重修简州志》载：“（简州）州北七里产盐，州判分驻于此，雁江绕其左，舟楫往来，系盐引批验要地……”说的就是乾隆二十八年（1763年），此地设州判（县级盐官）管理盐业事务。

上世纪二三十年代，良好的水运条件和优越的区位，让石桥井得以进一步发展。“这里是沱江距成都最近的天然良港，旧时大批货物在此，或经东大路折向西北翻龙泉山进成都，或由成都至此装船载往重庆。”当地文史专家高亚夫说，旧时，在石桥井及附近停泊的大小船只上千，船桅林立，因而石桥井又被称为“小汉口”。

当地96岁老人魏素华向记者讲述当年石桥井岸边的繁华景象：每日清晨朝阳升起时，沿江一带便以船为市，开始了一天的生意。装满货物的大小木船首尾相衔，船与船之间搭上木板方便行走。操着南腔北调的商人在载满粮食、酒、糖等大宗商品的船上查看货物质量、讨价还价，喧闹程度不亚于陆地市场。1935年，四川水警局在此置石桥直属水警所，1946年又将其升级为水警分局，以维持水上运输、交易秩序。

陆地上，石桥井的街名也镌刻着商贸发达的印记：福建街、江西街、陕西街等，均为各省商人会聚之地，场镇上共建有各省会馆6个。当时盐业、货运带动蔗糖、铸铁等30多个加工业、制造业行业的兴起；全镇有商号、字号270余家，形成米、糖、烟、酒、盐、棉、油、山货八大行业帮派。工商业的发展带动了金融机构的入驻，中国银行、聚兴诚银行等10多家公私金融机构在此设点办理业务。其中，在此开设办事处的聚兴诚银行总部，设在重庆市渝中区解放东路112号，创办于1915年，是重庆首家私营商业银行，也是川帮商业银行中唯一无军政背景的民族资本银行。

作别石桥井继续北上，过赤水桥、石盘铺，就将翻越龙泉山，进入老成都境内。

随着成渝公路、铁路的通车，石桥井、赤水铺、石盘铺的陆运受到巨大冲击。在成都东进的背景下，简阳将通过打造沱江绿道，让石桥井与简阳城区更好地融为一体，在保留传统文化基础上实现文商旅融合。今年5月，石盘街道被划入成都东部新区，成为龙泉山旅游开发的重要文旅节点。

简阳市委宣传部有关负责人介绍，成渝地区双城经济圈建设全方位提升了简阳的区位优势。作为成都东进“主战场”，简阳以全域生态资源为公园城市基底，科学规划生态空间，加快构建全域绿道体系，建设“城山相映、人水共生”的大美公园城市。在此基础上，围绕先进制造业推进简阳临空经济产业园、成都空天产业功能区、西部电商物流产业功能区三个千亿级产业集群，努力构筑连接成渝地区的桥头堡。

（地图资料来源：成都地图出版社。）

▲资阳市南津镇，老街上还留存着以前的拴马桩。 记者 谢智强 摄/视觉重庆

▲资阳市临江寺豆瓣厂区，工人沿用古法制作豆瓣。 记者 谢智强 摄/视觉重庆

韦南康记功碑

▲简阳市音乐广场，韦南康记功碑。 记者 谢智强 摄/视觉重庆

学术支持：
重庆市地方史研究会
西南大学历史地理研究所

重走成渝古驿道系列报道 扫一扫 就看到

重庆日报 5
2020年7月20日 星期一
主编 吴国红 兰世秋
美编 乔 宇

重走成渝古驿道 感受双城新变化

大型全媒体系列报道⑫

站在龙泉山上，远眺成都平原。 记者 谢智强 摄/视觉重庆

成都
龙泉驿
柳沟铺
锦官驿
茶店子
简阳

风雨上龙泉 花重锦官城
古驿千年何处觅 蓉城今朝绽芳华

核心提示

从简阳沿东大路继续西行，便到了龙泉山下。按照清末文人傅崇矩所著的《成都通览》所记，翻越龙泉山，沿途依次经过南山铺、茶店子、柳沟铺、山泉铺、龙泉驿、界牌铺、大面铺、黉门铺、沙河铺，最后到达锦官驿，这段成渝古驿道全程约50公里。

龙泉山是成都东出的屏障。清代大诗人苏启元在龙泉山最高处的山泉铺写下诗句"立马万峰顶上望，青苍无际好江山"，说的就是自川东进入龙泉山后，所看到的一望无际的成都平原景致。

从龙泉山至成都的成渝古驿道是历史上成渝两地经济交流和文化传播的重要通道，沿途不但汇集了东大路上的商旅文化，留下了传承千年的历史遗迹，也见证了革命烈士在这里抛头颅、洒热血……

翻越龙泉山，便入锦官城。这一路重走成渝古驿道之旅，由此画上句点。

上世纪四十年代的龙泉驿老街。

上世纪四十年代的龙泉驿鸡公车。（《生活》周刊摄影师卡尔·迈当斯一九四一年摄于龙泉驿）

□本报记者 龙丹梅

茶店子
出成都东门的第一栈房

7月1日，记者驱车沿着弯弯曲曲的龙泉山山路一路上行，东大路的大部分旧迹早已因城市建设和道路改道，隐于荒草荆棘之中，入眼皆是压弯树枝的水蜜桃。

龙泉山在唐代称"分栋山"，宋代随灵泉县改为"灵泉山"，明代改为"龙泉山"。

1958年3月，正在成都参加中央工作会议的邓小平视察龙泉山，指出"要把龙泉山变成花果山"。从此，龙泉山改田改土、大种果树，发展到今天，龙泉山上山下遍种桃树，已成为国家优质水果基地。

车至山脊，道路右侧，一座"古驿茶店"的古旧牌坊映入眼帘。"这里就是成渝古驿道上的茶店子老街，古代的官商上成都或下川东，都要在这里歇个脚。"老街居民曾朝建告诉记者，明清时期，东大路道上行旅辐凑、日夜不绝，茶店子距成都大约45公里，正是普通人行走一天的路程，旅客们便在这里歇一晚，第二天再走。因此，茶店子的栈房、旅馆、茶铺迅速发展起来，此处也由此得名"成都东门第一栈房"。

"那间大宅叫义全店，开了几百年了，是老街上最好的客栈——'三馆'。"曾朝建指着老街拐角处的一处大宅说，茶店子的栈房分三等：最为高档的"三馆"，即同时经营旅馆、饭馆、茶馆三种业态；此外，还有既经营栈房又兼顾餐食的"二馆"，和只提供住宿、由客人自己生火做饭的"一馆"。

从古人的诗句中可以推断，在茶店子食宿是一件很惬意的事。清代著名诗人查慎行的侄女查蕙纕路过茶店子时，曾留下题壁诗，诗中"山风纳纳晓云残，淡月疏星绕竹栏"两句告诉后人，茶店子的客栈是仰望星空的好地方。清代大诗人苏启元路过茶店子时曾写道："薄暮来投宿，如归安乐窝……美酒争豪饮，佳人唱艳歌……"当代文豪郭沫若也在茶店子留宿过，他在家信《初出夔门三封》中曾写道："男第八号由成都出发……是日即宿茶店子……"

近年来，茶店子老街的居民大都按照生态移民政策搬到山下去了，留下来的老街将由当地政府结合龙泉山城市森林公园的建设进行统一规划。龙泉驿区已在规划建设以古驿道为文化主题的生态绿道，打造"古驿十二景"，曾经的"成都东门第一栈房"茶店子未来将重现古驿文化，发展生态旅游。

柳沟铺
"天落石"承载千年记忆

从茶店子老街往柳沟铺的山路上，一座似庙宇似民居的大院出现在记者眼前。大院六门双开，门上镂有菱花，这就是始建于唐代的大佛寺。

记者到来时，恰逢龙泉驿区文物管理保护所对这里进行保护维修，现场到处搭着脚手架。在管理员肖太发老人的带领下，记者穿过大殿右侧的小木门，越过脚手架，钻过围挡的缝隙，看到一块巨大的岩石。

远观巨石，仿佛倾覆的船头，一头翘起，一头沉到了泥土里。肖太发说，大佛寺周围方圆几公里都没有如此坚硬硕大的石头。人们传说这块石头是从天上掉下来的，因此叫它"天落石"。

"天落石"上凿刻着唐宋等时期的摩崖造像，而最著名的是巨石右下方的北周文王碑，距今已有上千年历史。

北周文王碑诞生于一次改朝换代的重大历史事件中。南北朝时期的公元553年，在成都称帝的武陵王肖纪，出兵攻打占据长江中下游地区的梁朝。螳螂捕蝉，黄雀在后。在陕西建立政权的西魏权臣宇文泰，趁机命大将军尉迟炯率军分六路攻入四川，围成都50余天后破城。3年后，宇文泰染疾身亡。公元557年，宇文泰的儿子宇文觉篡夺西魏政权建立北周，便追认父亲为文王。

当时驻防武康郡（今简阳）的车骑大将军强独乐等11位将领，为歌颂宇文泰的功德，在"天落石"上刻下此碑。碑文以楷书阴刻着1310余字，具有极高的书法艺术价值。专家认为它是长江流域迄今发现最早、保存最为完好的南北朝碑刻，也是我国唯一一处保存至今、以碑文的形式记录北周时期史事及为宇文泰歌功颂德的石刻。2013年，北周文王碑被认定为国家级文物保护单位。

北周文王碑建成后，路过的历代名流墨客纷纷在此题刻造像。如今，"天落石"上还保存着唐三教道场碑、宋诗碑及造像50余龛，犹如一块天然的微型历史博物馆。

东大路上的柳沟铺，也是历史上烽烟四起的重要战场。1923年，刘伯承将军率领川军埋伏在柳沟铺，与途经此地的北洋军阀展开了一场激烈围攻战，歼灭敌军数千人，史称"龙泉山大捷"。如今，路旁的一座小山坡下仍立有"柳沟铺战址"的石碑，当年的布防工事如战壕、战坑、土埂、毛石堡垒等也依稀可辨。

龙泉山区域内还有蜀僖王陵以及摩崖造像等古迹，山后的古石经寺，依山起势，规模宏大。

如今，随着龙泉山城市森林公园的开建，从茶店子经柳沟铺至山泉铺这段残存的东大路，变成了成都人周末和节假日的健身步道。道路两旁，压弯枝头的水蜜桃和青葱的枇杷树早已代替了一家挨一家的"么店子"，山路上的轿夫、挑夫们也被手拿相机的游客所取代。

龙泉驿
打响辛亥革命四川第一枪

"风雨上龙泉，绝顶瞰诸天。益州平如掌，青城几点烟。"在白屋诗人吴芳吉的诗咏中，记者一行沿着老成渝公路从龙泉山下山，就来到了龙泉街道，即旧时龙泉驿驿站所在地。

在一个三岔路口旁，屹立着一株高大的黄葛树。大树附近，立着一块"辛亥革命四川首义旧址"的铭牌。

"这棵树可不平凡，它见证了打响辛亥革命四川第一枪的龙泉驿起义。"站在古树旁，在龙泉驿区档案馆研究馆员胡开全的娓娓讲述中，时间仿佛又回到1911年11月5日。

当天，时任四川新军第十七镇步兵排长的夏之时，带着6个排共230多号人在龙泉镇武庙火神祠起义，在黄葛树下举行革命誓师大会后，这支队伍点起灯笼火把，连夜翻越龙泉山，顺着东大路往简州（今简阳）行进，在简州经安岳、合川一路到达重庆时，部队已经壮大到800多人。1911年11月22日，夏之时率师整队进入山城，与重庆的革命党人会合，并在当天成立重庆蜀军政府。蜀军政府举张培爵、夏之时为正副都督，宣告重庆独立，这一事件对全川产生了巨大影响。

其实，早在蜀汉时期，龙泉驿这一段古驿道已成型。到了宋代，这条路已经是官府传递文书的重要通道。到了明代，东大路已经是成都至重庆的交通干线，龙泉驿即是成都出东门后的第二个驿站，为川中名驿，总规模在成都府22个驿站中仅次于锦官驿。

那么，明清时的龙泉驿驿站到底在哪儿呢？胡开全带着记者来到龙泉街道新驿北街，龙泉驿区第一小学校便在这条街上。"过去，龙泉驿驿站就在这条街所在的位置。"胡开全说，龙泉驿驿站面朝东大路，背靠驿马河，这样的选址，一来交通方便，二来方便马匹饮水吃草。"后来，龙泉驿从一个驿站的名字上升为现在副地级行政区名称，也就是现在的龙泉驿区。"胡开全说。

随着成渝双城经济圈建设的推进以及成都"东进"步伐的加快，过去曾被视为成都东部屏障的龙泉山，已经成为成都推进"东进"战略的重要区域。目前，成都正在打造的龙泉山城市森林公园定位为世界级的城市绿心、国际化城市会客厅和市民喜爱的生态游憩乐园，过去的"东部屏障"龙泉山未来将成为成都向东、成渝相向发展的重要平台。

锦官驿
"蜀中首驿"的前世今生

"晓看红湿处，花重锦官城。"自汉代起，蜀锦闻名天下，"技巧之家，百室离房，机杼相和"，朝廷在此设"锦官"，专办蜀锦，故成都又名"锦城"。

锦官驿是东大路东出成都的第一个官驿，有"蜀中首驿"之称，也是成都最大的驿站。随着城市发展，当年的锦官驿究竟在哪里？

从龙泉驿一路向成都市区行进，记者来到此次"重走"的最后一站——锦江区。

一路上，两旁高楼鳞次栉比，但沿途"驿都大道""沙河铺街""东大街东大路"段等老地名，以及地铁2号线的"东大路"站点，都在唤醒我们对于这条古道的历史印记。

锦江区地方志办公室提供的资料显示：根据《大明会典》《四川通志》等古籍记载，锦官驿的始建年代大致在1368—1398年之间，是掌投递公文、转运官物及来往官员休息的机构，紧邻九眼桥码头，在府河与锦江的交汇处。

成都市作协副主席蒋蓝对锦官驿所在地作过详细考证。他认为，锦官驿驿站之所以设在九眼桥码头旁，是因为成都是个因水而兴的城市。明代时，锦官驿所在地是成都水陆道路起点。

蒋蓝说，明朝的锦官驿十分热闹，有各类吏卒差夫376人，每年开支工食银共计银2682两4钱，养马费银2600两，船费银数十两至数百两。锦官驿还住有迎送京堂官过境、还乡、致仕的民夫，每位官员拨5名人夫，每名银7两2钱。锦官驿四五百个当差人，每年开支五千多两银子。唐代曾有"锦江近西烟水绿，新雨山头荔枝熟。万里桥边多酒家，游人爱向谁家宿"的诗句，状其繁华。

当时的锦官驿一带，商铺、酒楼、茶肆、旅店等行业高度发达，堪称成都古代的"外滩"，大量的缫丝、刺绣、印染、运输等手艺人、役夫、商人生活在锦江沿线。百余年前，几位商人还在锦官驿的东岳庙办起了学堂——私立锦官驿小学。1909年，10岁的陈世俊成为这里的小学生，他的老师裴野堂为他改名"陈毅"。

7月2日，记者行走在锦江区锦官驿街道锦官驿街，这里作为驿站的使命早已成历史，变成了以休闲服务业为主的特色经济街区。在这里，有原样保留下来的明清时期水井坊酿酒作坊遗址，有成都人喜欢的兰桂坊，也有五星级大酒店香格里拉。

与锦官驿一样有着悠久历史的武侯祠一侧，如今已打造成锦里古街，青石板路上酒肆茶铺遍布，游人如织，已成为全国闻名的文化休闲街。

作为成都最繁华的中心城区，锦江区与重庆渝中区，分别处于成渝古驿道的两端。如今，在推动成渝地区双城经济圈建设的背景下，成都最繁华的春熙商圈和重庆渝中区最热闹的解放碑商圈已率先"携手"，资源共享，活动联办，助推成渝核心商圈发展。

"成渝古驿道正是在成都和重庆分别成为川西和川东两个核心城市的过程中逐步形成和发展、繁荣起来的，在历史上发挥过重要作用。"四川大学历史地理研究所所长李勇先认为，从成渝古驿道的形成历史可以看出，成都与重庆山水相依，血脉相连，历史上便形成了相互依存、和谐包容、同谋发展的紧密关系，这足以证明成渝地区双城经济圈建设具有厚重的历史基础和更加深远的现实意义。

（地图资料来源：成都地图出版社。）

▲北周文王碑。 记者 谢智强 摄/视觉重庆

▲茶店子老街保留完好的东大路。 记者 谢智强 摄/视觉重庆

锦官驿街

▲如今的锦官驿街。 记者 谢智强 摄/视觉重庆

学术支持：
重庆市地方史研究会
西南大学历史地理研究所

重走成渝古驿道系列报道 扫一扫 就看到

重庆日报 6
2020年7月21日 星期二
主编 吴国红 兰世秋
美编 张 辉

重走成渝古驿道 感受双城新变化

大型全媒体系列报道⑬

锦官驿
龙泉驿
简阳
资阳
资中
内江
隆昌
荣昌
大足
永川
璧山
沙坪坝
九龙坡
渝中
朝天驿

古道尽处是吾乡 风雨千年写新章

——写在“重走成渝古驿道 感受双城新变化”大型系列报道结束之际

□本报记者 姜春勇 黄琪奥 韩毅

听巴山夜雨，饮蜀江春水。“重走成渝古驿道 感受双城新变化”大型全媒体系列报道今天告一段落。

川渝两地党报携手，历时月余，行程千里。重庆日报采访团队从重庆到成都，实地探寻、采访群众、挖掘史料，收获满满。从7月6日截至今日，重庆日报共刊发13个整版的报道，推出海报、短视频、H5等融媒体产品共40件，在重庆日报、重庆日报新媒体集群、今日头条、抖音、微视、快手等平台刊播，引发社会热烈反响，让成渝古驿道这个昔日冷僻、小众的学术课题成为了大众喜闻乐见的热门话题。

四川日报、川报观察客户端也派出采访团队从成都到重庆实地采访，同步推出“重走成渝古驿道”系列报道。

驿道上斑驳的印迹见证着先人筚路蓝缕的奋斗精神；牌坊石碑上的文字蕴含着巴蜀文化的独特魅力；古道沿线流传的故事滋润着我们心田……我们追寻先人足迹，感悟历史、体味乡愁、见证辉煌，既为成渝古驿道丰厚的历史内涵所震撼，更为当今沿途城市的蓬勃发展所振奋。

我们深切地感受到，成渝古驿道堪称古时川渝两地经济社会人文交往的大通道，是见证从古至今巴蜀历史烽烟的活化石。在川渝携手打造巴蜀文化旅游走廊的时代背景下，成渝古驿道是集自然、人文、历史、城市、田园等文旅资源于一体的宝贵载体，如何活化利用成渝古驿道，打造出一条具有国际范、中国风、巴蜀韵的黄金旅游廊道，亦是此次报道关注的重点。

零散破碎
现状不容乐观

我们在采访中发现，虽然成渝古驿道上的一些重要文物、遗址得到了保护，但成渝古驿道总体现状却不乐观。

例如，曾经作为古驿道最直观的物质载体——青石板路，由于城市建设等原因大都被拆毁，甚至消失，如今只有走马、隆昌、龙泉驿等地还可以看到部分残存的石板路，位于中梁山二郎的石板山道近年也被拆毁，不可行走。

位于大坪的石牌坊群、资中两路口的牌坊群也由于城市发展的原因，或被搬迁，或所剩无几。

还有部分地方在修复古驿道沿线的城墙、桥梁、石桥等遗址时，简单地采用以新补旧，忽视“修旧如旧”原则，甚至造成了二次破坏。

古驿道上不少的旧建筑、关隘渡口等遗存，处于残垣断壁、被废弃缺保护的状态中。

专注于古道研究、此次与我们同行作指导的重庆自然博物馆学者张颖对此深有感受。他告诉我们，由于城市建设中的道路叠压、拆卸利用等因素，让古驿道的遗存本就不多。更可惜的是，在对这些有限的资源进行修缮时，相关部门由于缺乏保护意识，导致不少珍贵文物消失。

西南大学历史地理研究所所长蓝勇教授曾于2013年、2017年两度带领学生团队对成渝古驿道全线进行了田野考察，他得出的结论是：破坏较为严重。“特别是古驿道的重要见证——青石板路，由于城市建设的原因，大部分都已被拆除。诸如老桥、牌坊等珍贵文物，也由于种种原因消失殆尽，部分文物虽然保存下来了，但也没有引起重视，基本上处于无人问津的状态。”蓝勇称。

重庆市文化遗产研究院院长白九江认为，对成渝古驿道保护的难点在于，古驿道所处地域都是川渝城市密集之地，随着城市开发力度加大，对古驿道的破坏不可避免。

另外一个原因就是，成渝古驿道整体并没有纳入不可移动文物的保护对象范围，虽然古驿道上有一些历史遗址是受保护的文物单位，但对古驿道整体性保护并不理想。

“所以说，要真正做好文物保护，进而合理利用，我们就必须摸清家底。”白九江建议，川渝两地需联手对成渝古驿道上的历史文化资源进行摸底分类、评估，有针对性的保护利用。当务之急是成渝古驿道沿线要建立起保护联动机制，对现有遗存妥善保护，不可破坏，也不可盲目修复开发。

在成渝古驿道沿途采访中，我们发现，几乎每个地方都将文旅作为调整产业结构、振兴经济的重要手段，也打造了一些可圈可点的景区景点，但就像满盘的珍珠没有串成项链，都各自为政，使得成渝古驿道的价值大打折扣。

“这是古道旅游开发难的一大难题。”中国旅游研究院长江旅游研究基地首席专家、重庆旅游发展研究中心主任罗兹柏表示，古道的优点在于知名度大，文化底蕴、旅游资源丰富，沿线聚集了大量人文遗迹、风景名胜，这是旅游形象传播的无形资本，易树立品牌。不利的地方在于古道旅游线在空间上表现为线状，距离跨度大，行政区划不同，难以形成步调一致的、整体性的、系统性的开发。

日趋重视
古驿道保护利用渐成热点

近年来，随着线性文化遗产保护概念的兴起，如何借古道文化，开展文旅融合，正在成为热门话题。

这也逐渐引起了成渝古驿道沿途各地的重视。虽然如前文所述，成渝古驿道整体现状不容乐观，但不少区县亦努力通过原地保护开发等手段，让驿道文化成为一道独特的风景。

渝中区正大力传承母城文化，挖掘古驿道文化资源，昔日古驿道的一段——山城步道已成为网红打卡地。解放碑-朝天门步行大道品质提升综合整治工程示范段已开工，它将串联起沿线28个历史文化景点，成为一条文旅景观大道。老鼓楼衙署遗址公园修建已启动，将“活化”800年前的重庆城风貌；鹅岭公园-佛图关公园-半山公园-虎头岩公园半山崖线步道建设正在加紧推进，将成为探访古渝之源、览胜母城之巅的好去处。

白市驿镇打造的“驿都花海”复原了成渝古驿道上重要的11座驿站景观，走马镇以“梦回拾景·千秋古驿”为主题，打造都市休闲旅游目的地，建设“一环十点”旅游路线，去年实现旅游收入超8000万元。

璧山区通过打造占地1200余亩的古道湾公园，深度挖掘古道文化的历史文脉，讲好古驿道上的璧山故事，还原昔日来凤驿和丁家坳的繁华景象。公园建成后，将以古道湾水域为依托，古道文化为底色，打造古村落、古茶铺、古酒肆、古战场、古栈道、古镇古街等23处古道文化场景。

位于川渝两地连接点上的荣昌区，近年来主打古道文化牌——保护古驿道上古老的宋代施济桥，以成渝古驿道为基础打造安陶小镇，修复1912年重庆蜀军政府和四川军政府举行合并会谈的禹王宫。

四川各地对古驿道文化资源的保护开发，值得我们借鉴学习。隆昌市着力打造清代时期的石牌坊群，成为全国重点文物保护单位，全力推进云峰关森林公园、隆桥驿森林公园的建设，使古道文化“活”起来。

资阳南津镇的迎仙桥是成渝古驿道的重要交通枢纽，该市遂在迎仙桥附近新修一公路桥，让老桥得到妥善保护。

龙泉驿区正在深入打造古驿名人文化工程，修复名人故居、四大会馆。打造“古驿十二景”生态型绿道，将古驿文化植入天府绿道，规划建设以古驿道为文化主题的生态绿道30公里。用古驿道作为基本道路，串联12个具有龙泉驿历史文化和各具特色的景点，重点打造洛带、茶店、山泉、柏合4个镇，串珠成线。

成都市锦官驿附近的水井坊历史文化街区是成都四大历史文化保护街区之一，包含了老成都水码头、锦江、九眼桥、廊桥、锦官驿、合江亭、水井坊、香格里拉、兰桂坊等新旧地标，真实再现了古驿道文化。

这些深度挖掘古驿道内涵的文旅实践，让人欣喜，更让人振奋。

正当其时
让成渝古驿道“活”起来

古道文化在中外都是宝贵的线性文化遗产，是不可多得的文旅资源。比如，西班牙长约800多公里的圣地亚哥朝圣之路，是欧洲著名的文化之旅路线，1993年被联合国教科文组织列入世界文化遗产名录，每年吸引世界各地的游客去观光游览。

在国内，随着文旅融合的深度发展，越来越多的地方重视打“古道”牌，如丝绸之路、茶马古道、唐蕃古道开发都搞得有声有色，成为著名的文旅线路。蜀道和茶马古道先后提出申报世界文化遗产后，更是让各地认识到古道资源的重要性。

随着建设成渝地区双城经济圈重大战略的不断推进，成渝古驿道的活化利用再次受到世人瞩目。

今年以来，四川省文旅厅与重庆市文化旅游委先后在成渝两地召开了巴蜀文化旅游走廊建设推进工作会，双方明确了坚持“一盘棋”推进巴蜀文化旅游走廊建设的思路，戮力同心把巴蜀文化旅游走廊建设成国际知名文旅目的地。

重庆市文旅委副主任秦定波称，川渝合作中明确提出将以巴蜀文化为纽带，打造和推介一批具有浓郁巴蜀特色的国家文化地标和精神标识，其中就包括共同推广巴蜀文化旅游线路，重点包装巴蜀古遗址文化探秘线路等。川渝文物考古部门近日在渝签署战略合作框架协议，将合作开展包括成渝古驿道在内的川渝两地文化线路等专项调查。活化利用成渝古驿道，正当其时，大有可为。

秦定波建议，首先川渝两地要携起手来，共同挖掘、提炼成渝古驿道的文化内涵，以文化赋能旅游业发展。其次，对挖掘、提炼出来文化内涵，进行以市场为导向的旅游表达，打造一批特色鲜明、体验性强的景区，进而对游客产生吸引力。最后，由点到线、由线及面，串联周边景区，完善导引导识、旅游厕所等基础服务设施，以节会活动等方式培育成渝古驿道品牌，打造“黄金旅游走廊”。

“成渝古驿道品牌是极其宝贵的历史资源，一定要保护好利用好。”四川大学历史地理研究所所长李勇先教授表示，成渝古驿道所承载的厚重历史及沿途丰富的人文自然景观，完全可以开辟成一条独具特色的旅游文化走廊，甚至申报世界文化线路遗产。川渝两地可联手对成渝古驿道沿途景观进行重新规划和设计，部分远郊路段可在修复后，向市民提供骑马、滑竿、推鸡公车等乡村游特色服务；对于部分靠近主城的古驿道，则可与周边城市绿道相结合，成为城市步道，通过举办诸如越野挑战赛、自行车赛的方式，提高古驿道的利用率，进而提高游客的参与感。此外，针对驿站邮铺等已经消失的文物，可通过在其遗址处树立纪念碑，或建设公园集中复原的方式，成为新的文旅资源。

罗兹柏建议，可以采取“场景还原+分段开发”的方式活化成渝古驿道。场景还原，既要不失“原真”，做出历史的氛围和味道来，又要结合时代的审美需求，满足大众化游客的需求。可以分段开发，不搞一刀切，成熟一段推一段，每段既有驿道文化的统一，又有各自特色，采用“古驿道+文化”“+体育”“+特色农业”等模式，打造多主题线路，为大众提供优质的公共文旅产品。

通过“重走成渝古驿道 感受双城新变化”大型全媒体系列报道，我们深切感受到，活化利用成渝古驿道一定要注重整体性开发，擦亮“成渝古驿道”这个文旅品牌。广东省的经验尤其值得借鉴，该省2017年就出台了《广东省南粤古驿道线路保护与利用总体规划》，以“文化线路”为视角，系统梳理了南粤古驿道资源，将广东省内散落的202处古驿道遗存归纳成6条重要的线路，与绿道、风景道、水道等串联起来，形成一个完整、走得通、看得见的线路。规划明确提出至2025年，将建设11230公里的古驿道网络，252个一级驿站，248个古驿道文化特色乡镇，带动1320个贫困村的建设和发展。

成都市高度重视古道资源保护利用，《成都市城市总体规划(2016-2035年)》强调，将构建“一环、两轴、四线、五片”的全域文化空间保护展示体系，其中“四线”即为古蜀道金牛道、南方丝绸之路、茶马古道、成渝古驿道。

不忘本来，才能走向未来。重庆历史底蕴深厚，文化资源富集，山水是重庆的“颜值”，人文是重庆的“气质”。通过“重走成渝古驿道 感受双城新变化”系列报道，让更多的人了解巴蜀历史文化遗产，弘扬优秀传统文化，是党报的重大责任与使命担当。

对成渝古驿道要坚持保护优先，合理利用，创新发展。在抓好资源普查的基础上，把古道保护纳入城市规划建设中，在保护中发展，把相关元素植入景区景点、融入城市街区，充分运用大数据、智能化等科技手段，积极推动古道文旅融合模式创新，充分发挥文化在成渝地区双城经济圈建设中的引领和带动作用，让成渝古驿道这一优秀历史文化资源活在当下，服务当代，造福人民。

学术支持：
重庆市地方史研究会
西南大学历史地理研究所

重走成渝古驿道系列报道
扫一扫 就看到

上图：美丽的重庆渝中半岛。(本报资料图片)
下图：重庆走马镇成渝古驿道遗址。 记者 齐岚森 摄/视觉重庆